湖北省学术著作
Special funds for 出版专项资金
academic writing
in hubei province

长江儿童文学
研究论丛

方卫平

——

著

儿童文学的难度

长江出版传媒 | 长江少年儿童出版社

目录

⭐ **序跋之叶**

★ 演讲

★ 榜评

★ 答问

★ **后记**

· 观察与思考

从全国儿童文学评奖
看儿童文学原创变化

第十届全国优秀儿童文学奖日前揭晓。全国优秀儿童文学奖四年一评，是对一个发展阶段内儿童文学创作成果、经验、现象、趋势的一次重要整理和总结。它是一场艺术的竞技，经过反复的比较、判断、鉴别、甄选，从大量参评童书里挑选出相对更具代表性的优秀作品；它同时也是一个象征的仪式，即以一串耀眼的果实，象征一季垂累的收获。庆典的舞台背后，我们的视野是在更广袤的田野之上。

■ 探询童年生活的"新现实"

这些年来，儿童文学写作其实一直在努力探询、思考、把握处于急剧变迁和复杂纠缠中的童年生存现实。从本届参选和获奖作品看，当代儿童文学对这一现实的观察力、理解力和表现力均有新的提振。萧萍的获奖作品《沐阳上学记》，以书写儿童日常生活的切近、鲜活、灵动而令人印象深刻。它也反映了当下一种日趋活跃的儿童文学创作现象，即知识阶层父母以自己的孩子为"标本"有意识地参与童年日常生活的观察、思考和书写。作者身份及其观察视角的独特性，既使这些作品呈现的儿童生活透着强烈的现场感，也使它们富于审美、教育等层面的现实思考和问题意识。麦子的获奖小说《大熊的女儿》，其中女孩老豆这个童年角色的塑造，就是对当代童年独特气质的一次有高度的文学提炼和表现。这个形象在某种程度上反映了儿童群体在当代社会和文化生活中不断提升的自主性、掌控力，是具有强大的生活和文化能量的"新儿童"。同时，作家又以智慧的艺术处理，将这种自主掌控的力量导引到了童年生活的良性建构中。

董宏猷的《一百个孩子的中国梦》与舒辉波的《梦想是生命里的光》，在虚构与非虚构的基本书写视角下探索当下童年的多维性、复杂性、深刻性，以及蕴于其下的永恒内质。前者以反映当代童年现实的广度引人注目，后者则以探向童年生命力的深度而引人深思。同时，这两部获奖作品也凸显了当下儿童文学格外需要的一种写作姿态，即作家亲身走进儿童的生活，深入童年的现实，在空间的广度和时间的长度中，描写中国童年真实的生存状况与精神面貌。

■ 探索童年书写的"新故事"

对于今天越来越见多识广的童书读者来说，儿童文学要在艺术的创造中持续提供故事的新趣味，日见难度。但迎向这一写作的难度，必然也会有新的视界和收获。本届获奖的《吉祥时光》《将军胡同》

是近年历史童年生活书写领域的力作。可以看到，经过这些年的探索和积累，这类写作在把握历史与童年的文学关系方面日益走向成熟。作品中，对历史的理解在童年的独特视角下获得了新的丰富，对童年的理解亦在历史的宏大视野中得到新的揭示。这类创作无疑已经成为当代儿童文学发展进程中一项重要的艺术成果。

本届评奖格外重视叙事的独到性。彭学军的《浮桥边的汤木》从一开始就因其在童年故事构思方面的创意而受到关注。作者通过设置巧妙的生活误解，使儿童被错置于某种极端的命运期待中，从而使平常的童年生活忽然披上了新鲜的光彩。这类创意并非没有先例，如海明威的短篇小说《等了一整天》、罗马尼亚作家山吉勃良努的短篇儿童小说《暑假》等，均写到"死之将至"的误会在孩子身上造成的生活戏剧。彭学军将这种误会放到一段有长度的儿童日常生活中，童年生活的舒缓寻常与孩子内心的焦虑紧张互为烘托，形成了富于戏剧性和表现性的故事张力。张炜的《寻找鱼王》触及的是西方儿童小说中最为传统的少年冒险主题，却对此做出了富于中国古典哲学气息的新阐释。

今年的四部获奖童话，在幻想的构思和叙事方式上，亦有新的惊喜。吕丽娜的《小女孩的名字》，发扬了作家童话写作中一贯的温暖、轻扬、智慧、大气的长处，又在童话结构上完成了新的突破。汤汤的《水妖喀喀莎》、周静的《一千朵跳跃的花蕾》，在风格迥异的文字中演绎各自的精灵式幻想。王林柏的科幻小说《拯救天才》，以独特的想象诠释传统的成长主题，充满当代儿童故事的幽默能量和蓬勃生气。

■ 作为艺术方向与批评标准的奖项

　　一个重要的儿童文学奖项，其目标不仅是评选出一批引人注目的获奖作品，更承担着经由对这些作品的选择、呈示，为一个时代辨识并指出艺术的方向、划定并提供批评的标准的重大职责。这些方向和标准不一定会成为人所共奉的权威准则，但它应该为人们认识、判断特定时代儿童文学的文本面貌与艺术状况，提供富于启迪的视野和思考。从这个意义上说，奖项的评审，其实也是一种具有公共影响力的文学判断、批评眼光和艺术期望的呈现与传达，故需慎之又慎。当然，在获奖作品公之于众的同时，评委会也是把这种判断、批评和期望的准则，推到了公众的批评视野中。

　　此次评奖的过程，也是评委们从文学批评的专业立场出发，围绕文本细读中产生的各个重要艺术问题展开探讨乃至争论的过程。不论在公开的讨论还是私下的交流里，大家就儿童文学的童年观与价值观问题、文学特质与多元形态的关系、儿童小说的结构与故事性、儿童诗的诗学面貌、儿童文学的人文性与理想化等当代儿童文学创作领域的突出现象和问题，展开了细致、持续、深入的辨析讨论。不少作品在会上引发激烈的争论，不单是为了最终获奖与否，更是为了它所带引出的艺术话题。我认为，这样的讨论对作品、对评委、对一个奖项来说都太重要了。它使评奖本身不但具有程序意义，也富于学术价值，这对于促进儿童文学的当代发展，也许具有更为根本的意义和作用。

　　讨论过程中，一些对当代儿童文学发展具有重要意义的艺术话题被提了出来，一些创作问题也得到了关注和探讨。例如，对幼儿文学这个门类的艺术发展来说，如何从当代童年精神和儿童文学的艺术高度出发对幼儿生活内容做出富有文学价值的提炼，如何探索幼儿文学独特的艺术表现力与审美内涵，就是有待于深入的艺术课题。

评奖总是如此，越到最后的遴选，越是有些割舍不下的作品。整个评审中，作品艺术质量是评委们的第一考虑，而文体的代表性、题材的典型性、所提出的生活与艺术话题的现实意义，也是综合考虑的因素。一些未获奖的佳作，在我看来，一样无愧于这份优秀的荣光，一样堪称儿童文学的"无冕之王"。

（原载 2017 年 8 月 9 日《人民日报·海外版》）

探寻儿童文学的艺术新境

——第十届全国优秀儿童文学奖评述

■ 走进童年的广袤与深厚

当代儿童文学的艺术发展正面临新节点，这个节点与当代中国社会急遽变迁而空前多元的现实密切相关。或许，历史上很少有像今天的中国这样，孕育、生长着如此辽阔、丰繁、复杂的童年生活现实和故事。它是伴随着技术和文化现代性的非匀速演进而形成的社会分化和差异图谱的一部分，其非统一性程度远超我们的想象。这些年来，对这一复杂现实的认识从各个方面溢出传统童年观的边界，不断冲击、重塑着我们对"童年"一词的基本内涵与可能面貌的理解。

由第十届全国优秀儿童文学奖参评和获奖作品来看，以文学的笔墨追踪、记录、剖析、阐说这一现实，其迫切性和写作的难度，足以引起儿童文学界的新的思考。本届获奖的儿童小说董宏猷的《一百个孩子的中国梦》，其独特的价值正在于，将中国当代童年生存现状与生活现实的多面性及其所对应的童年体验、情感和思想的多样性，以一种鲜明而醒目的方式呈示于读者眼前。作家选择在脚踏实地的行走和考察中走进真实的童年，这个姿态对于当下儿童文学的现实书写来说，显然富有一种象征意义。面对今天儿童生活中涌现的各种新现实、新现象，要使作家笔下的童年具备现实生活的真正质感，拥有儿童生命的真切温度，唯有经由与童年面对面的直接相遇。

甚至，这样的相遇还远远不够。要着手提起一种童年的素材，作家们不但需要在空间上走进它，也需要在时间上走进它。而很多时候，尽管怀着关切现实的良好写作初衷和愿望，我们却容易看得太匆促浮皮，写得太迫不及待，由此削弱了笔下现实的真实度与纵深度。因此，舒辉波追踪 10 年写成的纪实体作品《梦想是生命里的光》，除了呈现困境儿童生存现实的力度，也让人们看到了现实书写背后观察、积累和沉淀的耐性。这也是萧萍的《沐阳上学记·我就是喜欢唱反调》这样的作品以及它所代表的写作潮流带来的启示——作家笔下生动的、充满鲜活感的童年，只有可能来自写作者对其写作对象的完全进入和深透熟悉。

这样的进入和熟悉，在作品中直接显现为一种突出的艺术表现效果。郑春华的《一个姐姐和两个弟弟》将当代家庭父母离异背景下低龄孩童的情感和生活，摹写得既真挚生动，又清新温暖。读者能清楚地感到，作家对于她笔下的孩子以及他们的生活，了解是深入的，情感是贴近的。胡永红的《我的影子在奔跑》是近年以发育障碍儿童为主角的一部力作，其边缘而独特的视角、收敛而动人的叙事，带领读者缓缓进入一个特殊孩子的感官世界和成长世界，那种生动的特殊性和特殊的生动性，若非做足现实考察与熟悉的功课，几乎不可能为之。王勇英的《巫师的传人》，在亦真亦幻的墨纸上摹写传统文化的现代命运，却非空洞的感物伤时，而是站在生活的诚实立场，同时写出了这两种文明向度在人们日常生活和情感里各自的合理性，以及二者交织下生活本身的复杂纹理与微妙况味。这样的写作，更有力地彰显了"现实"一词在儿童文学语境中的意义和价值。

儿童文学不只是写童年的，或者说，儿童文学的童年里不是只有孩子。在弱小的童年身影之后，我们同时看到了一面巨大的生活之网。在错综复杂的生活网络中理解童年现实的真实模样，而不是试图将童年从中人为地抽离、简化出来，这才是儿童文学需要看见和探问的现实。韩青辰的《小证人》里，一个孩子的生活原本多么稀松平常，它大概也是童年最普遍的一种生活状态，但当日常伦理的难题从这样的平淡生活里骤然升起，当一个孩子身陷这样的伦理困境，她的感受、思考、选择和坚持，让我们看到了童年日常现实的另一种气象。薛涛的《九月的冰河》写少年的不安，其实也是写成人的追寻："你想过的生活究竟是一种什么样的生活？"这个问题对于一个孩子和对于一个成人，具有同等重要的效力和意义。于是，童年与成年、孩子与大人在镜中彼此凝望，相互塑造。在麦子的《大熊的女儿》、和晓梅的《东巴妹妹吉佩儿》、郭姜燕的《布罗镇的邮递员》等作品里，作家借童年的视角来传递关于我们生存现实的某种生动象征、精准批判、深入理解和温情反思，也是以儿童文学特有的艺术方式和精神，为人们标示着现实生活的精神地图。在这样的书写里，作为儿童文学表现艺术核心的"童年"的广袤和深厚，得到了进一步的开掘与认识。

■ 塑造童年的力量与精神

近年儿童文学的童年书写，蕴含着童年观的重要转型。这种转型既反映了现实中人们童年观念的某种变化，也以文学强大的感染力推动着当代童年观的重构塑形。正在当代儿童文学写作中日益扩张的一类典型童年观，在《沐阳上学记·我就是喜欢唱反调》一书的书名里得到了生动的表达。在洋溢着自我意识的欢乐语调里，是一种对于童年无拘无束、张扬自主的精神风貌与力量的认识、肯定、尊重乃至颂扬。在更广泛和深入的层面上，它体现了对于童年自我生命力、意志力、行动力、掌控力的空前突出与强调。

在这一童年观的影响下，一种充满动感和力量的童年形象在当代儿童文学的写作中得到了鲜明的关注和有力的塑造。它不仅体现在孩子旺盛游戏精力的挥霍与发散上，更体现在这些孩子凭借上述力量去接纳、理解、介入和改变现实的能力上。这些年来，当代儿童文学对童年时代的游戏冲动和狂欢本能给予了最大的理解与包容，尽管这一冲动和本能的文学演绎其实良莠杂陈，但我们仍然相信，一种久被压抑、忽视的重要童年气质和精神正孕育其中。

透过《大熊的女儿》等作品，我们看到了它在如何促生一种真正体现当代童年独特力量和精神品格的艺术可能。在现实的困境面前，孩子不再是天生的弱者，表面上的自我中心和没心没肺在生活的煅烧下显露出它的纯净本质，那是一种勇往直前的主体意识与深入天性的乐观精神。这样的童年永不会被生活的磨难轻易压垮，相反，它的单纯的坚持和欢乐的信仰，或将带领我们穿越现实的迷雾，寻回灵魂的故乡，就像小说中老豆和她的伙伴们所做到的那样。

一旦我们意识到童年身上这种新的精神光芒，一切与童年有关的物象在它的照耀下，也开始拥有新的光彩。这包括如何看待、认识、理解历史上的童年。近年儿童文学创作的主要潮流之一，便是朝向历史童年的重新发掘和讲述。与过去的同类写作相比，这类探索一方面致力于从历史生活的重负下恢复童年生活固有的清纯面目，另一方面则试图在自为一体的童年视角下，恢复历史生活的另一番真实表情。本届参评和获奖作品中，出现了一批高质量的历史童年题材作品。

张之路的《吉祥时光》，在历史的大脉动下准确地把握住了一个孩子真切的生活体验和思想情感，也在童年的小目光里生动地探摸到了一段历史演进的细微脉搏，那运行于宏大历史之下的日常生活的温度、凡俗人情的温暖，赋予过往时间以鲜活、柔软的气息。黄蓓佳的《童眸》亦是以孩童之眼观看世态人生：艰难时世之下，孩童如何以自己的方式维护大人眼中微不足道的小小尊严，如何以弱小的身心担起令成人都不堪疲累的生活负担，更进一步，如何在贫苦的辛酸中，仍能以童年强旺的生命力和乐观的本能点亮黯淡生活的光彩。

或许可以说，在当代儿童文学史上，童年的个体性、日常性从未得到过如此重大的关注。但与此同时，这个自我化、日常化的童年如何与更广大的社会生活发生关联，亦即如何重建童年与大时代、大历史之间的深刻关系，则是这类写作需要进一步思考、探索的话题。在另一些并非以个人童年记忆为书写模本，而包含明确历史叙说意图的作品中，有时候，我们能看出作家在处理宏大历史叙事与童年日常叙事之间关系时的某种矛盾和摇摆。

史雷的《将军胡同》从童年视角出发，展开关于抗战年代老北京日常生活的叙说，尽显京味生活和语言的迷人气韵。小说中，一个普通孩子的日常世界既天然地游移于特定时代的宏大时间和话语之外，又无时不受到前者潜在而重大的重构，两者之间的经纬交错，充满了把握和表现的难度。殷健灵的《野芒坡》，在对 20 世纪初中国现代化进程影响深远的传教士文化背景下叙写一种童年的生活、情感、命运和奋斗，文化的大河振荡于下，童年的小船漂行于上，大与小、重与轻的碰撞相融，同样是对文学智慧的极大考验。在这方面，可以说以上两部作品都贡献了珍贵的文学经验。

事实上，不论是对历史还是对当下现实的书写，如何使小个体与大社会、小童年与大历史的关系得到更丰富多层、浑然一体的表现，仍是一个有待于探索的艺术难题。在充分认可、张扬最个体化、具体化的童年生命力量与生活精神的同时，发现童年与这个时代的精神、气象、命运之间的深刻关联，书写童年与这片土地的过去、当下、未来之间的血脉渊源，是当代儿童文学不应忘却的一种宏大与深广。

■ 探索儿童文学的新美学

从童年现实的拓展到童年观念的革新，本届评奖意在肯定和强调的一个重要方面，是以儿童文学艺术的阔大、丰富、厚重和深邃，抵抗商业时代童年文学经验的某种模式化、平庸化进程。当下也许是一个仅凭某些畅销作品经验的快速复制便能赢得市场的时代，但没有一位真正意义上的优秀作家会满足于这样的复写，他们会选择始终走在寻找新的经验及其表达方式的路上。

张炜的《寻找鱼王》，提起的是儿童文学史上并不新奇的童年历险题材，写出的却是一则新意盎然的少年启悟小说。这新意既是故事和情节层面的，也是思想和意境层面的。少年时代的扩张意志与东方文化的自然情怀，糅合成为中国式的寻找和成长的传奇。彭学军的《浮桥边的汤木》，对于尝试向孩子谈论生命与死亡的沉重话题的儿童文学写作来说，是一个具有启发性的标本。作家让一个孩子在生活的误解里独自与死亡的恐惧相对，它所掀起的内心宇宙的巨大风暴，将童年生命内部的某种大景观生动地托举出来。小说的故事其实是一幕童年生活的日常喜剧，却被拿来做足了庄重沉思的文章，两相对衬之下，既遵从了童年生活真实的微小形态，又写出了这种微小生活的独特重量。

汤汤的《水妖喀喀莎》、周静的《一千朵跳跃的花蕾》、吕丽娜的《小女孩的名字》、翌平的《云狐和她的村庄》、萧袤的《魔法星星海》等作品，在看似几乎被开采殆尽的童话幻想世界里另辟蹊径，寻求艺术的突破。《水妖喀喀莎》中，汤汤才情横溢的精灵式幻想终于降落在了她的长篇童话里；《一千朵跳跃的花蕾》则向我们展示了一个年轻、丰饶、充满创造力的幻想灵魂。

对于幼儿文学这个极具难度、极易在艺术上遭到轻视简化的儿童文学子类来说，李少白的儿歌集《蒲公英嫁女儿》、孙玉虎的图画书《其实我是一条鱼》等作品，代表了与这类写作中普遍存在的艺术矮化和幼稚化现象相对抗的文学实践。王立春的童诗集《梦的门》、巩孺萍的《打瞌睡的小孩》，在儿童诗的观念、情感、语言、意象等方面，也有令人耳目一新的创造。

在新经验、新手法的持续探索中，一种儿童文学的新美学可能正在得到孕育。艺术上的求新出奇远非这一美学追求的终点，在新鲜的经验和艺术技法背后，是关于当代童年和儿童文学艺术本质的更深的追问与思考。以本届评奖为契机，当代儿童文学或许应该重新思考一个意义重大的老问题：在艺术层面的开放探索和多元发展背景上，儿童文学最具独特性、本体性的艺术形态和审美精神，究竟体现在哪里？或者说，儿童文学作为一种特殊的文学样式，由何处体现出它既有别于一般文学，又不低于普遍文学的艺术价值？

上述追问伴随着儿童文学的发展史而来，在持续的探询和争论中，我们也在不断走进儿童文学艺术秘密的深处。长久以来，人们早已不满于把儿童文学视同幼稚文学的观念和实践，因此有了充满文学野心和追求的各种新尝试、新探索。但与此同时，仅以文学的一般笔法来做儿童文学，仅把儿童文学当作自己心中的一般"文学"来写，恐怕也会远离童年感觉、生活、语言等的独特审美本质和韵味。

一些儿童文学作品，有精雕细琢的故事，有鲜美光洁的语言，但从童年视角来看，其故事的过于斧凿和语言的过于"文艺"，其实并非童年感觉和话语的普遍质地。如果说这样的"文学化"是儿童文学艺术从最初的稚气走向成熟必然要经历的阶段，那么当代儿童文学还需要从这个次成人文学阶段进一步越过去，寻找、塑造童年生活体验和生命感觉里那种独一无二的文学性。这样的写作充分尊重童年及其生活的复杂性，也不避讳生存之于童年的沉重感，但它们必定是童年特殊的感觉力、理解力、表达力之中的"复杂"和"沉重"。

那种"复杂"之中的单纯精神，"沉重"之下的欢乐意志，或许就是童年奉献给我们的文学和生活世界的珍贵礼物——它也应该是儿童文学奉献给孩子的生活理解和精神光芒。

（原载 2017 年 9 月 22 日《文艺报》）

2016年儿童文学的两个关键词

■ 国际安徒生奖

2016年4月4日晚，北京时间将近21点半，一条从亚平宁半岛传来的消息让这个夜晚成为不少中国儿童文学人的不眠之夜：著名儿童文学作家曹文轩获得了刚刚揭晓的2016年国际安徒生奖作家奖。

对于中国儿童文学界来说，这是一个让人等待了许久的消息。从30年前严文井、陈伯吹先生第一次代表中国参加国际儿童读物联盟（IBBY）世界大会开始，中国儿童文学人就开始了与国际安徒生奖逐渐走近的过程，多位中国儿童文学作家、画家先后获得了国际安徒生奖的提名奖，但最终的结果一直是与真正获奖擦肩而过。

这也是一个让许多人多少感到一点意外和惊喜的消息。记得10年前，第30届IBBY世界大会在我国的澳门特别行政区举行。会议期间，在时任IBBY国际执委张明舟的牵线下，时任中国版协少年儿童读物出版工作委员会副主任、明天出版社社长刘海栖邀请了时任与候任的两位国际安徒生奖评委会主席，与我国一些知名儿童文学作家、学者座谈，当时我们希望了解的许多问题，今天看来还只是关于这一奖项的一些常识。一年前，在第一届全国儿童文学作家与编辑研修班讲课时，我也曾被学员问及，中国作家何时能够获得这个奖项。就连今年初获悉进入了本届评奖最后 5 人小名单的曹文轩先生本人，当时也低调地表示，他对 20% 的概率不做想象。

曹文轩的获奖，对于其本人，对于国际安徒生奖和中国儿童文学界来说，当然都是一桩很有意味的事情。这是国际安徒生奖 60 年历史上第一次授予一位中国儿童文学作家，也是中国当代儿童文学作家获得的各种奖项中的最高荣誉。毫无疑问，这将是一件足以载入史册的事情。

我以为，曹文轩的获奖，既是他本人和中国儿童文学界的一份荣誉，也是一次机遇——一次思考儿童文学现状、观念，思考中国儿童文学与世界儿童文学之关系，思考儿童文学未来走向的机遇。如何把握这样一次机遇，可能是曹文轩先生获奖留给我们的一个课题。

■ 青年作家

2016 年，青年儿童文学作家的身影及其成长引人关注。以青年作家为主体的多套儿童文学丛书陆续出版或正在酝酿之中。八九月之交，由中宣部出版局和中国作协举办的第二届全国儿童文学作家与编辑研修班在北京如期开班；9 月 5 日至 11 月 10 日，继 2007 年之后，时隔 9 年，有文学界"黄埔军校"之称的鲁迅文学院，再一次举办了中青年儿童文学作家高级研讨班。来自全国各地的 100 多位中青年儿童文学作家、编辑参加了两个班的学习。

我们从两个班的花名册中可以发现，相聚在这两个班上的儿童文学作家，大多数是21世纪以后陆续涌现的青年作家。从这个意义上说，这两个班在某种程度上，可以看作是儿童文学新生代作家的一次会聚和检阅。

我们把这样一个作家群体跟20世纪80年代前后出现的那一代新生代儿童文学作家做一个比较的话，那么，世纪之交涌现的青年作家们，可能具有一些和上一代青年作家不一样的特质。

首先是他们所处的文化环境、时代环境，他们所面对的生活和文学的话题，已经跟30年前迥然不同了。我们发现，市场规律对社会生活的主宰，文学生活多元化时代的来临，还有新的教育环境、媒介环境、审美环境等，都对当代儿童读者的阅读生态做了新的瓜分和重组，都使得以纯文学为基本追求或者是基本考量的文学思维方式，在今天可能难以畅行无阻。所以，对这一代儿童文学作家群体来说，无论他们个人的文学理想有多么执着，在整体上，比起他们的前辈来，他们所面对的社会生活、文学发展环境，以及面临的挑战，可能都要更加复杂。

其次，这也带来了另外一个特点，新生代儿童文学作家已经逐渐淡化和模糊了他们可能拥有的共同的一些文学志向和群体面貌。换句话说，在文学心灵上，他们并没有聚集在同一面文学的精神旗帜之下。而这种相通的历史体验和文学理想可能曾经是30年前那一代新生代作家携手进入儿童文学创作时通用的文学名片和身份证件。所以，一个文学的共名时代在今天已经结束，这种结束，既可能是社会生活的影响使然，也可能是21世纪以来，新生代儿童文学作家文学生命进化的一种必然。

最后，这一代青年作家的个体文学命运与 30 年前的那一批新生代作家有了很大的不同。今天一个作家成功与否，在相当程度上是由个人的机遇、悟性、努力和造化所决定的，很难再以集体的名义来享受共同的荣光。而我们记得在 30 年前，很多作家的成功可能是因为他们自觉地汇入到了某一种成功的文学理念和文学团队当中。

代际差异可能是我们社会生活和文学生活的一个重要的形式。所以，每一个时代的作家群体，常常会表现出不同的代际特征，他们共同参与、成就了一个时代的文学。我想，对于当前这一代青年作家而言，如何在新的时代环境下拥有并展现他们独特的写作理想和写作智慧，既是时代环境的要求，也是他们发自内心的一种要求。

（本文系应《文艺报》记者之约撰写，主要内容见 2016 年 12 月 19 日《文艺报》王杨《2016 年度儿童文学关键词》一文）

诗意的，开放的，语文的……
——关于儿童阅读指导与教学的思考

在当前我国童书出版业逆势上扬、蔚为壮观的发展现实推动下，针对少年儿童的阅读教学与指导日益引起人们关注。一方面，近年来众多出版社陆续出版了为数不少的儿童阅读指导类读物，其中既有经典或热销的引进著作，也包括本土阅读理论和实践的探索指导类图书。另一方面，许多出版社在童书出版环节就将儿童阅读指导的需求考虑在内，渐渐形成了童书出版业态的一个普遍现象，尤其是在面向低幼儿童的幼儿读物领域（如图画书），随书附赠导读手册几乎已成默认的行规，它也由此成为颇具特色的童书出版现象。大量随童书附属出版的阅读指导文章，或邀请相关专业工作者做文本的艺术解读，或约请父母、教师等一线阅读陪伴者设计阅读指导的实践方法，从中也可看出广大读者急于获得童书阅读理论及实践指导的热情与期待。此外，童书类课外读物日渐成为学校课内外阅读与教学的另一重要资源，也在很大程度上助推了这一阅读指导的需求。对于大量相对缺乏童书阅读教学及课外指导经验的一线教学工作者而言，面对作为新型教学资源的童书，自然迫切需要专业有效的经验指点。

然而，科学理解童书阅读的规律，科学打开童书阅读的世界，殊非易事。即便是今天附在童书中出版的大量阅读建议，也仅是一类探索性的尝试，也还存在各种各样的疑惑和问题。童书不同于一般图书，它的读者对象的特殊性使它需要面临比一般图书严格得多的要求。当我们打开和使用一本童书时，这些要求也被同时打开、解释。它的装帧形式和文本内容上的安全性、它的表现题材与表现形式的适切性，带来了童书评价的多维标准；它的面向儿童的认知、思维、情感、道德、伦理等各方面的养成意图等，带来了童书阅读的多维角度；它的读者对象的心理发展特点，则带来了童书阅读的多样方式，最基础的如共读、默读、表演等。因此，面对一本童书，采取什么样的阅读视角，采用什么样的阅读方法，并无定论可循。但与此同时，面对一本童书，什么样的阅读观念更为进步合宜，什么样的阅读路径更能充分发挥其意义和功效，却有它的讲究。

在承认童书阅读行为本身的复杂性、多层性、多样性的前提下，本文拟就当前童书阅读指导与教学中的偏误现象，提出关于童书阅读指导与教学的三点思考。

■ 一、诗意阅读

所谓"诗意阅读"，是相对于当前童书阅读指导和教学中仍然十分普遍的教训主义阅读而言的阅读观念，是建议儿童阅读的指导者、教学者关注童书的"文学"维度和"诗性"维度,并且懂得经由文学的路径,带引学生领略书中独特的诗意,品味其中艺术的滋味。

童书的范围当然不局限于文学作品,甚至有些童书,其创作和出版的目的即是传播教训,而非演绎文学。但我们也须承认,今天大量的受到孩子和成人们喜爱和欢迎的童书,恰恰多是儿童文学作品,它们以其文学的魅力吸引读者的兴趣。事实上,这部分作品的存在充分解释了童书在当代社会受到空前高涨的阅读关注的基本原因。正因如此,对待这类童书的教训主义态度,以及这种态度主导下的教训主义阅读,亟待反思。

我曾应邀听过两堂儿童诗的教学观摩课,上课的年轻教师对儿童文学教学和阅读推广的热情、想法及其身上所洋溢的活力,给我留下了十分深刻的印象。那两节观摩课上,被教师选来用作教学内容的两首儿童诗,分别题为《萤火虫》和《知了》,形式简短,内容富有韵味。应该说,教师的教学选材相当成功。"长长的夏天 / 萤火虫 / 都找不到 / 自己的家 / 提着小小的灯笼 / 朝东朝西走 / 我的心 / 也跟着 / 朝东朝西。"(《萤火虫》)"夏天的太阳 / 火辣辣地烤 / 知了热得受不了 / 脱了外衣 / 还在吵 / 大家都在睡午觉 / 不睡觉的请别闹 / 瞧,它回答得多好 / '知了,知了……'"(《知了》)《萤火虫》一诗的教学者为此诗教学设计了两个基本问题:第一,"想想这是一只怎样的萤火虫。"针对这个问题的预设答案是"迷路、糊涂、调皮……"第二,"你有什么想提醒它的呢?"相应的预设答案则是"不要贪玩,让妈妈担心;要多个心眼儿,记住回家的路……"《知了》一诗的教学则这样设计问题:"轻声读读,想想都读懂了什么。"教师预设的答案是"夏天太热;知了知错就改、文明礼貌……"

可以看到，就诗歌艺术本身而言，《萤火虫》和《知了》均从童年视角出发，结合虫子的物性展开拟人的想象，尤以天真、可爱的童趣取胜。一个孩子置身萤火虫的生活想象中，为小小的虫子"找不到自己的家"而忐忑着，忧心着。我们从中既看到了童年日常生活的生动状态，也从幼年时代特有的稚气的误会和同情里，体味到一种动人的情感波澜。《知了》的风格则是活泼的、生机勃勃的，童稚的想象与巧妙的谐音互为配合，渲染出可爱的意象与情致。相比之下，教师给出的预设答案，却将诗歌活泼有趣的文学表现，完全变成了严肃板正的生活教训。用这样的方式教儿童诗，由于忽视了这一体式本身的文学美感，不但未能带孩子领略诗歌真正的妙处，也不能把阅读的乐趣充分传递给他们。归根结底，对于童书阅读活动来说，借文学美感培养孩子对书本、对阅读的兴趣，比教给他们一个当下的教训，意义要长远得多，也要重大得多。

诗意阅读的观念首先对阅读教学者、指导者的文学素养和审美能力提出了一定的要求：既要有能力为孩子们遴选具有文学性的阅读素材，也要有能力就这些素材展开文学性的赏析。如果选择的阅读材料本身了无诗意，自然谈不上诗意阅读。如果材料选得不错，赏析过程却了无诗意，点金成铁，诗意阅读同样无从谈起。文学的素养和审美的能力，均需在常年的学习熏陶中加以培养。

同时，我们也应看到，诗意阅读与包含其他意图的阅读活动并不冲突。童书阅读不能用来实现特定的儿童教育意图。"诗意阅读"作为一种观念，是指在儿童阅读指导和教学活动中，应把童书及其阅读行为本身的趣味放在首位。对待童书阅读的教训主义态度和对待儿童的教训主义态度一样，都需要慎思。对于儿童期的阅读，一切教育目的的施行都应建立在充分享受童书阅读自身趣味的基础上。

■ 二、开放阅读

所谓"开放阅读"，是相对于给定标准答案的封闭阅读活动而言的阅读观念，是指儿童阅读的指导者、教学者给予儿童读者的阅读活动以充分的开放性，而不以有限的、确定的答案限定儿童的解读力、想象力。

现代接受美学强调读者在文本接受过程中的创造性，强调读者的视野在参与文本意义生成的过程中所承担的重要角色。这种接受的创造性在儿童的阅读活动中体现得尤为鲜明。我参与过多次小学生童书阅读的课堂、课外教学现场。面对一个作品，孩子们的感觉和思维一旦打开，其解读往往五花八门，别具神采。有一次，二年级课堂上讲授金波的儿童诗《春的消息》，几十个孩子在老师的启迪下，学着诗中的修辞手法接龙创作："风唤醒了树""树唤醒了泥土""泥土唤醒了小草""小草唤醒了花"……这个过程中，儿童已经由接受学习进入了某种意义上的文学再创造。此时，如果教学者或指导者因各种原因拘泥于标准答案思维，限制了儿童的阅读发挥，便会带来童书阅读效力的大打折扣。

对于学龄期儿童，童书阅读可以作为课堂学习的重要补充，当然也可以在一定程度上承担课堂知识、技能的温习与巩固功能。但童书阅读相对于教科书阅读的独特价值，首先在于它是一种更为自由、开放的阅读。在阅读指导或教学中，成人应当放下标准答案思维，有意识地为孩子提供开放阅读的条件，营造开放阅读的气氛，引导他们从书籍的阅读中进一步获得创造的发挥和启迪。不久前我曾听一位优秀的青年教师为小学四年级的一个班级讲授希尔弗斯坦的童诗《冰冻的梦》。在老师的启发引导下，孩子们纷纷举手述说自己心里"梦"的滋味："梦是甜甜的糖果的味道""梦是冰激凌的味道""梦是巧克力的味道"……其中有一个男孩举手道："梦是苦瓜的味道。"在孩子们的想象力正在逐渐打开的情形下，这个"苦瓜"的比喻简直是神来之笔，它既丰富了作为本节阅读课堂核心话题的"梦"的滋味，又不经意地揭示出我们的日常生活乃至生命本身的某种复杂况味。不论对"梦"、对"生活"、对"人生"，"苦"同样是一种合理的状态和滋味，或许还是它们不可或缺的一个成分。但因这个答案的方向与教学者的预设显然有所不同，教师稍顿之后本能而委婉地否定道："梦怎么是苦瓜的味道呢？"男孩的答案未被立即认可，他显得有点蔫。这个阅读教学的场景在我看来，即是因为缺乏充分的开放阅读观念而导致阅读活动的创造性未能充分展开。

开放阅读要求阅读活动的教学者、指导者在控制、主导阅读现场的同时，也具备足够的应变力、舒张力，既要给予孩子的开放阅读以充分的尊重、鼓励，又要有能力将开放阅读带来的课堂变数迅速转化为当前进行中的阅读活动的有机部分。

开放阅读的观念对于当前童书出版中阅读指导附页的设计，同样具有启发与参考的意义。这类指导设计也应充分考虑儿童阅读活动的开放特性及其独特价值，不只是为读者提供实践应用的某种便利或参照，同时还应将开放阅读的思想融入阅读活动的设计，以使阅读指导和教学活动不是束缚儿童的阅读理解，而是将他们推向更宽广的意义世界。

■ 三、语文阅读

所谓"语文阅读"，是指儿童阅读指导和教学活动在关注童书的题材、主题、观念和情感表达等方面特点的同时，还应注重语言文字（包括图像语言）层面的具体赏析。应该看到，对于一部优秀的童书，一切表达的内容、效果都与其表达的方式融为一体，理解这些内容及其表达的意图，也因此与理解它们的表达方式密不可分地联系在一起。

仍以本文第一部分提到的那个儿童诗教学课堂为例。从语文阅读的层面看，我们不妨先搁置提炼、总结《萤火虫》《知了》的主题，而是先从语言文字的层面感知诗歌的意境、氛围。《萤火虫》中，作者如何使用长短句的参差节奏来传达一种"找不到家"的忐忑心情；《知了》中，作者又如何通过相对整齐的诗行组合、朗朗上口的押韵安排和幽默巧妙的谐音游戏造成一种活泼的童年趣味。同样是写虫子的短诗，为什么两首诗带来的阅读感觉和情感反应不大一样？是什么原因造成了这种不一样？在加拿大儿童文学研究者佩里·诺德曼和梅维丝·雷默关于儿童诗歌教学的建议中，首先提醒读者关注的便是语言文字的可见形式："注意文字本身""注意文字构成的样式""注意文字引发的画面和声音""注意文字营造的画面样式""注意文字创造的声音"；接着是对叙事形式和内容的提炼："注意文字讲述的故事"；最后才演进到对意义的关注："注意文字传达的意义""注意文字构造出的意义样式"。[①] 这样的分析会把我们带进对于语言文字独特的表达力、表现力的感悟中，也会把我们带向一个对于作品更真实的表现冲

---

① 佩里·诺德曼，梅维丝·雷默．儿童文学的乐趣［M］．陈中美，译．上海：
   少年儿童出版社，2008：418-437．

动和表达意图的理解中。

一些成人教学者、指导者带领孩子阅读童书中的长篇作品，往往遵循一个基本的模式：先理顺故事，再总结题旨。此时如能更多结合叙事语言层面的赏析，则能帮助孩子获得更多的阅读领悟和启迪。作者用了什么样的方式来讲述这个故事？这种讲述的方式为什么会引起我们的兴趣？它与一般的叙述有什么不同？书中哪些部分特别让我们感到趣味盎然或深受感动？从语言层面看，为什么会有这样的效果？通过这样的赏析，不但可以带孩子们更完整深入地理解、把握特定的作品，还将使他们真正领略到语言表达和文字运用的独特魅力。

在童书阅读中实践语文阅读的观念，阅读指导者、教学者应善于挑选高质量的阅读素材，也需要较为准确地把握阅读素材的语文特性。我们应当明白，语文知识和语文能力的培养是从准确使用字词开始的，但语文知识和语文能力的成熟，还进一步体现在对字词的审美运用上。这种审美不只是语言修辞的表象之美，更是表情达意的深层美感。正是在这个意义上，优质的童书阅读为语文课的延伸阅读提供了最好的支撑。

正是在语文阅读观念的检视下，当前童书出版中十分突出的语言文字问题也应引起人们充分警惕。快速生产的畅销童书、匆忙急就的翻译童书、偏重信息的科普童书等，其语言文字运用的准确性和文学性，应该成为这类童书质量的一个重要考察维度。就此，语文阅读的观念也提醒童书出版界，一切童书应在语言文字的运用方面予以格外的关注和重视，包括为儿童出版的科普类、信息类书籍，同样需要在语言文字层面狠下功夫，使之经得起语文阅读的遴选和推敲。

■ 结语

在童书阅读的教学和指导实践中，"诗意阅读"强调对童书作品及其阅读活动的审美特性的关注，"开放阅读"强调对童书阅读及其儿童读者的创造特性的关注，"语文阅读"则强调对童书文本及其语言形态的表达特性的关注。"诗意阅读"不是脱离语言赏析的空泛审美解读，而恰恰应该落实在最具体可感的"语文阅读"的基础上。同样，"语文阅读"也非机械的字句剖析或抽象语言知识的概括，而总是朝向语言所蕴含、表达的生命感觉和诗情打开的"诗意阅读"。这两种阅读观念的相互融合，最后必然会把阅读者带向一种给阅读者本人带来审美自由和解放体验的"开放阅读"中。

可以看出，倡导童书的"诗意阅读""开放阅读"和"语文阅读"，其根本的宗旨是一致的，即通过张扬童书阅读活动的审美本位、读者本位和语文本位，更好地实现童书阅读在儿童学习、发展、成长中的独特作用。在童书阅读活动中，诗意的、开放的和语文的阅读观念，能够帮助我们更好地领略童书阅读的独特乐趣，走进童书阅读的宽广世界，进而发挥童书阅读的强大效用。当然，不论"诗意""开放"还是"语文"的阅读，在儿童阅读活动中都不是强制性的阅读标准或原则，它们更多地代表了一种理念，一种智慧，一种情怀。这些阅读观念的实践和普及，背后离不开阅读教学者、指导者的坚持、不懈探索和巨大付出。我相信，当我们以这样的方式不断深入童年阅读的广阔世界，不论对孩子还是成人而言，这样的探索和付出都将回报给他们独一无二的价值。

（原载 2018 年第 11 期《中国出版》）

当代话语和当代体系
——一个时代的理论和批评应该担负的职责

■ 一种意识，两个关键词

我以为，中国当代儿童文学理论界应以一种高度的自觉意识，努力构建儿童文学理论批评的当代话语和当代体系。

这一意识里有两个关键词：一是"当代"，二是"中国"。前者强调时间性、历史性，后者强调空间性、地域性。如果说很长一个时期以来，这两个关键词始终是当代儿童文学理论批评建设所面对的双重要求，那么，在21世纪至今中国儿童文学发展的现实语境下，在新的儿童文学现象不断向理论批评提出新要求的状况下，这一双重要求的意识，也应得到新的审视和思考。

近20年间，中国儿童文学的发展现实，也许超出所有人的预期和想象。只需想一想21世纪初以来，儿童文学如何从传统出版相对低迷的情势中逆势而上，持续攀升，在10多年间成为整个图书市场炙手可热的宠儿，便足以感受到现实本身的莫测与神奇。今天，这一现实无疑构成了人们谈论 21 世纪以来儿童文学发展进程的最基本的背景，而它自身也被打上了"当代"和"中国"的鲜明烙印。

当代儿童文学的发展愈是演进，我们愈是感到，不论来自域外的资源提供了多么重要和巨大的参照，中国儿童文学注定要在自身特殊的政治、经济和文化语境中探寻它的发展路径。正是这种独一无二的当下性和本土性，向儿童文学理论提出了新的诠释力和有效性的要求。仅以作为现代儿童文学思想起点的童年观为例，中国当代儿童文学无疑继承了整个 20 世纪东西方现代童年观的重要精神遗产，但与此同时，它在今天所面对的中国当代童年的分化程度，以及童年现实的复杂状况，又都是空前的。对于当代儿童文学来说，它该以何种方式解开当代童年生活的文化密码，又以何种方式与中国童年的现状、命运和未来相互影响、彼此塑造，正是一个充满难度和潜力的新的理论课题。再如，也许是受到域外儿童文学艺术的影响，中国当代儿童文学逐渐培植起了一种对于现代儿童文学艺术发展至为重要的"中产阶级"美学。然而，这个过程中，我们也在不断发现这一西式"中产阶级"美学与真实的中国童年体验之间的某些裂缝，以及它所导致的当代儿童文学艺术表现的一些潜在问题。如何重新思考、塑造中国儿童文学的典型美学，同样是一个极具"中国"性和"当代"性的理论话题。总体上看，在儿童文学的文化观念、艺术创造、阅读推广、教学实践等各个领域，对于一种切合中国当代儿童文学发展特殊性的批评话语和理论体系的需求，既普遍，又迫切。相比之下，当前的理论和批评本身，则还未能跟上这一现实要求的步伐。

■ 三类话语资源的吸收与借鉴

一种贴近当代和本土状况、契合当代和本土需求的儿童文学理论批评，不是简单的理论演绎或莽撞的实践概括的产物。针对新兴、复杂的文学现象，理论的解释力和批评的判断力必然有赖于它自身的积累和见识。

因此，中国儿童文学理论批评话语的当代建设，应当重视三类话语资源的借鉴。

一是历史资源。中国儿童文学理论批评的历史话语资源对于其当代建设的价值，不但体现在一切历史相对于当下的某种共通的借鉴和提示意义上，也体现在透过这一历史话语资源的清理与追究，我们有可能发现与当代儿童文学理论批评的发展困境和趋向密切相关的文化根源上。与西方现代儿童文学的状况有所不同，现代意义上的中国儿童文学理论建构，是以某种早慧的形态与现代儿童文学几乎同时诞生。在这个过程中，它兴起的初衷、关切的问题、批评的聚焦、理论的命运等，对于我们今天思考中国儿童文学理论批评的价值、意义，探问当代儿童文学理论批评的困境、问题，仍然深具启发性。

我一向持有这样的观点：中国儿童文学理论批评史给我们留下了巨大的思想和文化遗产，针对这份遗产的当代整理和接收的工作，还远没有彻底完成。甚至，从现代儿童文学的诞生到今天，一个多世纪过去了，关于儿童文学的艺术规律，关于儿童文学的实践活动，在某些方面，我们并没有比前人走得更远。历史留给我们的资源，还有着巨大的探讨和反刍空间。对于当代儿童文学理论批评的进一步建构和发展而言，更充分地清理、收纳、消化这一历史资源，应是不可或缺的一桩工作。

二是域外资源。我在《中国儿童文学理论批评史》一书中曾经谈到，中国现代儿童文学理论批评在很大程度上起步于面朝域外资源的学习和借用，直至今天，儿童文学界仍然保持着这一姿态。当代西方儿童文学理论批评的发展，让我们看到理论和批评如何将儿童文学由一个最初仅在儿童阅读服务领域得到关注的边缘存在逐渐提升至一般文学研究对象的行列，以及一批新锐、前沿、开阔、深厚的理论批评著作的问世如何逐步开掘出儿童文学自身的广度和深度。在一个开放的文学和文化交流时代，这一域外资源尤其吸引着国内青年儿童文学研究者的关注，它的更丰富的理论面貌也在这一进程中得到新的认识和揭示。近些年来，我在应约为长江少年儿童出版社编选年度中国儿童文学论文集的工作中，对这一现象尤有感触。

　　不过我也认为，针对域外资源的借鉴，第一，应以了解和吸收本土资源的学术养分为基础；第二，同样要学会识长辨短，去伪存真。尽管当代欧美儿童文学理论批评的确展示了强大的创造力，其中不乏重要的经验，但也要避免机械照搬的"拿来主义"，更要警惕理论武器的滥用、误用。了解域外资源，是为拓展眼界，增长识见，从中汲取有助于当下儿童文学理论与批评建设的经验。面对这一资源，我们自己的视点，应该落在更高更远的地方。

　　三是普遍的文学与文化资源。这些年来，我在《新世纪儿童文学的文化问题》《儿童文学作家的思想与文化视野建构》等文章里，在不少会议上，反复谈到儿童文学作家要不囿于儿童文学的小圈子，要在更大的文学和文化视点上思考儿童文学的艺术问题。这一点对于理论批评来说，同样重要。很多时候，令儿童文学界感到迷茫、胶着的一些当下问题，若从普遍文学和文化的大视野来看，常有重要的启迪作用。例如，近年儿童文学界关注的儿童文学应该表现什么样的"童年现实"的问题，一旦我们意识到，它其实也是人类文学史上关于文学可以"写什么"和应该"写什么"的久远争论在当代儿童文学界的投影，那些已有的思想成果，就会成为我们从一个相对成熟、深透、完善的角度讨论、思考、解开这一艺术问题的重要理论支持。当然，普遍文学和文化的问题，不能简单地移植为儿童文学及其文化的问题，但它们所揭示的文学和文化的经验、教训等，应该成为我们思考儿童文学问题的基本起点。

关于儿童文学的一些特殊问题的思考，都离不开一种文学和文化的普遍视野的参照。从后者出发，能够有效地帮助儿童文学理论和批评摆脱它常易陷入的某种狭隘境地，既有助于现实问题的剖析，也有助于理论批评的推进。

■ 两大理论体系的设想

对于当代儿童文学理论的发展而言，是否有必要、也有可能建立一套相对系统、完善的当代儿童文学理论体系？对于"体系"这样的用词，我一向抱有警觉，因为它太容易给丰富、细密、多样、复杂的文学观念、现象等带来不当的限制和武断的裁决。但在文学艺术发展的特定阶段，体系也有它不可替代的意义。建立在系统、全盘的现象考察、分析基础上的理论概括、总结、洞察和前瞻，对于我们摆脱身在局中的片面迷思，探寻现象背后的深层问题，也有独到的意义和价值。同时，一个相对科学、系统、富于解释效力的理论体系的确立，对于作为一个学科的儿童文学研究来说，更是一种意义重大的支撑。

当代儿童文学界应当有意识地规划、启动两大基本理论体系的建设。

一是基础理论的体系。这是指围绕着儿童文学的观念、文体、艺术、文化及其他基本理论问题建立起来的理论体系，这一体系在当代儿童文学研究史上有其一贯的传统。新时期以来一直在陆续出版的一大批教材和教程性质的基础理论著作，上承现当代儿童文学的基础理论传统，同时也结合当代语境和状况，对这一传统做出必要、恰当的补充、完善。不过，这些著作的教材性质在客观上限定了其理论展开的广度和深度；同时，许多新兴、特殊、重要的当下文学现象带出的理论话题和理论思考，也难以在其简明的体系构架中得到充分体现。事实上，发生在当代儿童文学现场的大量新兴文学现实，以及这些现实带给传统理论的冲击和要求，它们所对应的理论话题，需要大量专题研究的介入和支撑。这一体系的建设，总体上应有一种统筹意识：如何有效深化既有的理论课题，如何准确开辟新的理论场域，如何使它足以构成一个对当下中国儿童文学的历史和现实具有充分覆盖力、诠释力的话语体系，等等。

二是应用理论的体系。相比于基础理论，当代儿童文学的应用研究远未跟上其应用实践的现实，这或许是因为相比于欧美社会源远流长的儿童阅读服务体系和传统，中国儿童文学的应用实践原本就远落后于艺术创作的实践。近年来，国内儿童图书馆服务网络的快速建立和发展，儿童文学阅读推广实践的迅速铺展和加快成熟，以及学校、社会对于儿童文学教学实践的关注和重视，既让人们看到了儿童文学的应用实践带给整个社会的巨大文明福利，也进一步揭示了针对这一实践的理论需求与理论现状之间的巨大差距。与基础理论相比，中国儿童文学的应用实践更直接地受到它所处社会、文化、体制等特殊条件的影响和塑形。针对这一现实，儿童文学理论界亟须思考、规划、启动建立在科学调查与研究基础上的专业探讨和理论建设工作。这一理论体系的科学规划，以及基于理论成果的有效批评实践，将有助于我们在儿童文学的应用实践中辨清乱象，克服盲目，也将为当代儿童文学理论批评的发展带来重要的新成果。

还应当说明的是，上述观念、话语和体系的建设，终点并非理论和批评本身，而始终是当代儿童文学和童年生活中展开着的无比丰富、生动的现实。面对这一现实，理论和批评的最高意义往往也并不体现在为其指明出路、规划蓝图的能力上——对于文学而言，这样居高临下的指示和规划，很可能是空洞乃至危险的——而在于运用理论和批评特有的观察力、概括力、判断力、洞见力，随时为行走在其中的我们提供尽可能准确、必要的参考方位。在文学的阔大深林里，理论和批评扮演的是地图和指南针的角色。前路的景象始终未知、有待探索，但辨清身在其中的基本方位，总能帮助我们不致迷失在毫无方向的杂沓错步中。对于中国儿童文学而言，它正在经历的或许是当代儿童文学史上前所未有的艺术和文化变革的时代。从这空前激烈的革新和变迁里，寻找和确认其中"不变"的文学经纬和文化坐标，是一个时代有所追求的理论和批评应该担负起的职责。

（原载 2018 年 7 月 18 日《文艺报》）

如何给予孩子们一个更好的童年

——关于儿童文学发展的一点思考

　　进入 21 世纪，中国儿童文学出版、发行、传播的市场环境进一步形成。如果说 20 世纪 90 年代的中国儿童文学还只是在市场经济的环境里小试身手的话，那么，近年来市场对于儿童文学发展的影响和左右，已经成为一个必须应对的巨大的生存现实。例如，出版业作为实体文化的主要组成部分，于 2003 年开始了体制改革的总体启动阶段。截至 2010 年底，包括地方出版社、高校出版社、中央各部门各单位出版社在内的中国所有经营性出版社，已经全部由事业单位转为企业，成为市场主体。

　　在市场化的背景下，传统儿童文学出版的习惯与空间都发生了新的变化。最初的茫然和恐慌无疑是存在的。20 世纪 90 年代的市场化尝试，人们还只是朦胧地预感到了市场化的前景和压力。而进入 21 世纪后，中国出版体制全面的市场化改革，无疑把那些曾经还在犹豫、观望或心存侥幸的出版社和作家，统统赶进了无边的市场经济丛林里。

除了市场经济这只狼以外，中国儿童文学还同样面临着一些来自其他方面的困扰和压迫。例如，以数字电视、互联网等为代表的新媒介的大规模普及，使相当一部分少儿读者的阅读时间被剥夺；中国中小学普遍存在的应试教育，也常常使许多孩子疲于应付各类繁重的作业和考试，一部分老师和父母固执地认为，只有作业和分数，才是童年时代的正事，才能保障孩子们的未来，而儿童文学不过是无关紧要、可读可不读的闲书而已。在这样的现实之下，儿童文学的发展处境似乎不容乐观。

出人意料的是，在经过了若干年的犹疑、惶恐和摸索、努力之后，21世纪中国儿童文学的创作、出版、发行却进入了一个十分风光的时期。许多报道都宣称，在近年来中国图书市场整体增长缓慢的情势下，童书包括儿童文学的出版、发行却逆势上扬。据开卷公司提供的统计数据，2006年至2016年，中国少儿图书的年增长幅度，均高于整体市场的增幅。

因此，对于21世纪中国儿童文学发展来说，至为重要的一个现象，是随着国内儿童图书消费量的急剧攀升，儿童文学类童书在整个中国图书出版界经济地位的不断提升。尽管早在20世纪90年代，人们就开始意识到了市场经济下儿童文学出版所暗藏的巨大消费潜力，但进入21世纪以来的十余年间，针对这一消费潜力的出版发掘与利润争夺，几乎成为席卷中国出版界的一个醒目现象。这些现象，使得人们对于原创儿童文学的关注和青睐日益凸显，同时也使得原创儿童文学在20世纪后期所累积起来的那份艺术底气，在21世纪初的十余年间得到了淋漓尽致的发挥和释放。

当我们谈论20世纪90年代以来的发展给中国儿童文学带来了什

么的时候，我们关切的不只是它的历史和现状，也有它未来的方向和可能，以及儿童文学如何才能塑造、给予孩子们一个更好的童年。就此而言，我们看到的是，这个时代造就了当代儿童文学发展前所未有的优势和机缘，同时也造就了它所面临的前所未有的挑战和难题。正视后者与善用前者，对儿童文学的未来有着一样重要的意义。

　　首先，在一个以市场为轴的童书经济时代，围绕着儿童文学发生的创作、出版、推广、批评等文化行为，在与经济利益的彼此促进和小心博弈中，如何坚守和保持其文学的标杆与文化的操守？

　　这些年来，我们目睹空前庞大的童书市场化进程给中国当代儿童文学带来了层出不穷的新现象、新议题。比如，畅销童书的出现，改变着传统文学生态链上创作、出版、接受、批评等环节的内涵与关系。过去的作者大多是独立的文学撰稿人，今天的作者则成为童书商业运作中的一个重要链环，还需要在新书发布会、读者签售会等包含商业推广意图的各类活动中承担相应的职责。过去的出版者坐镇一方，往往掌握着一部作品的生杀大权，它在这样的位置上培养起一种挑剔的眼光和严苛的标准，而如今，它在不断学习新的趣味和标准的同时，面对畅销作品和作者资源的激烈竞争，常常也不得不放下一种有高度的眼光和标准去迁就市场的要求。过去的儿童读者自然远不如今天的孩子见多识广，后者清楚自己的阅读喜好，更倾向于把儿童文学的阅读当作一种娱乐。但这样的娱乐倾向的阅读喜好，也最容易导致阅读的偏食和贫血。今天的儿童文学批评如何在纷繁的文学现象和诱人的商业招安面前，寻找、坚持一种有效的艺术判断力和文化责任感？对于儿童文学作家、读者、出版人和批评人来说，这些新话题实际上对应着自我当代身份的重新建构。我们最终将迎来一个什么样的儿童文学新秩序，这个秩序的文化含量和文化层次如何，作家、读者、出版人和批评者的抉择和行动，都在其中扮演着不可或缺的角色。

其次，在中国儿童文学的艺术面貌和生态变得空前多元的时代，如何理解、把握这一生态的丰厚度，如何在作品庞大的数量基础上，实现更进一步的质的艺术突破。

众所周知，一个时代的文学成就，既离不开作品数量上的基础，更是由一些体现经典品质和艺术高度的作品来支撑的。而新的时代向"经典"和"高度"提出了新的要求。如果说很长一段时间里，我们为争取儿童文学在文学世界里的独立一席而努力，那么今天，是到了思考这些问题的时候：对儿童文学来说，除了为儿童而写的特殊身份之外，是什么使它作为一种文学的艺术毫不逊色于最优秀的一般文学创作？当代中国儿童文学的开放语境能否催生一批这样的经典作品，即使将它们放到经典文学的一般课堂上，仍然经得起挑剔的品读？从当代儿童文学艺术的基本面貌来看，我们对于儿童文学的独特艺术和美学的理解，既取得了相对于过去的重大进步，也存在着某些影响其走向更远未来的重要缺陷。例如，儿童文学的艺术发展如何走出"唯儿童主义"（即"只要孩子喜欢的，就是好作品"）的狭隘视野，不是仅仅简单地将娱乐儿童大众作为艺术的目标，而是深刻地认识到，在儿童大众的现实趣味和儿童文学的审美趣味之间，同样存在着一种辩证的关系，前者提醒后者不要忘记"孩子喜欢什么"，后者则以"孩子应该喜欢什么"的思考和体验提升前者。当代儿童文学需要审思什么是童年生活中真正具有高度文学表现价值的趣味，而不仅仅是简单录制或仿造童年生活的某些现实。发现这种独属于童年的，同时又蕴含价值高度的审美趣味，也许是当代儿童文学走向经典的必由之路。

再次，在中国当代儿童文学阅读普及达到空前程度的现实下，一方面，如何通过儿童文学及时观察、探测、反映童年的当下现实，以及引起人们对这一现实的关注？另一方面，如何借由儿童文学深化我们对童年的当代理解，进而参与重塑当代童年的身体与精神？

经历了历史的教训和经验的积累，当代人、当代社会对童年的理解有了进一步的深化，那么，儿童文学如何体现这种童年观的深化，如何以文学特有的洞见和力量，持续推动这种深化？同时，当代生活的巨大变迁和复杂性，带来了当代童年的巨大变迁和复杂性，它不但体现在童年生活面貌总体上的转型，也体现在它日益分化出中国式童年的各种新现象。在各类媒体中被反复提起、谈论的留守和流动儿童仅是其中的现象之一。面对和关切这些现实，是当代儿童文学的伦理职责，也是它的文学职责。

但我们也正在认识到，仅仅把新的童年生活纳入自己的题材边界，只是实践了儿童文学童年书写的前一半职责，如何以文学之力洞穿这种童年生活的新现实，如何从这现实中写出当代童年及其困境的力度和深度，更进一步，如何发现这个童年的现在、未来与它背后的更广大的社会生活、文化的现在和未来之间的深度关联，才是这种童年现实书写作为儿童文学能否在文学的世界得到尊重和认可的关键。这方面，当代儿童文学书写面临着两种对应的困难：一些能够相对贴近地书写童年生活现实的作品，其现实的观察和反映尽管不乏生动真实，却因缺乏对现实的穿透力、提升力而易流于童稚的娱乐和搞笑的浅薄；而一些怀着深切的关怀意识进入特定童年生活书写的作品，却因缺乏对童年现实的准确把握和尊重而易落入某种过于虚构、不够真实的窘境。两种困境的突破，都需要足够的文学勇气和智慧。

这样的思考和追寻是值得的，如果我们意识到，几个世纪以来，儿童文学的阅读不但参与塑造着社会公众的童年观，也潜在地塑造着作为读者的儿童大众。而我们今天选择把童年带向何处，最终，童年也将把我们所有人带向那个地方。

（原载《童年书写的想象与未来——第十四届亚洲儿童文学大会论文集》，湖南少年儿童出版社 2018 年 8 月版）

儿童文学：步履沉稳

　　刚刚过去的 2018 年，原创儿童文学创作给我的整体印象是，在阅读推广、出版市场火爆，而优质资源相对缺乏、出版门槛相对偏低的情势下，艺术步履依然沉稳。

　　例如，中长篇作品出版数量大，总体的艺术水准可圈可点。就中长篇结构艺术而言，许多作品在这方面的努力令我难忘。董宏猷的《野娃子》、黄蓓佳的《野蜂飞舞》、刘海栖的《有鸽子的夏天》、曹文轩的《疯狗浪》、常新港的《尼克代表我》、赵丽宏的《黑木头》、王璐琪的《给我一个太阳》、赵菱的《大水》、史雷的《正阳门下》、冯与蓝的《挂龙灯的男孩》、小河丁丁的《牧笛哥哥》、郝周的《黑仔星》等，构成了 2018 年中长篇儿童文学创作斑斓的结构艺术面貌。

　　又如，2018 年的儿童文学出版物，在插画艺术、装帧设计、印制品质等方面的进一步提升，也令人印象特别深刻。捧在手中，立上书架，即成风景和美好。这不仅仅是一种出版本身物质表现能力的进步，也意味着一种视觉文化和审美能力的自觉与提升，更是儿童文学出版在总体上接近或达到国际水准的一种标志。

展望 2019 年，我们对原创儿童文学的未来依然充满祝福与遐想。

例如，中长篇儿童文学的结构艺术如何做得更加多样的同时，也更加绵密和深邃。很显然，结构艺术不仅仅关乎故事讲述，更与作品真正的艺术性、深刻性相关。如王安忆女士说的那样，经验性传说性故事和小说构成性故事 ① 是两个范畴。如何写出小说构成意义上的故事，写出结构艺术真正意义上的独特、丰富与深刻，儿童文学还有努力的空间。

关于"慢写作"，这些年人们常常呼吁。这个时代的儿童文学作家们无疑是勤奋的，许多写作者对于儿童文学写作也满怀恭敬和揣摩之心。我以为，"慢"本身也许并不是目的，重要的是，如何不在市场、出版的催逼之下，不在名利的诱惑之中，忘记儿童文学创作者的责任与使命。永远都要记得，童年的事情，没有一件是可以草率和怠慢的。

（原载 2019 年 1 月 2 日《文艺报》）

---

① 王安忆.漂泊的语言［M］.北京：作家出版社，1996：345.

· 作家与作品

"我说出来，就拯救了自己的灵魂"

——作为儿童文学评论家与编辑家的周晓先生

周晓先生的名字，是与 20 世纪 70 年代末至八九十年代中国儿童文学事业的发展紧密联系在一起的。

直到今天，很少有人宣传过他，然而我知道，许多经历过那个时代的人心里都明白，周晓先生的工作对于 20 世纪八九十年代中国儿童文学的历史发展意味着什么。2011 年 6 月 18 日，在绿树环绕的浙江师范大学红楼，浙江师范大学儿童文化研究院（今儿童文学研究中心）与上海的少年儿童出版社联合举办了"思辨与品格——周晓先生儿童文学评论与编辑工作研讨会"。会上，好多位朋友都谈道：历史选择了周晓，历史造就了周晓，而周晓先生也以自己长时段的坚韧努力，为那一时期中国儿童文学的艺术革新和历史发展，做出了他个人的独特贡献。

一

谈到周晓先生作为儿童文学评论家的工作和特质，我以为，这样几组关键词是十分重要的。

第一是"历史与机遇"。

20世纪70年代末80年代初，在中国当代文学生活中是一个剧变的时代，儿童文学在这一历史剧变面前其实是有一点麻木、迟钝，或是困惑的。在中国儿童文学拨乱反正、艺术变革的历史进程呼唤和需要一种新的眼光、勇气和胆略时，周晓先生带着他成人文学理论的专业学术背景出现了。他以评论家的身份，目光如炬，评点江山，激情澎湃，坚韧执着，为新时期乃至世纪之交我国儿童文学的观念突破和艺术革新做出了无人可以替代的贡献。

第二是"眼光与胆识"。

历史提供了机遇，怎样去把握这个机遇也许更为关键。周晓先生个人的眼光，他的审美趣味，他的文学判断力，他的文学理想，在这个时候就成了成就他作为当代儿童文学历史人物的内在原因。我们看到，周晓先生以他的批评智慧和评论眼光，用他珍贵的思想贡献，不断地为当代儿童文学的观念突破、艺术拓展提供强大的引领和支持。那时儿童文学发展能够最终呈现为那样一种历史面貌，除了时代的诸多原因外，我认为在某种程度上与周晓先生卓越的评论与推动工作也是有关系的。

在那个文坛风起云涌的时代，儿童文学界各种观念、力量的博弈进入了一种胶着状态。因此，不能指望一种声音在任何情况下都能被接受或产生回响。坦率地说，周晓先生的评论文章当时发表后也并非一片叫好。一些读者对周晓先生的评论感到不可理解甚或拒绝接受，都不是什么奇怪的事情。1989 年 3 月，他的第二本评论集《少年小说论评》出版前，我曾应邀为他这本书写了一篇题为"批评的品格"的序文。我在文中说，只要人们对真理怀有共同的诚意，那么一切分歧和对立就都不会是毫无意义的，而彼此暴露的破绽或者不足，也就会得到平静、善意的理解和对待。今天，回顾历史我们会进一步体味到，在历尽硝烟和纷争之后，周晓先生的批评眼光与胆识，对于那个时代和今天的儿童文学发展意味着什么。

第三是"品格和操守"。

回到 20 世纪八九十年代，很难想象，一个随波逐流的文学评论家能够创造历史。在一个文学观念还没有被清理的时代，周晓先生以其高洁的批评品格，用他坚韧的专业意志力和献身精神，义无反顾地参与了那个时代的文学生活及其历史塑造进程。

我跟周晓先生有很多年的交往，他跟我谈过他经历当中的一些故事，我深感他背后所承受的压力比我们想象的要大得多、艰难得多。周晓先生在回顾自己儿童文学的评论生涯时曾经这样说过："在 20 世纪 80 年代的文学热潮里，我时时处于同样灼热的儿童文学旋涡之中，且时不时不由自主地落入旋涡的中心。那时候，面对束缚创作发展的藩篱和旧习，每每难以自已，大有'我说出来，就拯救了自己的灵魂'之慨，粗疏和简陋，这一切都不顾及的。"因此，他在辨析、评论偏狭的儿童文学观念、捕捉萌发状态的艺术新芽、扶植儿童文学新人佳作、评说儿童文学发展进程等方面，都曾经发表过给人以冲击和启示的言论和观点。他的批评文章所显示的敏锐、热情、坦率的评论风格，更是给 20 世纪 80 年代初期的儿童文学论坛带来了一缕新鲜的朝气，而他的理解、保护和扶持的态度，也温暖、帮助了许多在艰难中探索前行的中青年作家们。在与周晓先生的交往中，我深感他对年轻一代儿童文学工作者怀有特别的感情和期望，对青年人的成长他有一种发自心底的真挚的喜悦。而理解常常是相互的，许多青年朋友也对他怀有尊敬和信赖的感情。童话作家冰波曾在一篇题为《回想周晓老师》的短文中这样写道："一回想周晓老师，我其实在怀念那个时代：多么美好的时代——有朝气有灵气，几乎所有人都知道，儿童文学真的是儿童文学。一回想周晓老师，我其实在怀念一个权威：小心翼翼，谨小慎微，既文笔犀利又具公德心（尤其在当下权威整体缺失的时候）。"我相信，这些话也是许多过来人的肺腑之言。

二

周晓先生也是 20 世纪 80 年代初以来我国儿童文学界最重要的编辑家之一。早在 20 世纪 80 年代初，经任大霖先生提议创办的《儿童文学选刊》（以下简称《选刊》）面世之后，周晓先生就曾长期是这家被称为"中国儿童文学窗口"的刊物的主要领导人之一和刊物事务的实际主持者。在他的主持下，《选刊》在扶植儿童文学新人、推出儿童文学佳作、更新儿童文学艺术观念等方面，都做出了独特而卓越的贡献。

经历过那个年代中国儿童文学发展历程的人们，都会对当时那些生气勃勃、激动人心，甚至是惊心动魄的历史事件和细节记忆犹新。而人们也会承认《选刊》锐敏、开放的编选策略使其在此间扮演了举足轻重的角色。创刊号上由周晓先生执笔的"发刊的话"中有这样一段表白编选方针的话："本刊将坚持百花齐放的方针，选载各地报刊近期内发表的各种体裁儿童文学中较优秀的作品，着重选刊开拓题材新领域，主题思想有新意，风格、手法独特，有儿童特点的作品。在选刊具有较高思想艺术质量的作品同时，对一些虽还不够成熟但有某种艺术特色的作品，我们也将适当选载。"

对于那个年代的儿童文学来说，太阳确实每天都是新的。新的观念、新的作者，一不留神就会撞到你的眼皮子底下。一个个题材禁区、观念禁区的突破，一个个新的文学手法、技巧的尝试和运用，儿童文学界跟整个当代文学界一样，被"创新"这根魔法棒指挥得团团打转、热闹非凡。不过，对这些现象，儿童文学界的反应是不一致的。一些艺术思考和探索从一出现就受到了种种公开或私下里的非难和抵制。在这种情况下，周晓先生主持的《选刊》以其执着的艺术关怀，对那些零散的、自发的、起初并不为公众所瞩目的艺术倾向和动迁投以特别的关注，并且借助自己逐渐形成的无形的"权威感"，将那些基本上是来自民间的、个人性的(或小群体性的)艺术倾向和探索予以明朗、突出、定格化，使之纳入主流儿童文学的艺术视野，甚至逐渐上升为这个文学时代的具有代表性的艺术现象和潮流。仅就这一点而言，《选刊》锐敏、开放的编选策略也可以说是表现得淋漓尽致了。

回顾历史，今天可以说，在那个新人新作辈出，各种文学观念激烈碰撞、交锋的时代，《选刊》在周晓先生的主持下，以一种积极的姿态配合、推动甚至在一定意义上促成了这样一个时代的到来。正是通过《选刊》选发的作品和有关作者的照片、简介，一位位儿童文学新人为读者所了解和熟悉；也正是通过《选刊》独特的编选眼光，新时期儿童文学的发展历程得到了富于个性的勾勒、提示和展现。因此，《选刊》实际上已成为那个时代儿童文学发展的珍贵历史记录和艺术档案。

而周晓先生在办刊过程中所耗费的大量心血和所显示的敬业精神，也是令人感动的。例如，《选刊》在他的策划和安排下，曾陆续开辟过"笔谈会""年度创作评论""佳作选评""探索与争鸣""创作谈"等评论和言论栏目。这些栏目的编辑意图、稿件组织等，许多都是周晓先生一手操持的。他凭借着与儿童文学评论界的广泛联系，落实了一个个栏目、一篇篇文章的组稿和发稿工作。《选刊》的言论栏目也由此形成了自己迅捷、犀利、厚重的评论风格，并一度成为中国儿童文学界最活跃、最权威也是最引人注目的评论阵地。这一切的背后，蕴藏着周晓先生对儿童文学事业的全部热爱和深情。

三

当我们重返 20 世纪 80 年代，重新整理周晓先生评论和编辑生涯当中的那些故事和细节，事实上我们是在缅怀一种精神，一种高贵的专业精神，一种纯洁的批评伦理，一种美好的人格和情感。周晓先生曾经带给多少人、多少年轻的作家以温暖，带给我们儿童文学界这么多重要的历史贡献，可是许多年来，他自己总是很清醒地说："我是一个过客""我是一个历史的当下的人物"。而我想说，他多年的努力和实践，他的贡献已经成为中国儿童文学历史中非常鲜活、宝贵的一部分，成为我们儿童文学界朋友们最珍贵的记忆之一，也将会成为我们儿童文学界的后来者们所追慕、所学习的一份历史的财富。

2011 年，周晓先生荣获两年一度的"陈伯吹儿童文学奖杰出贡献奖"。我相信，人们是在用这样一种方式，适时地表达整个儿童文学界对于其专业生涯和历史贡献的一份特别的褒奖和感激之情。

如今已是耄耋之年的周晓先生曾在他的一部评论集的后记中充满深情地写道："我依然憧憬并祝福春天——春天在奋发有为的年轻人身上，儿童文学的新一代茁壮成长了，这多么好！"

是的，周晓先生的心，仍系念着儿童文学发展的未来。

（本文系周晓《我与新时期儿童文学》一书的代序，安徽少年儿童出版社 2017 年 4 月版）

童书大时代的"文化英雄"

在传统纸质出版业不断遭受新兴媒介的挑战与冲击的时代，中国当代的童书出版却创造了一个被称为"黄金十年"的出版大时代。我们不禁好奇，这样的出版奇观，究竟是如何创造出来的？

原因显然很多，其中一个重要的原因，无疑是一些童书出版人的坚守、努力与创造性的工作。

我以为，在一个喧闹的时代，我们这个民族、我们这个国家的文化事业，更需要一些优雅的智者和从容的灵魂，一些富有想象力和开拓性的业界领袖。这些人是我们事业的引领者和文化英雄。

在我看来，海飞先生就是这样一个人。

作为一位曾长期执掌中国重要童书出版机构的出版家，海飞是一个冷静、专业的观察者、思考者。

海飞用自己持续积累的职业经验和专业知识，用自己激情洋溢和富有见地的文字，为这个时代的少儿出版勾勒业态的画像，甚至制造、引领了这个时代童书出版的概念运用和运思路径。他关于童媒、童书等概念的倡导及其论说，是用自己的方式勾勒、描述了这个纷乱而蓬勃时代的少儿出版、童年生态及其文化地图。我相信，对于许多读者来说，海飞的描述、勾勒，在某种程度上已经成为他们有关当代童书出版及其发展历史的知识来源。对于我来说，它们甚至已经为我构建了童书出版领域的思考背景和知识体系。从这个意义上说，他无疑是童书出版领域一个十分成功的观察者、描述者和言说者。

作为一位童书出版领域富有影响力的出版家，海飞更是一个高瞻远瞩、格局开阔的构想者、预言家。

他总是站在大国出版、世界视野的高度，来思考他的童书出版事业。在我看来，他从来就不是只属于一家出版社、一座城市，或者一群朋友。他考虑的总是童书出版的中国大事，思考中国童书出版业应该如何做一些与这个国家的文化身份相匹配、与这个世界的历史发展大势相一致、能够创造一个童书大时代的事情。例如，多年前，他就提出了关于建设童书出版强国的三个中国式梦想，一是设立中国的国际儿童图书博览会，二是设立中国的国际儿童文学大奖和儿童插画大奖，三是制订中国的中小学生基础阅读书目。这些年来，在他的呼吁、奔走、努力下，在许多有识之士和有关方面的共同努力之下，这些梦想已经或正在逐步实现和落实之中。

近年来，在我国童书出版经历了前所未有的繁荣发展的"黄金十年"，正处于一个重要时间节点、发展节点的时候，他在认真调查研究和分析思考的基础上，又提出了我国童书出版的三个预判，即中国童书出版正在从数量、规模增长型向质量、效益增长型方向发展；正在迎来第二个"黄金十年"，其标志是儿童文学出版的继续繁荣和图画书时代的到来；正在迅速国际化，象征儿童文学创作和出版顶峰的国际安徒生奖将向我们走来。他的构想和预言正在应声而至，成为现实——我想说，所有这一切，可能是这个童书大时代带给我们的最神奇的童书故事和出版传奇之一了。

童书大时代的这些神奇故事，也把一个情怀高远、富有担当和魅力的"文化英雄"的形象带给了我们。捷克作家伏契克在《论英雄与英雄主义》一文中说过："英雄就是这样一个人，他在决定性关头做了为人类社会的利益所需要做的事。"从中国童书出版业的发展来说，海飞正是这样一位做了"需要做的事"的"文化英雄"。

记得 2014 年岁末，我与已经退出童书出版一线工作的海飞先生，一起参加"大众喜爱的 50 种图书"专家评审环节工作时，他曾摩挲着一本本精美的图书跟我说："做了那么多年的童书出版，还是没有做够啊。"从这句发自肺腑的感叹，我感受到的正是这位资深的童书出版家对这个时代的童年、对这个民族的童书出版事业的最深挚的眷恋和热爱。

（原载 2016 年 12 月 14 日《中华读书报》）

不只是历史的温习

——读张炜儿童小说《狮子崖》

翻开张炜的儿童小说《狮子崖》，我们首先会感到一股不一样的气息扑面而来。它的语体、场景以及事件叙述的方式，很容易让我们发觉，这是一个不属于当下的童年故事。事实上，小说中频繁出现的诸如"阶级敌人""革命同志""忆苦会""改造""斗争"等一系列语汇及其所隐含的生活观念和逻辑，或许会令今天的许多孩子感到陌生乃至茫然——在我们的生活史上，曾经有那么一段时期，人们（包括孩子们）是用这样的方式说话，用这样的逻辑思考的吗？

然而，这段历史距离今天其实并不遥远。《狮子崖》成稿于 20 世纪 70 年代中期，那是一个从社会生活到文学话语都还笼罩在政治观念的绝对统摄之下的年代。我们看到，小说的主角林林，一个 13 岁的少年，从一出场就背负着沉重的政治包袱。身为海洋科学家的爸爸在政治斗争中入狱去世，妈妈受到牵连，失去工作，带着他回到了海边的老家。即便在这里，母子俩也"不得不小心翼翼地，不敢有一点冒失"，因为阶级成分的问题，就连至亲的姨妈也把他们当敌人一般看待。在这样的生活氛围中，林林和小伙伴们全力投入到了一桩了不起的"事业"中：成立"海洋小组"，弄清国营育贝场丢失大花贝的真相。

他们研究琢磨大花贝的习性，还偷偷带上干粮、工具，出海去追踪大花贝的"旅行路线"。在狮子崖上的勘查让林林他们意外追踪到了一大片从育贝场"溜"出来的大花贝，并且意外地发现了"偷贝贼"的可能行踪。故事的结尾，孩子们既收获了科学知识和冒险的乐趣，也协助大人们赢得了阶级斗争的又一次胜利。在记功嘉奖和表彰大会之后不久，林林父亲的冤案得以平反。至此，在那个一切人情不得不以政治立场为前提而存在的年代，林林和妈妈终于被包括姨妈在内的阶级大家庭所完全接纳，故事到这里也圆满结束。

对于今天的小读者们而言，阅读这样挟带着阶级斗争"火药味"往前行走的故事，难免会产生心理和情感上的各种"磕绊"，因为从那时候到今天，在不到半个世纪的时间里，我们的社会生活发生了许多重大的转变，以至于回首过去，真有恍如隔世之感。但这"磕绊"或许也正是这部儿童小说价值的一种特殊体现。诚如作家回顾自己的这部作品时所说，"让今天的少年通过它了解 20 世纪的生活，将今天与昨天两相对照，可能也是极有意义的"①。显然，这里的"意义"远不是简单的历史温习或"忆苦思甜"，而是让我们在历史的温习中进一步理解，今天的生活并非理所当然，它曾经是从那样一个扭曲的时代中努力挣扎并脱胎而出。认识并记住这段非常态的历史，会让我们

---

① 张炜.狮子崖［M］.济南：山东教育出版社，2017.

更懂得明辨当下生活的意义和方向。

从这个角度说,《狮子崖》是一本适合成人与孩子共读的作品。许多历史的背景需要在共读中由成人解释给孩子听,而解释的过程本身对于今天的许多成人来说,或许也是一次必要的回顾。

当然,我们也会发现,不论时代如何变迁,吸引童年的某些内容是永恒的。比如令人好奇的秘密,充满刺激的探险,等等。小说开头,尽管是在典型的现实主义叙事语境下,读者仍然被带进了一种不无神秘的故事氛围里。那是透过孩子的视角看待生活而必然会赋予它的奇妙气息。不论是卢叔口中狮子崖上的"妖怪",还是大花贝无故失踪的"秘密",听在孩子耳中,都引发着诱人的神思。与大花贝有关的那个凄美的爱情传说,进一步增添了这则现实生活故事里难得的浪漫气息。

或许可以说,在童年的身上,存在着一种将生活浪漫化的本能。这使得这部围绕着"阶级斗争"的主轴展开的故事,因为有了童年的参与,在某种程度上依然保留着一份生活的单纯美感。如果我们暂时抛开小说中带有鲜明成人视角和成人话语烙印的那些叙事内容,而把目光专注于其中从儿童视角(主要是林林的视角)出发得以建构的那部分叙述,我们会看到,非常态的政治斗争退到了隐约的背景上,凸显出来的是经由童年目光过滤后的生活的日常气息与温暖人情。看到狮子崖海底的大花贝,林林的第一想法是,这些传说中由海神的女儿化身而成的大花贝,"它们把狮子崖当成了英俊青年的那个岛,它们来找他……"无怪乎小说在当年投稿之初,会因"火药味不浓"遭到退稿。从这不够浓烈的火药味中透出的日常生活和人情的缝隙,也许恰好透露了那个年代里十分稀有的一种审美本能。

我想说，这种本能不属于那个时代，但肯定属于童年，属于刚刚开始文学写作生涯的年轻的张炜。

2016 年 7 月 2 日于红楼

（原载张炜《狮子崖》，山东教育出版社 2017 年 1 月版；另以"《狮子崖》：不只是历史的温习"为题，载 2017 年 1 月 4 日《中华读书报》）

用诗性分辨"传统"的美与丑

——读吴然长篇新作《独龙花开》

在我们国家的地理和文化版图上,独龙族是一个遥远的名字,也是一个浪漫的名字。提起这个名字,我们的脑海里或许会浮起这么一些意象:奔腾的怒江、连绵的雪峰、神秘的马帮、奇险的溜索,还有古老的民俗、淳美的山歌……它的地理和文化位置,恰恰赋予了它某种对现代人而言颇具诱惑的远离尘嚣的美感。

翻开吴然先生的新作——长篇纪实儿童文学作品《独龙花开》,这份美感亦如清风,扑面而来。作品开篇便是这样一幅清新活泼的自然景象:"奔跑的独龙江不睡觉,夜里照样流着,波浪追赶着波浪,又唱又跳。清晨,白而蓝的雾气在江面上飘飞着,在给独龙江洗脸呢。"在这古老却又仿佛永远是童年的江边,在"采呀采呀"的纯朴劳作和歌声里,世世代代的独龙族人过着刻木结绳记事的简单生活。采粮、种地、狩猎、织衣,日出而作,日落而息,时间如独龙江水般涌过,又仿佛从未流逝。此情此景,或许令我们想起了陶潜笔下那座远离俗尘的世外桃源。

但《独龙花开》显然不是一部仅从观赏视角来表现独龙族人及其生活、文化的作品。相反，作者要带我们走出外来观赏者的视角，走进独龙族人真实的生活世界，在那里，远离尘嚣和与世隔绝的背面，是曾经的贫瘠落后与蒙昧无知，是艰难的生存和辛酸的哭泣。缺乏知识和资源的现实造成了独龙族人的生活窘境，而求取知识和资源的努力则成了那些先行者的第一理想。于是，独龙江边有了第一个识文断字的独龙族人，有了有史以来的第一所小学，有了自己的一群可爱的老师和学生。这个理想像一粒了不起的火种，在独龙江边慢慢地却是坚定地燎原开去，并给这个原本蛮荒见弃的部族带来了新的生活面貌和希望。

吴然用他敦厚温柔的笔触，写出了独龙族人对这新生活的热情与渴求。随着尘封许久的大门吱呀打开，他们像一群开朗乐观的孩子，拥抱了展开在眼前的这个丰富世界。于是我们看到，当旅游、商业等现代文明形态以最自然不过的方式"侵入"古老的部落时，延续千年的部族生活不但不曾发生痛苦的裂变，反而被赋予了另一种鲜亮的神采。绕行于高黎贡山间的简易公路带来了好奇的探险者和旅行者，新鲜的面孔、闪光的镜头、从遥远国度寄来的相片，装点着独龙族小姑娘木琼花的生活。"阿拜"（父亲）就着"月亮瀑布"的景点开起"月亮旅馆"，小男孩龙雨飞像模像样当起小导游，度过了一个"有趣"而"圆满"的假期。看到古老和偏远是如此单纯慷慨地接纳了现代文明的叩门，两者又是如此融洽地和谐相处，如此自然地合为一体，真叫人打心底里感到欢欣和安慰。那在传统与现代的对撞中往往不可避免的现代性的激烈冲突，在这里却以最单纯的方式被化解了。

然而,《独龙花开》也绝不是一部简单地向现代文明致敬的作品。在独龙一族走向现代生活的进程中,传统本身从未被轻易丢弃。相反,借着自然与人力、历史与今天的对碰,那些属于独龙族的记忆被一一复活,有的经受新的反思,有的则被重新拾起。吴然对待这些传统的态度体现了一位作家最朴素的人文情怀。他笔下独龙族人的猎事与猎歌,洇染着人与自然同生共存的诗意。他写"约多"这一独龙族古老的民间工艺,笔调正如木琼花妈妈手下的"约多"般绚丽迷人。然而,当他写到独龙族特殊的"文面"文化,写到这一文化带给部族女性的身心痛楚,也毫不回避地发出了对于文明进化的赞美。他凭一个人文者敏锐的诗性本能分辨着"传统"的美与丑、善与恶。这样的分辨对于我们今天认识、理解一切有传统的文化,都有着简朴而深刻的意义。

　　带着这份朴素的情怀,《独龙花开》写下了一个民族今天的成长故事。它交织着无数大人和孩子的成长身影:还是小女孩的阿丽第一次独自过溜索的身影,原本娇气的木琼花终于从妈妈手里接过"约多"技艺的身影,校长梅西子从被迫受命到欣然履职的身影,还有毅然选择来到独龙江的年轻老师方义和樊娥的身影……这一方奇妙的土地上,孩子在成长,大人也在成长,正是这成长让沧桑的独龙江岸焕发出了年轻的光彩。独龙花一年年谢了又开,就像生活永远有它新鲜的容颜。这新鲜的生机与活力,也是《独龙花开》带给我们的最动人的滋味。

　　我与吴然先生相识多年。记得2014年12月,当他荣获"王中文化奖"时,我曾在贺信中这样写道:"先生数十年为孩子们笔耕不辍,硕果累累,播惠九州,令我们敬仰。'王中文化奖'这一大奖颁授先生,是对您美好文学生涯和巨大文学贡献的最好褒奖。我们远在东海之滨，分享您的快乐与荣光。祝福先生身体健康，继续为孩子们写出更多的锦绣华章！"谁能想到，2015 年，他在晨光出版社的协助下，以古稀之年再次走进独龙江，创作了自己文学生涯中的第一部长篇儿童文学作品，让我们跟着他领略、品味了如此丰饶动人的文学风景。我想，对于一位儿童文学作家来说，这不正是他守望童年和自己脚下这片大地和文化的最热烈、最深情的方式吗？

（本文系作者应约为《独龙花开》撰写的序文，另载 2017 年
4 月 19 日《光明日报》）

日常叙说的魅力

——读刘玉栋儿童小说新作《白雾》

刘玉栋的长篇儿童小说《白雾》的童年叙事里，有一种迷人的意味，是那种并非曲折迷离，却充满奇特魅惑的童年日常叙说的魅力。它源自作者对童年的目光、感受及想象方式的精准而独到的审美把握。

且看主角冬冬来到白雾村的第一天，这个世界在他眼前呈现出的生动模样：提着大大的铝壶从站台上慢悠悠地走过来的"黑猩猩"列车员，瘦瘦的、黑脸的、长着一绺灰白胡子的"老山羊"姥爷，躲在姥爷背后怯生生的"小兔子"男孩童木，高个头、长脖子、戴眼镜的"长颈鹿"吴老师，还有围着紫色围巾、絮叨叨、笑眯眯的"芦花鸡"姥姥……本是一场普通的旅行，一个普通的山村，一群普通的人们，在童年无可比拟的想象力的催化下，不知不觉竟通往了另一个奇异的世界。像冬冬一样，我们的"好奇"和"期待"也被强烈地勾引起来了。

这种被陌生化乃至玄奇化了的日常生活感觉，在很大程度上与冬冬在白雾村的身份有关。我们从小说一开头便已知晓，冬冬是从城市来到乡村的孩子，对他来说，本不熟悉的乡村生活的许多人事，自然也就带上了各式新鲜的趣味。就像初来乍到的他坐在姥姥家的房顶上，俯瞰这座再普通不过的农家院子时见到的景象和生出的感触。在这个无比寻常的乡村空间里，母鸡、公鸡、白鹅、黑猪、兔子、山羊、大猫，在一个孩子眼里上演了一幕多么鲜活生动、情趣盎然的戏剧，活像安徒生笔下连一间破败的农家屋子都变得活泼极了的那样的童话世界。

事实上，乡间生活对冬冬来说，确乎染上了些许童话般神奇的色彩。他跟着树墩表哥掏田鼠洞、捕河鱼、看露天电影、养喜鹊、偷果子，每桩事情都激起了一个孩子对生活的无限想象与热情。乡野环境里，童年天性中的冒险感和猎奇心得到了淋漓尽致的挥洒。在空阔的田间寻找并掘开田鼠洞的过程，绝不亚于一场充满惊喜的历险。那由直而横的神秘洞穴，那出现在穴道分岔处的"卧室""茅房"，还有藏在田鼠"粮仓"里的30斤黄豆，以及男孩树墩对这一切的了然于胸，真是充满了传奇的意味。在起雾的清晨举着网兜捞起一桶"睡倒"的大鱼，不用说，也是前所未有的体验。为了去邻村看一场露天电影，两个孩子想尽办法脱开大人的管束，走上了忐忑而刺激的夜路，不料竟是空欢喜一场，从邻村到镇上，根本就没有电影。然而，由管门的口中甩出的那句"演完了，《月亮奶奶照白墙》"，却以它粗犷平实的乡间喜感，拯救了这个不无失落和沮丧的夜晚。

刘玉栋把乡村童年生活的场景和滋味写得活色生香，妙趣十足。小说中的男孩树墩上山下河，无所不能，不管是传说中妖怪出没的"三棵树"，还是现实里大人们把守的一切"禁区"，都不能把这个有着旺盛生命力的孩子限制在闯荡和探险的围栏之外。这是一个多么康健皮实、能干慧黠的乡村男孩啊。正是他的陪伴令冬冬的乡下寄居生活充满了欢乐的奇趣。但作家同时也写出了这一生活的更为丰富的层次。就在少年树墩背着从田鼠洞里掏得的满满半袋黄豆，昂首走在回家路上的身影背后，我们忘不了童木的那个细小却撼人的声音："那些田鼠没有粮食，它们吃什么？它们如何过冬呢？"树墩这样的少年是永远也不会思考这类问题的，他的一往无前的果敢，他的不无可爱的莽撞，他对于乡土生活的熟稔掌控，正源于这种粗野狂放、自我中心的个性。但童木的声音代表了属于童年和人的另一种同样意义重大的情感与思索。在人的生存权利和能力之外，关心一只田鼠的命运，关心一条狗的感受，也是人这个命名应有的内涵。小说里，那仿佛作为生活大油画上的小背景一带而过的记仇的狗的故事，那不知从何而来、也不知往何方去的雪屋子里的流浪汉的故事，如同散落在地上的玻璃碎粒，反射出了关于世界和人的某些难以名状的内容与光芒。也是它们，使小说里的游戏和野趣同时被赋予了一份庄重、柔软的情思。

像许多回溯童年的记忆书写一样，玉栋的这部作品也弥漫着"白雾"似的乡愁。小说的核心叙述人虽是童年的"我"，叙述者的声音却总会情不自禁地从长大后的"我"的视角，来遥想、回味白雾村里的这段暂居岁月。那短暂的时光也因遥想和回味而变得格外清晰、鲜明、摄人心神。这或许是无数人心中童年记忆的共有质地：远去的时光虽如"雪屋子上的雪，已经化得一干二净"，但那样一场大雪带来的欢喜、愉悦、伤感和惆怅，却将永远留在我们最深切的情感和记忆之中。

（原载 2017 年 3 月 23 日《中国新闻出版广电报》）

《吉祥时光》：以小见大的 童年书写

《吉祥时光》这部小说，我把它看作中国当代儿童文学最珍贵的童年书写之一。从某种意义上讲，它代表今天中国儿童文学书写的一种高度，对这部作品的接近、打开和阐释可能有很多。

第一，小故事里面有大时代。

大人物和小人物的回忆是历史的也是文学的，传统的史学采用帝王叙事、宏大叙事，底层百姓的心声基本是不存在的。但是 20 世纪的研究越来越强调对历史细节的研究。《吉祥时光》中吉祥和他的那些伙伴们的故事，是对一个巨大时代投影的一种折射。这个童年经验让我们返回到那段历史的底层生活，看到历史当中更真实、丰富、质朴的童年生命的场景，以及陪伴着他们的那些成人。

第二，小故事里面有大叙事、大智慧。

《吉祥时光》中很多故事引而不发，几乎每个故事都带给我们无穷的回味。作者张之路把童年的那些迷惑、尴尬，那些爱恨，那些疼痛撕开，其实是非常惨烈的，可是在他非常老到的写作当中，他对童年人格或者说对童年本身的呵护可能比某一些事件本身更重要。所以这部作品对童年丰富性的展示以及对于深度和饱满感的表现，也是让我印象非常深刻的。它里面很多关于童年的故事写到童年普遍的属性，写了很多童年成长的问题，那些迷失、那些对于童年无意的伤害，甚至也涉及一些关于人性的基本话题。而张之路在讲故事的时候又那么内敛，他展示的叙事智慧，拓展了一个新的文学面貌。

第三，小故事触及大伦理。

有一个词叫作"中国情操"，让我非常有感触。对童年的描写如果仅仅展示童年的纯真或者童年的搞笑，这样的作品我们已经看得非常多了。怎样通过对童年的伤痛和童年丰富性的展示来达到一个大的伦理提升，这是目前儿童文学写作中一个比较重要的问题。《吉祥时光》正是在这个方面为我们做出了示范，提供了很多有益的思考。

（主要内容见 2017 年 4 月 5 日《文艺报》中《历史场域中的
童年叙事》）

唱给母亲的歌

——读童诗图画书《我爱妈妈的自言自语》

　　这世上献给母亲的歌儿已有万千，我们为她歌唱的热情却从不因此而有所减退。翻开老诗人金波与西班牙插画家阿方索·卢阿诺合作的童诗图画书《我爱妈妈的自言自语》，那缕萦绕于"母亲"这个词语间的温柔而甜蜜的熟悉气息，便将我们轻轻包围。

　　"我带给这世界的第一声是哭喊，可是您却说，我带给您的是喜悦，也是希望。"开头的这两行，既写的是生命降生的实景实情，也点亮了整首诗歌的精神意境。西谚有云，人一出生便哭，此后皆是受苦。仔细想来，不无道理。母亲的陪伴却让这始于泪水的人生拥有了甜美的背景和温暖的底色。轻声吟哦间，我们或许想起了智利女诗人米斯特拉尔的《母亲的歌》，那里面的母亲历经生育的痛楚，却发出了这样的赞叹："我是谁，膝头能有一个孩子？"在悲伤与欢愉、受苦与幸福的对举中，那个毫无保留地给予孩子温情呵护的母亲的形象，从诗里行间温柔地站立了起来。

但这只是母亲形象的侧影之一。诗歌中，母亲给予孩子的不只是情感的慰藉，也是精神的指引，后者赋予金波笔下的这份母爱以更为丰富深广的内涵。母亲"温暖的胸怀"是孩子"躲避风风雨雨的港湾"，这"躲避"却非"逃避"，这人生的"风雨"也终须孩子去认识和经历。正如诗中所说，"生活不会永远那样甜美，生活里有笑声，也有眼泪"，严冬寒雪，荒凉山野，也是人生路上的另一番景况。这便是孩子从母亲身上得到的另一半启迪——尽管"生活里有快乐，也有悲伤"，但"你"是弯下腰，还是昂起头颅，决定了孩子将迎来什么样的人生。于是，最终带孩子走出生活的悲伤和恐惧的，不只是母亲甜美的"温情"，还有她无言的"坚强"。

　　这"温情"与"坚强"，美与力，一柔一刚，一蓄一张，道出了母亲和母爱更完整、也更完满的形象与内涵。母亲沉默的身影教给孩子对待生活的温情与善意，也教会孩子直面生活的坚强和勇气。明白了这些，孩子就会更懂得在母亲那一声轻轻的"喟叹"里，包含了多少未言的艰辛故事。而当这一切艰辛最后化为给予孩子的"最温暖的情怀"，它比一切教诲都更清晰地为孩子照亮着生命的路程。

　　卢阿诺富于诗意的插图，延伸演绎着这首母亲之歌的宽厚、温暖、思念与深情。它在时间和空间的双重维度里拼缀起一个孩子成长的图景，其中每一个片段都烙下了妈妈的印记。作品封面上，母亲怀抱孩子的姿势或许让我们想起了西方绘画中广为人知的圣母子图，而封面和封底上，那在母亲身后绽放的白色玫瑰，则进一步渲染出这一形象身上的某种神圣意味。我们能感受到,诗歌里的"妈妈"不是"一个"，而是"所有"。她是"我"的妈妈，也是"你"的妈妈，是每一个从母亲怀抱里走出来的孩子心里共同的美的形象。

（原载金波著、［西班牙］阿方索·卢阿诺绘《我爱妈妈的自言
自语》，中国少年儿童出版社 2017 年 6 月版）

少年的精神
——我读殷健灵

殷健灵是一位为女孩们写过很多作品的儿童文学作家，以至于很多时候，她也常常被定位为一位少女文学作家。我以为，人们对殷健灵的这个印象，跟她的文字风格有很大关系。她的不少儿童文学作品都是用我们今天越来越不多见的诗意的美文写成的。这样细腻婉约的文字，或许更适合女孩子读。比如她的散文《你可听见沙漏的声音》，其敏感、细腻而温柔的笔触，就更易于得到女孩们的认同。

但我也会想到殷健灵的《老俞头》。这是我最喜欢的殷健灵的短篇作品之一。在这篇小说里浮动着的那种市侩而生动的城镇日常生活的气息，那种粗粝而无奈的少年生活憋屈的感受，以及同样憋屈的大人、孩子之间无声的默契与感动，属于唯有小说才能准确表现的少年生活内容。而且，它的主角是一个男孩。在远称不上完美的成人和少年世界里，老俞头和"我"用各自的方式，在成人和少年的领地里保卫着对方的尊严。殷健灵把这个 14 岁的男孩写得活极了。小说的叙述透着她一贯细腻的写作风格，却也同时带着男孩子气的爽快和利落。她的另一篇表现留守儿童生活的短篇小说《夏日和声》，其中的主角毕小胜也是一个来自拮据的进城务工家庭却仍然充满活力、充满自信并且对生活抱有发自内心的热爱和期望的男孩。

《老俞头》《夏日和声》等作品让我们看到，殷健灵不只是一个为少女写作的作家，她的心里装着女孩，也装着男孩。这使她的写作并不局限于女孩子们的日常生活和感受，她的笔深深探进了更丰富、更完整的少年世界里。

这一点对我们理解殷健灵很重要。我想，在儿童文学的领域里，写作的性别化有时固然需要，但它也很容易造成一种狭隘。谁能说，男孩和女孩的生活、男孩和女孩的心性是可以用不同的形容词区隔开来的？实际上，让少年的精神里同时融进男孩的粗犷和女孩的细腻，让男孩和女孩身上同时具有一种完整的双性少年气质，更是当代少年小说应该追寻的一种艺术气度。

殷健灵没有这样的狭隘。除了《老俞头》《夏日和声》这样的以男孩为主角的小说创作外，她的许多小说尽管是以女孩为主角的，但在这些女孩的身上，我们同样能够感受到一种奔放而磅礴的生长的力量，它是诗意的，却不是纤弱的；是细腻的，却不是自恋的。《出逃》中的米籽、《七年》中的青青，她们感受世界的方式中有着女性特有的细腻与敏感，但她们的身上同时也有一种男孩般豪放的气概，她们充满能量，精神抖擞，"好像时刻准备和这个世界较劲"。好强的米籽在出走中逐渐学着消化她对生活的不满，像所有自尊心极强的少年一样，她到底也没有向任何人认错，但当她决定从远方回家的时候，她对自己、对生活，已经有了全然一新的体悟。女孩青青在时隔 7 年后与忘年交罗纳德的重逢中，感受和感慨着时间的流逝，这里面掺和着少女纤柔的伤感，但更多的时候，我们从青青这个角色身上感受到的，还是少年生命即将蹿长的那份蓬勃气概。

我从殷健灵写给男孩女孩的这些作品里，读到了这样的一种饱满而健康的双性美学的气息。我想，不论对女孩还是男孩来说，阅读这样的小说和散文，都会是一种积极的生命扩容。

（原载方卫平选评《中国儿童文学名家读本·课本里的大作家——长着蓝翅膀的老师》，晨光出版社 2016 年 6 月版）

"碰撞"的巧思和意趣

——读原创图画书《跑跑镇》

　　《跑跑镇》的基本创意源自我们日常生活中的一种普通联想，但作者从这日常的普通联想里萌发了生动的巧思。作品里，当我们熟悉的各种事物、对象以"碰撞"的方式发生意外的关联，咣的一声，轻快的幽默和趣味也随之荡漾开来。小猫和小鹰"撞"出了猫头鹰，黑熊和白熊"撞"出了大熊猫，小鱼和仙人球"撞"出了刺豚，公主和海豚"撞"出了美人鱼……最初几页翻读下来，你一定会想，哈，原来是这样好玩的"碰"和"撞"！再多翻几页，看到馒头和肉丸"撞"出包子，荷叶和拐杖"撞"出雨伞，你或许还会想，这个"碰撞"的逻辑，其实也没多么特别，是什么使它读来始终如此别具生趣和情味盎然呢？

　　这样，我们的关注从两种不同事物相撞结合的故事逻辑延伸开去，进一步落到它们相撞的过程中。这个过程充分体现了低幼儿童故事简洁而欢快、单纯而生动的艺术特点和美学趣味。在哒哒哒的急促跑动中发生的那意外一撞，本身就爆满了欢乐和幽默的小火花，它在图画书颇具卡哇伊风的插图中得到了充分的表现和传达。而当这哒哒哒的行动从有生命的人和动物逐渐转向非生命体的事物，上述幽默感在得到延续的同时，又悄然增添了新的内涵——那是一种从天真的拟人中洋溢而出的属于整个世界的蓬勃生命意趣。画面上，即便是一个热气腾腾的包子，一团飞溅开来的颜色，都仿佛带着生机勃勃的笑意；而那永无止竭的跑动与创生的姿势，则进一步烘托着这生机勃勃的美感。正是这份满溢纸页的生命感觉，使故事里的"对撞"不只充满单纯游戏的快意，也充满了激扬生命的活力。

在这本图画书里，还有一个我特别看重的灵感点，从这里，我看到了唯有最优秀的图画书才会具有的那种对于生命的审美感觉和力量的发掘与升华。当拄着拐杖的老奶奶与扫帚"哒哒哒"相遇的瞬间，一位童话里的巫婆乘着扫帚飞天而起，原本常态和平凡的生活在此刻忽然拥有了不同寻常的光彩。毫无疑问，这本身就是一则美丽的童话。而在故事最后，当爸爸和妈妈的相遇碰撞出三口之家悠然骑行的欢乐画面出现，我们则仿佛读到了一段童话般美好的日常生活，它是如此寻常，却又如此深挚动人。这样，图画书所表现的"碰撞"和"创造"从游戏式的联想和科学性的发明一路行来，最终回到了温暖的生活，回到了温情的人间。

对原创图画书来说，这是一种特别值得珍爱的艺术气质，也是一种特别值得珍视的艺术潜能。

（本文应丰子恺儿童图画书奖评委会之约撰写，原载《丰子恺儿童图画书奖获奖作品手册》）

关于战争的一种符号叙事

——读图画书《我们家的抗战》

在文学的世界里，关于战争有许多种叙述的方式。图画书《我们家的抗战》（陈晖 / 文，于娇、冷曜晶 / 图）或许提供了一种我们曾经最熟悉不过的叙事样式。当"家乡变成了战场"，"我们"全家人都投入到了抗击侵略者的战斗行列。爸爸在前线"加入部队，抗击日寇"，妈妈在后方为战士们准备物资，就连"我"也投入到了和小伙伴们一起"放哨、站岗"的队伍中。为了照料前来养伤的报务员秀姑，"我"下河去捉鱼，奶奶熬鱼汤，妈妈更是不惜牺牲自己，保全了秀姑……

这样一种战争叙事的形态，我称之为符号性的叙事。在这里，有关战争的各种意象、事件、情感等指向的与其说是一种现实性的生活，不如说是一类象征性的符号。它们的区别在于，前者是个体性的，后者是集体性的；前者是具体的，而后者则带有一定的抽象化和类型化意味。不难看出，这个故事里出现的各个角色，包括爸爸、妈妈、孩子、奶奶和报务员秀姑，他们每个人的形象里都隐含着一个"们"字，也就是说，每一个形象都是一种特定类型的代表。作者是借一个个单数的形象来指代一个个复数的群体，这些群体囊括了男性和女性、战士和平民、大人和孩子、壮年和老者，等等，其符号性的意指显然是一种全民抗战的激情，其中的每个群体都以自己的方式为这场保家卫国、抵御外寇的战争做出贡献。与此相应地，作为图画书正题名的"我们家的抗战"，实际上也是以小喻大，以家喻国，其意图并非只是书写一个寻常家庭的战时命运，而是表现一个国家——也就是譬喻意义上的"大家庭"——及其成员抗击外侮的义愤、决心与牺牲精神。

我们注意到，作家别出心裁地将这则故事的文字处理成了朗诵体，该语体又恰好符合了上述意义表达的需要。含有开口呼的韵脚充分渲染出叙事的激奋而昂扬的情绪，在这样的朗诵中，我们感受到的是一种同仇敌忾、重整河山的抗战豪情与气概。毫无疑问，这也是一种只有在群体性的呼声中才能得到充分表现的情感。

我想，透过上述符号性和朗诵体的叙事，创作者想要传达的，正是这样一份激越的爱国与牺牲的情怀与情感。对于今天的孩子们来说，通过儿童文学作品来了解和感受这一切，显然是极有意义的。

（原载《我们家的抗战》，解放军文艺出版社 2015 年 8 月版）

"回望"的高度
——周益民老师《摇啊摇》教学赏析

　　儿童文学的课堂教学是以课堂形式展开的儿童文学教学活动,其教学准备、展开等既要遵循课堂教学的一般规律,又要根据儿童文学特殊的文本和艺术特点来确定教学目的、选择教学文本、设计教学方法、编写教学方案等。

　　今天,课堂教学形式在儿童文学的教学活动中得到了越来越多的运用。出于教学目的、教学材料等方面的不同考虑,其教学展开方式也十分多样。特级教师周益民的"回望生命开始的地方——《摇啊摇》教学"是一堂关于摇篮曲童谣的教学课,它采取的主要是主题单元教学的形式,也就是说,它所选择的教学材料不是单篇儿童文学作品,而是一组相关的文本。采用这一形式的长处是可以在有限的课堂教学时间里容纳更为丰富的阅读内容,同时,通过不同文本之间的关联和比较,也可以进一步拓展文学分析和体验的广度,帮助学生领略相关文体的艺术特点及多元艺术面貌。

但这一形式也有它的难度。在教学活动的准备和展开过程中，如何恰当地选择关联文本并使这些文本构成一个有机的阅读整体，如何引导学生完成从文体到文本、又从文本到文体的艺术分析与综合，这一切既考验着教师的儿童文学理论和欣赏的素养，也考验着教师对这一特殊的儿童文学课堂的驾驭和把握能力。

我以为，"回望生命开始的地方"这堂课围绕着"摇篮曲"的阅读和分析，有四个方面是值得我们品味的。

第一，艺术的品悟。

这是该课堂教学的主体部分，教学活动主要聚焦于童谣文本的细读和欣赏。教师紧紧抓住摇篮曲作为一类童谣最重要的语言韵律特征，引导学生从针对摇篮曲文本的总体语言感觉、气氛和意境的初步感受出发，一步步走向更细致的韵律表现技巧分析。首先是总体的语言声韵特征。通过"想想，小宝宝听着这样的摇篮曲为什么会睡着"的发问，教师引导学生认识了摇篮曲最显在的语音特点，并指导学生在朗读中表现出"摇篮曲的这种安静、柔和"的声音感觉。其次是具体的语言节奏特征。教师提醒学生注意，"这首摇篮曲里，有不少反复的词句"，并让学生比较这一修辞手法的有无在艺术表达效果上的不同，进而结合学生的发现指出，"歌词的反复就像摇篮反复的摇动，就像不断的轻轻拍抚。这就是语言跟动作的协调，这就是语言的节奏"。最后，由节奏的分析再度回归到更细腻的声韵体味，以深化对摇篮曲韵律特征的认识。"既然是反复，三节是否就应该读得一样呢？"教师的这一提问让学生意识到了摇篮曲的反复修辞与其声韵特征之间的彼此成全和相互衬托。通过这样的解读和分析，短小的摇篮曲的韵律艺术得到了淋漓尽致的发掘。

在引导学生了解摇篮曲声韵特征的基础上，教师又进一步将他们带入对相应作品的意象和意境分析中。在"研究摇篮曲特点"部分，教师引导学生思考，同样是"大自然里的景物"，作家创作的摇篮曲所选择的意象通常具有什么样的特点？一个"柔"字，简洁而生动地概括了这类摇篮曲的"诗意"特征。

当然，所有这些语言艺术的分析始终与摇篮曲独特的情感表达紧密结合在一起。不论是针对作品文本的语言、节奏还是意象、意境的分析，无时不导向对作品情感的内在体验。这也是以文学作品为对象的艺术品悟的核心所在。

第二，情感的迁移。

文学的精神核心是情感，文学教育归根结底也是一种情感的教育。在关于摇篮曲的这一课堂的教学实例中，教师从一开始就十分注重文学阅读中从"他"到"我"的移情，通过动作扮演、移情想象等，唤起学生对轻浅的摇篮曲背后那深厚的"爱"的情感的切身记忆和体验。

教师十分注重这种情感迁移的自然性，比如谈到一些传统摇篮曲中带有一定吓唬性质的"狼""麻胡子"等意象时，他向学生发问："你小时候，妈妈有没有这样吓唬过你？"这个问题既是对摇篮曲的生活实践内涵的补充阐说，同时也引出了学生对与摇篮曲有关的最日常的情感记忆。通过这样融会在艺术分析中的情感唤起和激发，课堂最后"爱的反哺"环节的教学总结和延伸练习，就有了充分的情感铺垫和积累的基础。

第三，视野的拓展。

这一拓展表现在两个方面。首先，本节课堂教学的核心是摇篮曲，但并不局限于对艺术本体的分析，而是在艺术的分析中自然地融入与摇篮曲有关的开阔的文化知识。例如，在认识并体味了摇篮曲的语言韵律特征后，教师进一步引导学生关注这类童谣蕴含的地域文化内容。这一引导从亲切的本地文化和方言开始，拓展至更为阔大、丰富、多样的他域生活，既以有趣的文学知识开阔了学生的文化眼界，也让他们更深切地体认到了简单的童谣所蕴藏的丰富的文化和情感内涵。实际上，民族和地域文化的烙印，也是传统童谣最重要的艺术特征之一。

其次，本节课堂教学讲授的是摇篮曲，但并不只局限于该文体的文本，而是将授课内容拓展至电影、音乐、诗歌、故事、散文等各类艺术文本。这一互文的拓展一方面由单一的摇篮曲教学延展开去，大大丰富了课堂学习的内容，增添了课堂学习的趣味，拓展了课堂学习的视野，另一方面又反过来证明、烘托了摇篮曲的艺术及其情感的广度与宽度。

第四，思考的延伸。

本节课堂教学有一个特别值得一提的课堂"研究"环节。在这一环节，教师通过提供特定的阅读材料，引导学生发现和认识民间传统的摇篮曲与文人创作的摇篮曲在艺术面貌上的不同，以及不同摇篮曲所体现的地域生活和文化特征的不同。这是从一般的文学欣赏进入到更深的文学探究层面，尤其是前一个问题的思考，已经由文学的欣赏上升到一定的文学理论层级。在这一环节中，学生遭遇的某些表达困难也进一步证实了这一教学环节的难度。不过，依托教师的引导、启发和分析，师生共同顺利地解决了这一教学的难点。教师就此做出总结："刚才有位同学说，民间摇篮曲更单纯，更质朴；作家创作的摇篮曲常常更优美，更富于意境。作家文学我们经常说是'雅文学'，民间文学我们经常说是'俗文学'。'俗文学''雅文学'是文学中的两道风景，两条河流，各有风采，就好比公园里的鲜花和山沟里的野花一样。民间文学滋养着我们一代一代人幸福成长，形成了久远的文化，也永远滋养着作家们的创作。古老的童谣作为民间文学的一种，影响了一代又一代人。"这段带有一定理论性的话语，以通俗、简洁、生动的比喻道出了两种文学类型的不同风格和价值，既是对学生的研究发现的一种总结和提升，又反映了教师本人的文学修养。对学生来说，这类看似一笔带过的理论阐说包含了文学发现的独特乐趣和文学知识的最初熏陶。

上述艺术的品悟、情感的迁移、视野的拓展和思考的延伸在本节课堂教学中交融为一体，落实在教学活动的各个环节中。它们互为依托，彼此借力，共同呈现了儿童文学课堂教学活动的丰富性、趣味性及其独特的教学效果。

儿童文学课堂教学的形式是多种多样的，上述周益民老师的课案只是其中一种具体形态的呈现。事实上，与一般课堂教学活动相比，儿童文学的课堂为师生开辟了更多教与学的自由空间，教师在其中可以充分发挥教学的自主性和创造性，规划、设计适合教学者和学习者的个性化的课堂教学形式。

（原载 2015 年第 1 期《教育研究与评论·课堂观察》）

生活如何成了童话

　　黄煊策同学的《山中访友》，是一篇讲述周末一家人出游登山的作文。作者用孩子的视角和璀璨的童心自然写来，使这篇纪实性的游记作文，带上了天真活泼的意味。

　　"山中访友"这个题目，既表明作文的重点不是写登山，而是写山上的小动物们，同时也用拟人化的手法使全文染上了一抹有趣、活泼的童话色彩。

　　细致的观察、生动的描摹，是这篇作文的一个优点。"蚂蚁们排着整齐的队伍，浩浩荡荡""两条黑色的毛毛虫在悠闲地散步""有只蜘蛛在悬崖边奋力地织网""草丛里飞舞着许多红蜻蜓"等，把小动物们的习性或特点勾勒了出来。而比喻、对话等手法的运用，也使这篇看起来短小的作文，字里行间的描写和叙述显得比较生动和丰富。

　　还值得一提的是作文对数字的运用。"1000""3000"等数字的嵌入，既是对山间步道旁行步距离相关标识的实写，也与小动物们的拟人化描写相配合，为作文增添了童话的意味。运用数字来取得一种夸张或幽默的效果，是童话创作中常常使用的手法。例如童话作家周锐的许多童话作品，就常常运用数字来制造童话的趣味和氛围。短篇童话《两个王子和一千头大象》中有这样一段叙述："小王子便准备起来。四百九十九头大象，得配备四百九十九副铠甲，要挑选四百九十九名武士骑象作战"；"为了鼓舞士气，还要采下四百九十九颗槟榔果，塞进四百九十九名武士嘴里"。在这里，数字的运用使作品取得了诙谐、夸张的叙述效果。我以为，《山中访友》中数字的运用，也有一些类似的作用。

从一定意义上可以说，孩子都是天生的诗人，也是天生的童话作家。在这篇作文结束前，作者写了与一只"正行色匆匆地赶路"的四星瓢虫的对话：

> 我好奇地问："四星瓢虫，你这么着急要去干吗呀？"四星瓢虫笑着说："我赶去参加朋友的生日派对呢！"

一个把山中的小动物们都视为自己的朋友的孩子，写下这样的对话，让我宁愿相信，这是一个孩子的世界，也是一个属于童话的世界。

于是，在我看来，这篇本来是记述生活中出游观感的作文，也变成了一篇温暖、美好的童话。

关于孩子的作文，我同意这样一种看法，作文首先是一种生活与生命体验的积累，作文学习应该走向生活，与孩子们的身心发展同行。近年来，我参加过一些小学生作文比赛的评审工作，发现部分小学生作文仍然存在着模式化、成人化的公共话语，而孩子们纯真鲜活的天性和言语创造力则不见了。因此，读到《山中访友》这样的作文，我是感到喜悦的，并且很乐意推荐给《作文世界》的读者朋友们一起分享。

（原载 2017 年第 4 期《作文世界》）

文明废墟上开出的
儿童阅读之花

——从《架起儿童图书的桥梁》说起

在安徽少年儿童出版社出版的"国际安徒生奖大奖书系"中，有一部杰拉·莱普曼的回忆录《架起儿童图书的桥梁》，讲述了一个在文明废墟上开出儿童阅读之花的故事。

在世界儿童文学界，谈起国际儿童读物联盟（IBBY）和位于德国慕尼黑的国际青少年图书馆，几乎无人不知。前者是以促进世界范围内儿童文学的创作、阅读、出版、推广等为基本宗旨的非营利性组织，也是世界儿童文学的最高荣誉、国际安徒生奖的设立和评审机构；后者则是目前世界范围内最大的儿童图书馆，在全球儿童文学专业爱好者中广为人知。

今天，国际儿童读物联盟（IBBY）许多与童书有关的活动享誉世界，国际青少年图书馆古老迷人的馆址布伦敦堡则静静矗立在慕尼黑市一隅，为来自世界各地的孩子们和专业人士提供服务。看着这一切，我们或许难以想象，就在半个多世纪前，杰拉·莱普曼——这位纳粹执政期间被迫逃亡英国的犹太裔德国女性，选择回到战后的德国，并在战后那一片文明的废墟上，启动了这些了不起的儿童阅读事业。

杰拉·莱普曼是一位了不起的女士。二战结束后，当她接受美国军方邀请，回到令她悲喜交加的这片故土时，她的官方身份是美军占领区"妇女儿童文化和教育需求问题顾问"。但她很快从这个头衔和工作里，发现了一项令人激奋的事业——她想要借助儿童图书的通道，让那些茫然无措地站立在战争造成的文明废墟上的孩子们，重新走进那个本该属于他们的色彩斑斓的阅读世界。

在一片被深深的饥饿、绝望和无家可归的情绪——这个"家"既是物理空间的，又是精神层面的——所笼罩的战后焦土上，要实现这样一个理想，其过程何其艰难。二战后的德国千疮百孔，对于当时流浪于街头的许多孩子来说，他们最需要的可能是一片可以果腹的面包，而不是一本有故事的图书。然而，在莱普曼看来，饥饿的灵魂和饥饿的身体一样需要食物。而在一个"一切道德准则都被颠覆了"的废墟时代，优秀的儿童图书或许能够为"保护孩子"，尤其是保护孩子的未来，架设起一座特殊的桥梁。莱普曼女士本人就像一个孩子，怀揣着这样一份天真的热望，一路急疾前奔。她的天真注定要面对各种现实的打击。然而，生活有时多么奇妙啊——她就那样天真而热忱地冲过一切障碍，在许多人的帮助下，把一个个信念和灵感变成了现实：先是举办了一场成功的国际儿童图书展览，接着建立了一座影响深广的国际儿童图书馆，再后来创建了国际儿童读物联盟，紧接着又设立了有"小诺贝尔奖"之称的国际安徒生奖……

一切都证明了莱普曼对于儿童图书在童年生活中所扮演的重要角色的判断。尽管是在战后生活的艰难和困厄中，3万册儿童故事《公牛费迪南》一经印出,不但成为图书展览会上孩子们"争先恐后地抢着要看"的心爱读物,也很快"在柏林的大街小巷流传开来"。"一眨眼工夫,它的首版就售罄",而且,像所有珍贵的生活物资一样,它在黑市上也"变成了抢手货"。寒风乍起的秋天,孩子们披着单薄廉价的棉衣,甚至穿着薄纸板做成的鞋子来到图书馆,生活的困顿不曾阻挡他们前来阅读的热情。这些孩子对书籍的饥渴与对食物的饥渴几乎一样强烈。读着那份从他们耐受饥寒的身体里荡漾开来的小小欢乐,我们几乎要微笑着落下泪来。

书籍带给孩子们的不只是欢乐,它也塑造着战后德国的童年。优秀的儿童图书似乎以一种自然而奇特的方式,激发和强化着孩子们生活中的积极方面。那些沉浸在阅读欢乐中的孩子,尽管还被日常生活的困窘所缠身,却本能地懂得并实践着礼节的尊严、等待的耐性以及真诚的感恩。他们的理性和自制超出了许多成年人的想象。我们也可以说,儿童书籍对于童年的塑造力,同样超出了许多成年人的想象。

这份塑造童年的力量,也在有力地影响并塑造着成年人的生活。当来自不同阶层的人们排起长队,静候在展览馆门前时,莱普曼理想中亟须创建的那个"相对有序的环境",正以孩子为核心渐露雏形。关于"是否允许以前的纳粹分子进入展会"等问题的反思,则充分彰显了一种文明的理性精神对于文明之恶的征服,那也是优秀的儿童图书试图传递给孩子们的一种精神。正是在这一精神的鼓舞下,那些曾在战争中遭受德国侵略的国家也在莱普曼的真诚约请下,为书展寄上了它们的儿童文学经典。历经浩劫之后,一个民族乃至整个世界的未来不是以一种仇恨取代另一种仇恨,而是懂得从一个更完整、深刻的视角来理解人,理解文明,进而懂得朝一个更好的方向塑造人和人的文明。读着这些细节，我们会深深明白莱普曼所说的经由孩子"把这个黑白颠倒的世界逐渐纠正过来"，以及"孩子会给成年人指明前进的方向""通过儿童图书促进国家间的理解"等，究竟包含着什么样的深意。

或许，这也是为什么儿童文学以及与儿童阅读有关的这项事业会吸引如此多的人们为之倾心倾力的原因之一。在莱普曼开启的事业中，参与其中的人们包括作家、学者、出版人、教师、科学家、政府官员、军人等。事实上，如果没有人们的共同参与和推动，不论儿童书籍还是儿童阅读都无从谈起。从这个意义上看，莱普曼笔下由儿童图书所架设的这座"桥梁"，不只连接着不同地域、语种和文化的童年，也连接着不同职业、志向和生活方式的人们。毫无疑问，对于一个国家，对于全世界，"童年"是能够把我们所有人联结在一起的一种力量。

（原载 2016 年 5 月 31 日《光明日报》）

《书是甜的》:"在场"童书 评论典范

　　海飞先生的童书评论集《书是甜的》由辽宁少年儿童出版社精心策划推出,童书评论园地又添新枝。

　　在中国童书出版界,海飞先生首先是一位战略家。他不仅是童书出版领域的一位行动者、引领者,更是这个童书大时代的一位自觉而独特的观察者、谋划者、预言者和思想者。《童书海论》《童书大时代》等著作,显示了海飞作为童书出版战略家的眼界和格局、智慧和情怀。在这些著作中,海飞用自己持续积累的职业经验和专业知识,用自己激情洋溢和富有见地的文字,为这个时代的少儿出版勾勒业态的画像,甚至制造、引领了这个时代童书出版的概念运用和运思路径。他关于童媒、童书等概念的倡导及其论说,是用自己的方式勾勒、描述了这个纷乱而蓬勃时代的少儿出版、童年生态及其文化地图。我相信,正是因为他的这种大气和深邃,他的所思所想才如此深刻地参与、影响了20多年来我国童书出版和儿童文学发展的历史进程。

如果说《童书大时代》等著作显示了海飞作为一位童书出版战略家的宽广与深邃的话，那么，《书是甜的》则更多显示了作者作为一位童书鉴赏家、评论家的眼光、灵气和素养。

这种知书、懂书的灵气从"书是甜的"这个灵动、响亮、温暖的书名，就开始传递给我们。这个书名将所提示的犹太人关于童年与书的寓言故事，将书籍与阅读所能够带给童年的甜美和芬芳，一语道破。翻开书页，与书名相呼应的许多篇名依然打动着我。例如关于叶至善先生的《我是编辑》的评论——《编辑一生至善天下》，关于曹文轩海外版权贸易图书的评论——《用一根针挖一口井》，还有《让每个童年都美好》《听到了开花的声音》等。而字里行间对一部部童书的分析品鉴，对书人书事的勾勒介绍，更是显示了海飞先生洞悉童年智慧、深谙童书奥秘的专业眼光和气慨。

事实上，这部著作不仅以独特的视野和历史脉络呈现，成为当代童书出版和走向的一份历史记录和档案，也是一位智者和行家20余年童书观察、体味、思考、判断的心血汇集和凝聚。

我还想说，它也是与"学院派"童书评论遥相呼应的"实践派"童书评论的一个可贵的代表和典范。所谓的"实践派"童书评论，是指童书评论者本人即是童书出版第一现场的参与者、践行者，其评论的话题、姿态等，也因与当下童书现场紧相呼应、紧密对接，而具有了独特的、无可替代的意义和价值。海飞先生童书评论的对象，覆盖了活跃于当前儿童文学界的一大批新老作家及其作品，也涉及当下新兴或典型的各类童书出版现象。综观他的评论文字，我们甚至可以从中描画出一幅当代童书出版发展的参考地图。书中以评带论道出的关于中国少儿图书"黄金出版"时代的全方位分析，不仅涉及文体、写作题材、艺术进阶等文学问题的思考，也涉及出版规模、图书结构、印装质量、市场规模、版权贸易、产业潜能等专业出版因素的考量。后者对于我们把握童书出版作为一项文化事业的完整链环，对于我们从更全面的视角理解童书文化的传播和推广，具有十分可贵的价值。比如谈到林格伦作品集的中译出版，当时身为出版社社长和出品人的海飞先生谈到了这套作品的翻译、装帧、编辑以及非出版领域的文化机构人士在这一名著译介过程中扮演的重要角色。这些角色虽不直接介入文学的生产，却是直接影响文学传播命运的重要场域因素。关于它们的思考，也为我们提供了重思童书经典化现象的一个有趣视角。而在上述"黄金出版"的大背景下，关于"我国的儿童文学总好像'差'了一点儿什么"的分析和思考，则传递出一位老出版人对于本土童书发展状况的谨慎审思和殷切期望。

在我看来，"实践派"童书评论的优秀之作，远非简单地总结、评述当下童书出版的各类现象，而是在描述现象的同时，还以评论者从事童书出版实践多年累积起的见识、胸襟和定力，把读者进一步引向现象背后的出版意义与文化内涵的思考。读海飞先生的评论，哪怕是单篇作品的点评或序文，你总能读出"单篇"之外一位久经沧桑的出版家更阔大的视野和更深广的思考。在海飞身上，这种思考的"漫溢"不是刻意为之，而是本能使然。每拈起一个作品，在做文学的分析和体悟的同时，他会很自然地把它放到中国童书出版的大语境下，带出相关重要话题的评说。他谈曹文轩儿童文学作品的版权输出，个中分析、判断包含了关于中国儿童文学国际化问题的重要思考。他谈原创图画书《盘中餐》的成功，时时透出的是对于原创图画书发展突破的期望与艺术蜕变的欣喜。他谈张炜的《半岛哈里哈气》、赵丽宏的《童年河》等作品,道及自己在各种场合呼吁知名的"作家"和"科学家"们为少年儿童写作,其中包含的完善当前儿童文学创作生态的苦心孤诣,以及那份为少年儿童、为童书事业的责任心,仔细回味,令人感动。

可以说,正是以海飞先生为代表的一批对童书事业怀着全身心的热忱和赤诚的出版人的声音、行动,推动了中国童书引人瞩目的当代进程。而我相信,他们的一切奉献和付出,最终都是源于他们发自心底的对于书籍以及它所承载的文化传统的热爱和信仰,如同海飞先生这本评论集的题名所道"书是甜的"。一种以好书为伴的生活,同样充满了蜜甜的幸福。海飞先生付诸童书出版和评论工作的几十年如一日的热情,正是致力于把这份生活的幸福播撒开去,传承下去。作为同行者,我要向他致以由衷的敬意。

（原载 2018 年 3 月 21 日《中华读书报》）

让童年游戏的翅膀驭风而行

——读班马少年小说《我想柳老师》

　　班马在中国当代儿童文学界有"鬼才"之誉。仔细想来，非"鬼"之一字的确不足以形容其才华。20世纪80年代，班马的名字像一股旋风刮入中国儿童文学的创作和研究领域，并在这两个领域同时激扬起具有极大牵引力的思想和艺术气流。在我看来，这气流在今天还充满了鼓荡精神的力量。

　　"鬼才"之"鬼"代表了一种超出常规的想象力、洞察力和创造力，我们或许可以说，这种"鬼"也代表了班马对于他所格外关注的童年生命状态的一种理解。1990年，班马发表了短篇小说《我想柳老师》（长篇小说《六年级大逃亡》片段），这篇小说洋溢着少年饱满的狂欢精神和创造热情。柳老师的到来让整个班级的孩子们发现了学校生活充实的欢乐。他的幽默、才华和他对学生的尊重，征服了少年的心，鼓励了他们的自信，也让他们真正领会到身在一个集体的荣耀和责任。小说的叙述采用的是五年级二班男生"我"的视角，"我"

同时也担任故事叙述者的身份，整篇小说的语言因此处理得十分口语化，也十分符合角色的少年身份和男生性格。前两部分的叙述语势张扬，情感充沛，充分传达出"我"和同学们对柳老师的敬佩和喜欢；最后一部分则在别离的愁绪中制造狂欢的高潮，对柳老师的尊敬和留恋通过"最后一场球"的激烈碰撞，以一种男孩独特的情感表达方式喷泻出来。作者对于少年心理和情感的把握精准到位，幽默轻快的叙述里浸透着一种说不出的忧伤和沉重。

这篇小说很可以看作是班马对于他所极力倡导的童年和儿童文学的游戏精神的一次艺术诠释。在中国当代儿童文学界，班马是在创作和理论的双重维度上主张和实践游戏精神的第一人。他关于游戏精神的理解吸收了来自西方哲学、美学、人类学、教育学等学科的相关资源，同时更体现了他本人对于儿童文学艺术功能与精神的深刻体认。

班马的"游戏"不是简单的"玩"。在他那些张扬游戏精神的儿童文学作品中，一种酣畅淋漓的游戏快感始终与另一种对待游戏的严肃感、庄重感结合在一起。比如作品中讲述的多米诺骨牌游戏——在柳老师的安排下，全班同学从家里搜罗来上万只麻将牌，在教室里上演了一场声势浩大的"多米诺骨牌"游戏。大家在课桌拼成的大台上分组搭建各自的骨牌阵式，这些阵式最后将汇成"一个庞大的阵群"，以制造一次骨牌连锁效应。游戏越是展开，全班同学就越是紧张，因为到了最后阶段，"大家都不是只关心自己的这一摊了，而是紧张地关注别人的动作，一个弄不好，全体就碰砸了"。通过这个游戏，"我们真的从来没有这样感到全班是连在一起的。再做一百次报告也不会有这种感觉"。

这个故事包含了班马关于童年游戏精神的两个基本理念，一是玩的精神，二是操作的精神。这里的"玩"既是一种释放和宣泄，又是一种参与和创造；"操作"则是强调游戏中的身体参与和身体体验，它是一种有目的的身体实践。"玩"的精神赋予游戏以想象和创造的自由，"操作"则使游戏的自由创造具有了某种特殊的目的性，这个目的的最终意图并不在于完成某个要求，而是对于游戏能量的一种汇聚，是对于游戏快感的一种升华。"多米诺骨牌"这个游戏的操作终点是骨牌接龙的大获成功，但其操作的意义则在于一种融会了独创性与合作性的创造精神，以及对于那从最深处把我们联结在一起的生命共同感的体验。

这就是班马对于游戏精神的理解。游戏精神不是简单地倡导"玩"的快乐，而是通过"玩"来拓开童年的生活感觉，丰富童年的生命体验，充实童年的文化蕴含。同样地，儿童文学的游戏不是童年剩余精力的肆意挥霍，而是在自由的游戏中将这种精力自然地导向对世界、对自我的身体和精神的双重把握。因此，班马笔下的童年游戏可以是快活的、放肆的、张扬的、狂野的，却从来不轻浮。这些童年游戏的翅膀拥有内在的力量和骨骼，它们使得翅膀的飞翔能够驭风而行，从而获得真正的自由。

（本文根据方卫平教授对班马先生的相关评论整理而成，原载2018年第6期《十月少年文学》）

我读高洪波的儿童诗

高洪波的儿童诗有着太阳般热情、明亮的气息和光芒。这些诗仿佛为我们打开了张望世界的一扇窗户，透过它，我们眼前展开的这个世界，呈现为某种奇妙的糅合：它是端庄的，也是活泼的；是清澈的，也是多彩的；是温柔的，也是雄浑的。

洪波的儿童诗里有天真的童趣，童趣之下，又总是沉淀着某种引人回味的深挚与厚重。《懒的辩护》的幽默俏皮里，隐约闪耀着童年思想的机锋。《图书馆之夜》的瑰丽幻想中，暗暗鼓动着童年感觉的浩荡。读"爸爸的背是一座高山／我最爱爬上又爬下／爸爸山会发出轰轰的笑声／还会甩动一头森林似的头发"，我们从一个孩子关于"爸爸山"和"森林"的奇趣想象里，从童年无忧无虑的欢乐游戏中，还读出了日常生活的一种沉默的深情。读"大海和太阳的好意／我们都记在心间／不过最难忘却的／是那平坦的沙滩"，我们从这一片"最难忘却"的"平坦的沙滩"上，读到了童年情感的朴实的生动和真切的自然，也读到了这朴实和自然的背后，一种心怀大海和太阳的广大辽远。

读这些诗，不知为什么，你会在心里想象一种站立的姿势，脚下是广袤的大地，眼前是无垠的风景。

就让我们从这样一种姿势，开始人生最初的旅程。

（原载 2020 年第 1 期《少年诗刊》）

远行精神与家园意识

——薛涛少年小说论

■ 一、"林子""地平线"与童年之谜

薛涛的少年故事里有一种邈远的气韵，这气韵使它们以独特的表情和姿势，静立于当代儿童文学的艺术城池。当大多数儿童故事里的孩子在"家—校园—街区"构成的日常空间里探寻、建构其童年体验的时候，薛涛笔下的少年们却将这种日常远远地抛在身后。这是一些显然难以被普通生活的缰绳收编和驯服的孩子，他们或是只身踏上穿越边境的危险之旅，或是凭借一己之力在都市一角自谋生路，有时则仅仅为了一个突如其来的念头，便闯入一场未知的远行和冒险。即便是在那些以日常生活为基本背景和素材的故事里，作家也要让他的少年主角摇摇晃晃地撞开边界，越出规束。好比《小城池》里那个从生活的各种庸常里冲杀出来、潇洒而落寞地入住废墟小屋的少女沙漏，父母离异、亲子隔阂、师生矛盾、同侪交游，织成一张逃无可逃的生活之网，却没能网住女孩的世界，而是最终成了悬浮在她身后的一幕

背景。背景之上，女孩的目光和脚步向着遥远地方的某处光亮，仿佛这个世界始终收不住她的身体和灵魂。

你不知道这些小孩究竟在想些什么，他们的摇晃的姿态和斜睨的目光，好像刻意与众人熟知的那个孩子的形象保持着距离。这大概也是为什么薛涛的故事读来总带着些许不轻松感的原因之一。我们习惯了打开一个儿童故事，轻快地收纳它的全部文字和意义——一个儿童故事像一个孩子那样，总是相对容易看透和收服的。但薛涛的小说显然不适合快读，尤其是不适合那种一目十行的跳跃式快读，这会令你丢失一些与故事前程有关的重要讯息，到头来，为了收拾故事的意义，你还得重新回去，老老实实地捡起那些最初不够认真对待的文字。在这个快读流行的年代，这样的阅读体验颇有些特别：当我们的目光和理解力试图像快马那样踏着纸页疾驰而去征服文字，文字却反过来牢牢地扼住它的笼头，迫使我们不得不在疾驰中慢下节奏，按辔徐行，细细琢磨这个故事和故事里的这个孩子，究竟在想些什么，又要做些什么。

薛涛的少年小说似乎是要向我们证明，童年的经验是配得上这样仔细咀摸和切磋的。唯有在这样认真细致的对待中，我们才能像懂得《小王子》里那条吞下大象的蟒蛇、那个装着小羊的盒子一样，理解童年简单、稚气、一目了然的外表之下蕴含的丰富、奇异却也往往无人在意的内容。或如法国哲学家加斯东·巴什拉所说，这一个"童年"，实在是一口"深不可测"的"存在的深井"[1]。童年的这种如谜般的生命感觉和文化质地，可能就是薛涛小说着意想要表现的一个重要

① 加斯东·巴什拉.梦想的诗学 [M].刘自强，译.北京：生活·读书·新知三联书店，1996：144.

方面。少年小满谋划着一场不可能的行动，一而再，再而三地向边境线发起秘密的"突击"，谁能说清这番"疯狂"之举究竟是为了寻回黑狗九月，还是出于某种辨不清、道不明的精神的骚动？事实上，这种骚动在故事起始、九月仍然陪伴着小满的时候，就已经酝酿成形，蓄势待发。在这里，真正带给少年困扰的问题不是"五乘九"等于几，而是那片被人们引为禁忌的神秘对岸，"草木茂盛，炊烟升起，对岸的人永远也看不到它的清晰面目"①。这近在眼前又远不可及的"对岸"，对少年构成了莫名的诱惑和强烈的召唤。说到底，九月的出逃其实是为这份冲动提供了一个切实的爆发点。还有少女小菊，为了保留拥有一只青蛙宠物的权利而干脆休学回家，又为了电视节目上一瞬而过的若干镜头而决定离家出走。这样的行为举止除了向我们昭示一个孩子过分的率性和任性，是不是还带着那么一点儿不知天高地厚的年纪才有的天真的胆量和雄心？像故事里的"风镇"所展现的那样，成人们拖着生活的思虑滞重而行，孩子们则带着轻扬的灵魂高高地飞翔起来。

因此，薛涛小说中不时出现"林子"和"地平线"的意象，并非偶然。甚至，这两个意象不但透露了薛涛本人对生活的理解和审美经验中的某些重要内容，也透露了他的少年小说和这些小说中少年精神的某个基本面向。林子是阔大、深茂和杳无边际，也是鲜活、美好和生机勃勃的，它还是与大地、天空和太阳有关的那个远方，因为林子往往伫立于地平线上，仿佛伫立于天和地的尽头。薛涛的林子里总有一棵或一片白桦树，那种白色细长的优雅树体，令人想到某种同样优雅的存在的姿态。它们是流浪少女网小鱼在都市楼墙的包围下坚持温习的关

---

① 薛涛.九月的冰河［M］.天津：新蕾出版社，2014：4.

于家的记忆："天空和大地在那里都到了尽头，形成一条交界线，太阳每天就从那条线下面露出头，再一点一点跃到上面。它是天和地的界线。它很长，远远看去就像一条漂亮的弧线，这条弧线断断续续，被远方的几片林子截成几段。"①

　　"林子"和"地平线"的存在，更准确地说，意识到"林子"和"地平线"的存在这件事情，令人惘然若失而又兴奋莫名，"既幸福又忧心忡忡"②。你像一个豁然开蒙者，从此知道世界不仅仅是低矮的屋顶和围墙，生活也不仅仅是吃饱穿暖的卑微生存，但你的身心从此也开始了不安分的游荡。薛涛笔下的少年主角们，无不是被"林子"和"地平线"的远大风景诱惑着的孩子。他们对待大人们看重的日常生活的某种心不在焉，底下掩藏着的是对那片广阔的"林子"和那道遥远的"弧线"的全心倾慕。少女沙漏站在高高的领操台上向她的仰慕者宣布："我看见地平线了，那边有一排白桦树。"她也倚着废墟小屋的门这样劝告拆迁者："要是到处都盖上楼房，就看不见地平线了。"③网名为"鼠辈"的少年一跃而起，去拥抱"太阳在林子后面落下去"的地方，那里，"一条地平线闪现出来。大地和灰蓝的天空逐渐接近、融合，在那个细微的地方形成鲜明的界限，把大地和天空分割"④。对于少年小满和少女小菊来说，一片林子意味着一段刻骨铭心的旅程，一次书写生命的成长。"四周的林木连成一片，沿着河岸向远方蔓延，最终形成一条地平线"⑤，少年在疲倦的追寻和奋争之后，终于满足地睡下。

　　我们大概明白了，为什么日常生活的篱墙圈不住这些孩子的世

①②④ 薛涛.大富翁［M］.天津：新蕾出版社，2015：5，5，205.

③ 薛涛.小城池［M］.昆明：晨光出版社，2013：81.

⑤ 薛涛.形影不离［M］.青岛：青岛出版社，2017：147.

界，因为他们的目光远远地越过篱墙，投向了视域尽头的阔大世界，就像"木排的目标是绚烂的河流尽头，听说那里的水域无比开阔，能容纳落日，也能容纳所有的江河"①。从站立的这头到遥望的那头，"一半是活着，一半是梦想"②，少年的脚步试图征服这段"无法逾越"的距离。你会觉得，这些孩子的思想和行为方式大大超出了我们对于一般童年的理解。但仔细想来，你或许也会承认，这样的"不切实际"和"野心勃勃"，可能才是童年时代方有的精神财富和气魄。

■ 二、传奇、现实与童年之力

所以，薛涛笔下的少年主角们总在远行，或是身体的历险，或是灵魂的出游，他们忍受不了望见远方却顿步不前的状态。

而远行注定与传奇有关。废墟中央的孤岛小屋，冰河那岸的异域森林，烂尾楼里的"富翁"岁月，雪山脚下的凶险逐猎，无不激起我们关于传奇生活的各种遐想。这些跳脱平淡和寻常的传奇经历，是对少年敢于远望和远行的胆气的丰饶回馈。在新作《形影不离》中，作家将他擅长的另一支幻想的墨笔也施用到生活传奇的书写中。小菊的风镇旅程，分明由寻常风景的巷口转入，却在不知不觉中深陷奇境的包围。这段历险带着某种荒诞暗黑、充满隐喻的幻想气质，或许让我们想起了德国作家奥得弗雷德·普鲁士勒的名作《鬼磨坊》。"只有入口没有出口"的古怪小镇，将各式旅人困于其中。神秘的乌鸦驻守入口，掌控着风镇的秩序。人们茫然无奈地穿行其间，等待一场无望

---

① 薛涛.大富翁［M］.天津：新蕾出版社，2015：205.
② 薛涛.小城池［M］.昆明：晨光出版社，2013：54，67.

的大风的降临——使你的灵魂轻到足以被风带走，这是离开这个荒诞小镇的唯一可能。困境中的少年如何解开神秘的禁制，寻找脱身的出口？如此激发童年冒险本能的悬念，足以对少年读者构成难以抗拒的魅力。李利安·H.史密斯认为，这样的历险故事迎合了儿童天性中对于"浪漫和刺激"的追求，由此"给儿童带来了某种感同身受的体验，扩展了他们的兴趣，提升了他们的视野，满足了他们对想象的需求"①。

　　然而，薛涛的传奇，其要旨却并不在"奇"字。它虽由一个逃离日常生活的姿态开始，却有别于斯蒂文森《金银岛》里那种远离普通生活情境的历险。后者看似在现实生活的情境里展开故事的叙说，实则更多是在远离现实的想象里编织惊心动魄的奇遇。一张指点宝藏的地图，一座满藏财富的孤岛，在这些意象跟前，现实生活按下了暂停键，另一段奇异的旋律悠然响起。那是一个与日常烟火生活隔岸相望的英雄故事空间。但在薛涛的传奇里，英雄的遭际奇则奇矣，其超然的身份特权却并未在故事逻辑层面得到积极的回应，生活的那种不无黑色幽默感的偶然性，始终在不断打破英雄行为及事件的"奇"和"巧"，为的是把我们的目光重新带回现实的地面。《九月的冰河》里，小满想方设法要偷渡边境河，现实世界却并未向这孩子气的轻率闯荡做出廉价的、欺哄性的低头。借船、偷船、造木筏子，每一项尝试都遭遇了现实生活逻辑下可想而知的失败。他居然敢趁着冬天的夜色从结冰的河面上匍匐过境，但这番在许多英雄故事里足以赢得奖赏的"壮举"，很快也被冰面中央支开的一个野兔夹子无情地阻断。生活就是

---

① 李利安·H.史密斯.欢欣岁月[M].梅思繁，译.长沙：湖南少年儿童出版社，2014：185.

如此，它很少依照少年的雄心展开它的逻辑。就像《大富翁》里的城市流浪少年们，在废弃的都市一角开掘自己的"财富"王国，日常生计却远没有他们想象的那样简单。凭小聪明规划的"生意"很快泡汤，彩票的梦想始终遥不可及，好不容易挣得的"地盘"被大人侵夺……比之浪漫虚幻的谎言，作家似乎更愿意向孩子透露生活的不无冷峻的本来面目。真实的世界，何曾会为一个孩子心中的"林子"和"地平线"做轻易的俯就？

于是，生活对孩子而言，不再是屋檐下大人俯身给予的糖果，而是他们需要充分调动自己的体魄和心智去丛林里摘取的果实。这片丛林里穿行着带有各种目的和企图的大人，他们并不会为一个孩子的愿望做太多让步，而且丛林里可能充满危险。如果说现实中的孩子难免为生活所迫闯入这片丛林，那么让人更为印象深刻、也更意味深长的，或许是薛涛的少年们主动拒绝成人世界收编的姿态。《大富翁》里，对三个流浪少年留意许久的瘸龙再三表达了"招安"的愿望和善意，却遭谷哥一再拒绝。这拒绝里有叛逆的意气，也有对成人世界的不信任和深深失望。透过这个姿态，一种比表述清楚的规则、观念和伦理道德复杂得多的现实世界的"儿童—成人"关系以及童年对生活的理解，进入了我们的视野。从规则、观念和社会伦理的角度，儿童救助站站长的话道出了与童年有关的一种公理："赚钱跟战争一样，让小孩儿走开。你们是小孩儿，赚钱是大人的事情。保护好你们也是大人的事情。"① 但这只是对于"儿童—成人"关系中后者理应如何的理想要求和期望，它像天空中太阳的光芒，粲然至极，投到现实的地面

---

① 薛涛.大富翁［M］.天津：新蕾出版社，2015：115.

上，却也迎来了各不相同的阴影。这才有了谷哥的诘问："大人在哪儿啊？"这真是一个充满隐喻的质问。当大人们肆意破坏他们在孩子面前"理应如何"的规则时，却要孩子站在原地，深陷谎言，这是对童年的二度不公。因此，谷哥拒绝瘸龙，拒绝儿童救助站，正如沙漏拒绝老师沙宣递来的橄榄枝，拒绝父亲和继母的边角料式的关心，因为它们更像是大人想把孩子乖乖揽在旁边的糖果，而不是目光平视、彼此尊重、并肩而行的握手。

正是在与这样的现实相搏的过程中，童年的力量得到了充分的施展，也因此得到了有尊严的确认。当一群孩子努力破开成人世界和现实法则的重重包围，向着心中的"林子"和"地平线"突进，这本身就是一种传奇的冒险。面对困境和绝境，这些少年往往表现出与其年龄不相称的沉稳和淡定，但它非成年人的老辣与世故，而是来自童年时代看待世界的独特视角和化解压力的独特方式。这视角和方式里闪烁着童年天性里的乐观气质和幽默精神，那是由孩提时代有限的经验和无限的想象力交织而成的奇妙本能——有限的经验使孩子不必忧心忡忡、深思熟虑地关切太过遥远的生活算计，因而比成人更能看见近在咫尺的平凡事物的乐趣、意义并将它们放大；无限的想象力则使他们在最清贫艰难的生活中，仍能凭借一点想象的支撑，为自己造起一个完满的王国。饥饿中出现的三个红薯，足以让三个孩子满足地坐在太阳底下，正儿八经地探讨"两元钱让三个人吃饱"究竟是"能力"还是"运气"的哲学。"太阳温暖，热气腾腾地照耀着谷哥的富翁居"，而所谓的"富翁居"，其实是一幢无主的烂尾楼，钢筋裸露，四面漏风，但在孩子眼里，"这幢楼足足十层，够高，也很大。住上一个富翁，外加他的第一号保镖、表妹以及她的宠物猫，这都很匹配"①。此番话语中的"富翁""保镖""表妹""宠物猫"，无不充满了复义的幽默与反讽。同样，少年小满口中的"船长""大副""出国""旅游"，少女沙漏眼中的"城池""领主""公主""光明"，也无不包含了现实对象与童年目光相碰撞、现实所指与童年解释相交叠而造成的复义内涵，前者的凡常低微与后者的精彩宏大之间，构成了幽默有趣而富于意味的张力。

薛涛对童年语词的这种复义性无疑有着特殊的钟爱。在他的少年小说的文本之内，充满了童年视角下世界和生活的这种复义感觉。一面是童年生存现实的真切困境，一面是童年眼中世界的迷人面貌，后者既构成对前者的批判和讽喻，也构成了对它的重构与抵抗。有如"小城池""大富翁"的题名所喻，大人们眼中毫无价值的废墟，落到孩子眼里却是弥足珍贵的城池，坐拥它，足可以富翁自居。这背后有某种与现实有关的深刻的悲伤，也有童年借以应对这悲伤的了不起的审美天性与精神。更重要的是，在这些少年身上，这种天性并不止步于精神上的自我抚慰，而是化为了努力重建自我生活的单纯而不懈的行动。

这样乐观无畏的进取理想与单纯明亮的欢乐精神，是我们许多人在成年之后已然失却的力量。

■ 三、成人、家园与童年关怀

不难理解为什么薛涛小说的童年镜子里，总有一个大人（往往是

---

① 薛涛. 大富翁 [M]. 天津：新蕾出版社，2015：11.

父亲）的身影。这个形象站立在少年的对面,既构成他的烘托和背衬,又仿佛是其未来的某种预言。有时候,少年的目光有多远大,成人的视界就有多狭小;少年的生命力有多鼓荡,成人的存在感就有多萎缩。沙漏的父母是在平庸生活的数字算计中彻底忘掉"林子"和"地平线"的大人。对小满的父亲而言,那个眺望对岸悸动不安继而做出越境的荒唐之举的儿子,同样十足地衬出父亲毫无光彩的"老老实实"和"循规蹈矩"。这种激越与庸常、冲撞与规束的相碰,注定要挑起少年与成人之间的文化战事。《九月的冰河》开场,小满与父亲之间那段弥漫着火药味的对话,犹如双方"出战"的宣言。而对沙漏来说,这场"战争"的铺开面要广得多,它最后造成的后果也严重得多。沙漏在父母的漠视中渐行渐远,终于没有冲破那张等待着她的不幸之网。从生活的逻辑来辨,她的死亡是可以避免的,但从小说的逻辑来说,少女的意外之死完成了对那个不可靠的成人身影的终极判决。

然而,站在童年视角向成人提出生活的批判,只是上述"少年—成人"对位关系的表层蕴含。在薛涛笔下,这一对位法的安排还别有深意。我们看到的是,很多时候,成人不仅作为少年的对手立于其形象的对面,也构成了与少年身影之间的某种暗自呼应甚至彼此诠释。小满的父亲一面为儿子的荒唐行径头疼不已,一面又对他怀着难言的歆羡。他"常常对儿子冷嘲热讽一番",心里却"还藏着那么一点儿欣赏,甚至是钦佩。他从儿子身上能看见自己的小时候,他是长大以后才变成现在这么老实的"①。实际上,某种近似于儿子的精神骚动正折磨着他。身为护林员的他"一方面迷恋现在的工作,隔三岔五去林

---

① 薛涛.九月的冰河 [M].天津:新蕾出版社,2014:64-65.

子里转转，心里便敞亮；另一方面，他又想走出林子，到外面的世界去闯荡一番……"①《白银河》里，这种精神上的"不自在"几乎同时发生在父亲段老倌和儿子龙雀的身上，进而将他们一道推入远行的旅程。小菊的父亲则更像一个从未长大的少年，着迷于"沿着地平线走，找最宽敞的地方，天空做屋顶，天边做墙壁"②的远行生活。女儿小菊从潇洒退学到离家出走的种种"任性"，无疑正是继承自这位同样"任性"的父亲。谷哥与瘸龙从在城市里抢生活的交手中分享着共同的"逃亡"命运。这对并无血缘关系的成人和少年，不知为何更令人联想到父与子，那种狼狈落魄中的坚强，精明狡猾里的深情，在彼此的过招中交相映衬。小说里，这些大人与少年一道历经传奇，他们的形象也常常与少年叠合在一起。我们从成人身上看见了那个不安分的少年身影，也从这个身影里看到了从少年到成人的某种不变内质。

更重要的是，透过这一成人镜幕的反观，我们对于"林子"和"地平线"所代表的少年精神，以及它们所标示的现实出路，有了更为完整的认识与理解。这个成人的身影促使我们回过头去重新审视和思考："远行"对于小说中的少年和成人远行者们来说，究竟意味着什么？通过"远行"，他们所追寻的又是什么？同样是被不满于现状的躁动和焦虑刺激着，父亲与小满一样，选择了"到外面的世界去闯荡一番"。他的传奇闯荡原本注定失败，但意外救回儿子，使这场远行有了最了不起的收获。最终，躁动和焦虑不再困扰着父亲，他坦然决定，"留在林场，陪伴着这片杂交林"③。这个回归的结局或许令我们有些豁然

---

① ③ 薛涛. 九月的冰河 [M]. 天津：新蕾出版社，2014：65，193.
② 薛涛. 形影不离 [M]. 青岛：青岛出版社，2017：14.

开朗：“林子”原来不一定在外面，“远行”的终点也不一定在远方，它的目标，是为了寻找身心的真正归宿，或者说，为了寻找一种“远行”之前未能得到确认的存在的家园感。在小菊父亲身上，这一回归的深意表现得更隐晦，却更能说明问题。这位父亲着迷于远行的自由，“像一只鸟，怕笼子，喜欢四处飞”①。乍看之下，这是一个从未失却少年时代自由冲动的成年人形象。然而，这种洒脱无羁的远行，并未能解决他灵魂里“毫无目标”的不安。直至陪伴小菊走完那段奇异的旅程，通过那些严峻的考验，他才在蓦然回首的顿悟中，明白了使远行变得有意义的内容究竟何在："现在，他躺在一张木床上感到惬意。这间屋子不大也不小，恰好容纳他的身体和灵魂。……他可以回家了。"②

事实是，追寻这种“恰好容纳”的妥帖和“可以回家”的踏实，才是小说中的少年和成人们踏上旅途的最终动因。正是在这一目标的照亮下，原本处于对抗或疏离状态的“儿童—成人”关系，获得了其意义重大的重构契机。旅途中，一方面，孩子是使成人的追寻最终有所着落的重要动力和标的。《形影不离》中乌鸦的独白蕴含深意："没有女儿，就没有爸爸。"③ 成人是因孩子而学习、晓悟如何做一个真正的大人。从这个意义上说，在孩子面前，大人们一样面临着自我成长和身份重构的课题。沙漏的父母实际上没有迈过这道成年的门槛。小菊的父亲在任性的远行中一度茫然若失，对女儿的牵念使他的行走有了目标，在与女儿形影不离的飞翔中，他实现了父亲身份的圆满完成，也因之获得灵魂的安定与充实。对小满的父亲来说，他在自我迷失的远行中与儿子意外相逢，这个过程让他最终理解了儿子，也更清楚地

---

①②③ 薛涛 . 形影不离［M］. 青岛：青岛出版社，2017：15.

认识了自己。显然，在这些成人"回家"的旅途中，孩子扮演了某个不无救赎性的角色。

而另一方面，对孩子的闯荡和行走来说，成人的身影也是他们最终实现自我、有所归栖的根本仰仗与支撑。某种程度上，薛涛的小说常常既诠释着"孩子在哪儿"的话题，也在回答"大人在哪儿"的质问。从《小城池》里的父母角色缺位，到《大富翁》里的父亲角色补替，再到《九月的冰河》《形影不离》中的成人拯救性角色，我们清楚地看到了作家对于"大人"的某种角色理解和期望。《形影不离》几乎明白无误地表达了这种期望的理想。小菊的父亲怀着"爸爸要陪着你"的强烈愿望，在与离家出走的女儿通话的瞬间被雷电击中，身体昏迷，灵魂出游，从此寄身飞鸟，陪伴着女儿的行程，在迷途中给她点拨，在困境里给她勇气。如果没有父亲的陪伴和帮助，小菊可能闯不出风镇的迷局，也可能已经被杂木林里的寂寞和细墨河上的疲累所吞噬，或者无声地沉没在桃花吐的隧道里。爸爸就是那只乌鸦，"他不停地飞，与那个任性的女儿形影不离""爸爸是虚的，乌鸦是实的。爸爸不在场，乌鸦一直在场。乌鸦找到她的行踪以后，几乎到了形影不离的程度。……难道，乌鸦和爸爸之间达成了一个默契？乌鸦替代爸爸，爸爸呼应乌鸦"。①薛涛的小说里，很少出现如此明白无误的主题表达，也很少有如此完备的成人守护者形象。让我们把它看作深埋于薛涛少年小说文本底部的某种迫切冲动的表征——不论小说里的少年们如何努力摆脱那个在他们眼里常常不值得托付的成人身影的压制，挥动权杖另建自己的世界，成人在孩子面前，仍然承担着一种无可回避的引

---

① 薛涛.形影不离 [M].青岛：青岛出版社，2017：200，189.

导生活和文化的责任。

　　这样，薛涛的少年小说从一个激进的远行姿态出发，最终回到了一种传统的家园意识，其"儿童—成人"关系也从一个激烈的对抗姿态起始，最后回到了一种温情的守护理想。这或许是一个对童年怀有真诚关怀和殷切期望的儿童文学作家最终必然会选择的方向标。但这种回归并非后者对前者的简单替代或否定。相反，薛涛对少年时代的那种远大妄想和自由意志，始终怀有莫可名状的深切迷恋。他有一篇题为《铁桥那边的林子》的散文，回忆童年时代"远行"的乐趣，颇可视作作家骨子里莫可名状的远行冲动的记录。读者或许会觉得，薛涛小说里这些始终不服膺于日常现实的圈养，甚至与这一现实有意保持疏离的少年，并不代表童年现实生活的普遍状态。大多数时候，一群孩子中的绝大多数成员无疑更习惯于"家庭—学校—社区"构成的稳定空间以及其中稳定的生活方式，在这个群体里，小满、沙漏、谷哥们永远是异类。但在这些异类个体的身上，恰恰流动和闪耀着属于童年的某种普遍精神。那样的不安分和不安定，有若牛虻，刺激起我们身体里永不能被驯服的对自由和阔大的向往。救助站里的网小鱼说："在这里不开心，这里也没有地平线，还是外面自在。"这段话表达的"还是外面自在"的情绪，与谷哥向瘸龙开出的"不上学"的条件一样，更应当作象征来读。这里面当然有对现实的不满——之所以"不开心"，并非孩子不愿受到照顾和教养，而是这个庇护所不够温暖和理想。但另一方面，即便生活优渥，一切满足，精神的骚动难道就会因此停止？因此，"还是外面自在"，不是对流浪生活的虚幻美化，而更多是对难以忘却"林子"和"地平线"的精神本能的表达。这样的表达是薛涛少年小说永恒的主题，也构成了其独特的魅力。

但作家显然并不满足于书写童年自我的精神呓语，而是进一步把它推到儿童生活的现实关切和成长语境里，审视其现状，想象其未来：对童年来说，向着"林子"和"地平线"的瞭望与追逐，它的终点究竟是"远方"本身，还是经由"远方"想要寻找的某个地标？同样，在"远行"的过程中，少年与成人的对抗、与现实的博弈，是以对抗为最终的姿态，还是向往和追寻着一种新的和解？

问题的答案并不简单。薛涛笔下，少年的远行和反抗或许永无止歇，但家园与和解的希望也在彼处熠熠闪耀。"找到地平线，就找到了家。"① 某种意义上，薛涛的少年小说写作本身也是一种寻找"地平线"的努力，在那里，或许是遥不可及的远方，一座属于童年也属于成人的完美家园，向作家和读者闪耀着永远的诱惑。

（原载 2020 年第 2 期《当代作家评论》，本文与赵霞合作）

---

① 薛涛.大富翁［M］.天津：新蕾出版社，2015：205.

世上会有一匹白马等着你

　　马头琴的故事，始于一片空旷的原野。山峦如呼吸般轻轻起伏，草木健旺而沉默地生长，湖水静静流淌。

　　这样的空旷和宽广，静默和孤独，就好像时间、空间还有一切的一切，刚刚开始的时候。

　　就在这片旷野上，住着云登和他的两只小羊。无边无垠的旷野，有了一个牧童和两只小羊的身影，虽然是那样的微小，却让世界变得那么不一样。太阳从头顶照下来，在云登和小羊身后投出蓝色的影子，迷迷蒙蒙，如梦幻般。时间一点点地过去，又好像从来没有过去。

　　也许，生活可以一直这样过下去。

　　但是云登的梦里，有了一匹马，一匹不在这片旷野上的白马。它"跑起来比风还快""鬃发像旗帜一样在头顶飘，眼睛温顺又俊美，像宝石一样"。这匹梦中的白马打开了云登的世界。在梦中想象它，渴望它，等待它，云登的生活里有了伤感的惆怅，也有了美好的向往。终于有一天，如愿以偿，白马来到了云登身边。他们一起度过了四十九天欢乐的时光。随后，白马在云阵的召唤下"高声嘶鸣，飞奔而去"，重新回到了可汗山。

《马头琴的故事》有着蒙古族民间风物传说的烙印，但是，当我们静静赏读这部由鲍尔吉·原野著文、贵图子插画的图画书作品时，不知是在语言和图像叙事的哪些角落，奇谈异说的感觉悄然剥落，另一种深入灵魂的悠远和怅惘，渐渐淹没我们的感官。

遇见白马以前，云登尚不知时间为何物。或者说，他还不曾领悟，一种有限度的时间到底意味着什么。从白马降临开始，故事叙述的调子仍是平实，却透着一份结实的欢乐。"从那天起，云登和白马还有他的羊，每天都在一起。"如果仔细回味，我们会发现，云登和他的羊，从来也是"每天都在一起"。但那时的时间，似乎还值不得这样郑重地提起和讲述。与白马在一起的"七七四十九天"，让云登第一次领会到时间的意义，也第一次体味到无法克服时间限度的深切悲伤。这是生活的限度，也是生命的限度。或许，只有经历过、懂得了这样的欢乐和悲伤，属于生命的那段时间，才会被赋予真正充实的意义，并且因此而永远不会被忘却。泪水化作歌声，是时间留给生命的永远的纪念。

这一刻，云登长大了。

这不仅是一个孩子的成长，也可以理解为所有生命成长的某种寓言。

长大后的云登发明了"马头琴"。那琴柱顶上的马头，带着云登对白马所有的想念，也让人想起与时间有关的一切欢乐和忧伤。白马的到来和离去，对云登来说，有如幻梦一场。但这幻梦改变了他生命中的原野。"他想起做的梦，心里说，世上会有一匹白马等着他。"平凡的生活中有了这样的梦和向往，生命该是多么地富有光彩和希望。

青年插画家贵图子敏锐地把握住了马头琴故事中所具有的辽阔、孤独的草原气息和奇幻、有力的神话色彩，她采用丙烯画这一厚重又富于变化的绘画方式呈现，同时在构图、色彩、媒材使用和图像叙事节奏等方面进行了独特的艺术创作，显示了优秀的创作才能。

或许，我们怀着的那些梦，即使永远只是以梦的形式存在，我相信，它也将改写我们生活于其上的旷野的风景。

世上会有一匹白马等着你，不论是在天上，还是在你的心里。

2020 年 3 月 28 日写于康河之畔

（原载《马头琴的故事》，中国少年儿童新闻出版总社

2020 年 4 月出版）

序跋之叶

《重新发现儿童文学：2000—2014儿童文学论文选》序

2015 年 4 月中旬，长江少年儿童出版社李兵社长率社里的中层骨干一行十余位朋友，来到典雅古朴、绿意环绕的红楼作交流。其间李兵先生与我谈起了一些合作意向。这本《重新发现儿童文学：2000—2014 儿童文学论文选》就是这些意向付诸实践的第一项成果。

如何在有限的篇幅里，尽可能地凸显 21 世纪以来儿童文学理论拓展与思想发展的特征、轨迹与面貌，是这个选本必须考虑的一个问题。本书将所选文章归拢为七个单元，就是希望从看似纷繁凌乱、实则理路可循的当代儿童文学思想现场，初步清理出一些"学术纷争"的头绪来。

"童年、文学与文化"单元，如小标题所提示的那样，是对于儿童文学与童年、文学、文化诸种关系、维度的延伸与思考。话题本身不管新旧，思绪本身无论深浅，它们的思想背景，显然都是贴近当下的。这些问题可能关乎儿童文学的艺术哲学或艺术伦理，也可能关乎儿童文学的文化担当与现实出路。

"重新发现中国儿童文学"，是我个人近年来从文学史的阅读和梳理中发出的一项学术吁请。虽未获得太多同道的呼应，但是，从本单元所收录的文章看，人们对中国儿童文学的历史打量和重新认知，的确已经构成了儿童文学研究的一道重要的学术风景。

　　"'本质论''建构论'与文学史研究""杨红樱现象探讨""图画书面面观"三个单元的文字，无疑构成了21世纪以来儿童文学理论界最富时代性、论辩性的话题和论域。它们既是一些年份里儿童文学理论领域的热门话题，也在很大程度上勾勒出了当下儿童文学创作与理论发展的一些重要的历史与现实轮廓。

　　"儿童文学现状""文类研究"两个单元，标题乍看起来不怎么提气，但是，我更想说的是，这两个单元里"潜伏"着一些曾经颇有影响，或者细细读来十分提气的文字。这是需要有心者认真阅读、仔细掂量品味的。

　　尽管如此，相对于本书试图提示、勾勒的那些刚刚消逝的理论岁月而言，我知道，我的任何企图或雄心都只不过是一场困兽犹斗式的学术拼争。

　　而且，这样的拼争应该还会继续。

　　感谢本书目录中展示的这些作者——你们不仅是这样一段历史的参与者、见证者，你们贡献的思想和智慧，也照亮了本书的字里行间。

　　感谢长江少年儿童出版社，感谢你们的信任和召唤。

2015 年 10 月 28 日零点于夜幕旁

（原载方卫平选编《重新发现儿童文学：2000—2014 儿童文学
论文选》，长江少年儿童出版社 2015 年 12 月版）

《儿童文学的艺术高地：2015 儿童文学论文选》序

2015 年对于中国当代儿童文学理论批评和学术思想的历史发展进程而言，是一个特别的年份。有两件事情可以提示这一年度的非同寻常。

一是全国儿童文学创作出版座谈会在京西宾馆的召开。《文艺报》的官方正式报道是这样表述的："为了学习贯彻习近平总书记系列重要讲话精神，着眼满足少年儿童阅读需要，繁荣儿童文学创作，研究如何更好地推动多出精品、多出人才，为少年儿童提供最好的精神食粮，7 月 9 日至 10 日，由中央宣传部和中国作家协会联合举办的'全国儿童文学创作出版座谈会'在京召开"；"共青团中央、教育部、国家新闻出版广电总局（今国家广播电视总局）等有关部门负责同志，百余位儿童文学作家、评论家和 29 家专业少儿出版单位主要负责人参加会议"；"这次会议是第一次由中宣部和中国作协共同召开的关于儿童文学创作出版的全国性会议"（参见 2015 年 7 月 15 日《文艺报》）。

二是《繁荣儿童文学大家谈》专栏的开设。《人民日报》文艺部与中国作家协会创研部合作，从 5 月 15 日到 7 月 17 日，共同推出了这个专栏，"约请专家学者一同关注当下儿童文学生态，建言献策，助推儿童文学的繁荣发展"（"开栏的话"）。"来自创作、出版和理论评论界的知名作家、专家和学者，热情参与讨论，发表真知灼见，让我们看到了儿童文学在这个时代受到的关注"（栏目结束时编者的话）。该专栏在两个月的时间里，共发表了 13 位专业人士的 14 篇文章。由《人民日报》开设专栏讨论儿童文学问题，这也是该报历史上的第一次。

这两个第一次，凸显了儿童文学在 2015 年所受到的特别关注和重视。这本《儿童文学的艺术高地：2015 儿童文学论文选》也因此以相当篇幅，保留了京西宾馆会议与《繁荣儿童文学大家谈》栏目的相关文献资料和理论文字。

对于儿童文学的思想进程和学术生长来说，官方和业界的重视显然是一件好事。不过，对于这个时代的童年处境、生态和儿童文学发展而言，除了这样的重视之外，我们还需要儿童文学批评界内外保持一种常态性的理论生长、进取姿态。2016 年农历猴年前夕，应《文艺报》编者之约，我写了一段"写给猴年的话"，其中引用了 20 多年前，我在拙著《流浪与梦寻》"跋"中写过的这样一段话："我有一个梦想：通过儿童文学的理论探寻，从一个方向承担起一代人最终的文化使命。我相信，儿童文学研究就其内在的文化生命意蕴而言，是指向人类精神的深处的——那里是我们精神的起点和归宿。"事实上，今天孩子们所面对的社会与文化环境，已经对儿童文学、儿童文化、儿童教育等领域提出了极为丰富、复杂、尖锐、深刻的思想与实践课题。我想，京西宾馆会议和《人民日报》专栏的意义，也许主要不在于它们本身触及或提出了怎样的专业话题和理论识见，而在于它们以一次醒目、郑重的召集，发出了一个关于儿童文学、关于童年文化发展的重大信号。我们应该意识到，对于儿童文学以及整个童年与童年文化的思考者来说，这是一个沉重的年代，无疑也应该是一个激越、创造的年代。

最后要说明的是，《繁荣儿童文学大家谈》专栏中的部分文章，根据内容，我把它们归入了本书相关的专题单元里。由于每篇文章的文末均标有原始发表处，有心的读者朋友不难发现它们之间的相互关系。

2016 年 12 月 5 日于丽泽湖畔

（原载方卫平选编《儿童文学的艺术高地：2015 儿童文学论文选》，长江少年儿童出版社 2017 年 3 月版）

《奔向旷远的世界：2016 儿童文学论文选》序

对于 2016 年的中国儿童文学研究来说，"曹文轩"无疑是一个具有学术指标意义的名字。

4 月 4 日北京时间 21 时 50 分许，第 53 届意大利博洛尼亚童书展新闻发布会现场，国际安徒生奖评委会主席帕齐·亚当娜宣布，中国作家曹文轩获得 2016 年国际安徒生奖作家奖。几分钟后，这一消息通过各种媒体，传向四方。包括新华社、《人民日报》、中央电视台在内的许多重要媒体，相继报道了曹文轩获奖的消息。相关的学术性报刊，尤其是以中国当代文学为主要关注、研究对象的报刊，也几乎在第一时间启动了"紧急约稿机制"。于是，在很短的一个时间周期里，从《文艺报》《光明日报》到《当代作家评论》《中国现代文学研究丛刊》等报刊，都以"系列"或"专栏"的形式，密集地发表了多篇关于曹文轩及其创作的理论和评论文章。

事实上，在当代中国儿童文学研究领域，曹文轩本来就是一位被关注、探讨、评说得最频密、最广泛，甚至可能也是最深入的一位作家。这当然与曹文轩儿童文学创作的独特性、丰富性、重要性有关。但是我以为，2016 年的获奖，仍然把曹文轩研究推进到了一个新的视野和平台上——关于曹文轩文本世界与儿童文学这个文类的艺术与哲学、与这个世界的纠缠与关系的重新打量与解读，无疑不仅仅炒高了一条新闻的热度，更是从字里行间显露了儿童文学研究者在"冷""热"之间努力穿行的姿态。

"理论探讨""儿童文学现场""图画书研究""文学史探新"等栏目收录的文章，为我们提供了了解 2016 年儿童文学研究的一些重要话题走向和研究趣味的机会。

关于当前的儿童文学理论批评是否还存在什么短板，我在不久前接受《文艺报》记者王杨女士的采访时做过这样的回答：从原创儿童文学理论的更高发展来看，它面临的主要瓶颈可能有这么两个：

一是理论的创造力还不够强大。这倒不是说儿童文学研究缺乏新的理论成果，而是指缺乏体现重大创造性的理论成果，比如一些既富前瞻性又切中当下儿童文学发展现实的、足以引发整个儿童文学界关注讨论的重大理论命题。实际上，在今天这个充满变革的时代，儿童文学的发展特别需要理论的前沿目光和有力洞见，换句话说，这其实是一个呼唤重大理论命题的时代，但我们的理论似乎暂时还没能跟上这一现实的吁求。

二是缺乏一个较为系统的原创理论体系。一种文学理论成熟的标志之一，是能够形成一套相对完善的概念、命题和话语体系。其实，反观 20 世纪 80 年代，一批充满激情的中青年学者针对一系列儿童文学基础和前沿理论话题的探索，已经呈现出某种体系化的趋向，但在今天，这一理论体系的构建可能反倒淹没在了大量一般话题的分散研究中。在我看来，推进本土儿童文学理论的建设，这一体系化的考虑可能要放在一个比较突出的位置。

我相信，关于这个话题的答案，一定也是见仁见智，众说纷纭的。那么，就让我们一起，在一点一滴的努力之中，继续推进我们共同眷恋着的这份事业。

2017 年 11 月 3 日于丽泽湖畔

（原载方卫平选编《奔向旷远的世界：2016 儿童文学论文选》，
长江少年儿童出版社 2018 年 5 月版）

《童年如此丰饶：2017 儿童文学论文选》序

  大约 30 年前，我陆续写作发表了《童年：儿童文学理论的逻辑起点》《儿童文学研究的理论意义》等文章，认为"无论从生理、心理、行为还是从文化背景的意义上去考察，童年现象都远远不像许多人所想象的那么简单""正如儿童心理看似幼稚、单纯，却蕴含传递着某些最深刻而隐秘的人类生命的、文化的内容和消息一样，儿童文学也保留和反映了人类审美的最原始、最简单同时又是最基本、最内在，或许也是最深邃的艺术规范和审美内容"。近年来，我继续发表了《当代儿童文学中的童年精神》等文章，认为"今天孩子们所面对的社会与文化环境，已经对儿童文学、儿童文化、儿童教育等领域提出了更丰富、复杂、尖锐、深刻的思想与实践课题"。

  事实上，"童年"无论是作为儿童文学研究的逻辑起点和学术关键词，还是作为一种思想资源或理论方法，从来都不曾在现代儿童学、儿童文学的学术领域里缺席。从"五四"时期鲁迅、周作人、凌冰一代学者，到 20 世纪 80 年代初出场的我的学术同侪，直到今天年轻的一代学者，"童年"之现实意义与理论价值一直是学界努力逼近、思索、阐释、讨论的重要术语和核心观念。所不同的也许只是，人们对于"童年""童年性"等观念的内涵、意义、重要性等的理解、把握各有不同或偏差。

2017 年，我读到了刘晓东教授的《童年何以如此丰饶：思想史视角》一文。论文开篇指出："有怎样的儿童观，便有相应的教育观。如果认为童年是贫乏的，那么，成人就会自然而然地认为，应当将知识从外向内传递给儿童，让儿童脱离贫乏走向丰富。如果认为童年是丰饶的，甚至认为'儿童是成人之父'（即成人是儿童丰富天性的继承人），那么，相应的教育观便会全然不同于前者。两种不同的儿童观决定了两种全然不同的教育学体系，前者是传统教育学，后者是现代教育学。"① 对于儿童文学的理论和创作实践来说，情况何尝不是如此。我在 1988 年写作，1990 年发表的《童年：儿童文学理论的逻辑起点》一文的开头也认为："每一理论体系的构筑都必须首先寻找和确立自己的理论出发点；这一出发点不仅提供了理论自身逻辑衍发的起始，而且也预示着理论展开过程中的运思方向和整体面貌。"因此，对于儿童文学的创作实践和理论建构来说，重要的不是是否有"童年"，而是如何理解、认识、把握"童年"，更进一步，如何具体实践、推进儿童文学的整个事业。

正如刘晓东在论文中尖锐指出的那样："总体来看，前者的儿童观是当下中国的教育学所秉持的儿童观……由于这种儿童观认定童年

---

① 刘晓东．童年何以如此丰饶：思想史视角［J］．南京：南京师大学报（社会科学版），2017（15）．

是贫乏的，所以，成人、教师便有权利将外部的知识、技能、伦理等信息传输给儿童、学生，而不用太多地考虑知识等是否能在儿童的天性、儿童的世界、儿童的生活中落地生根；这种教育往往会以牺牲儿童的天性、儿童的世界、儿童的生活为代价。总之，这种教育会以戕害童年为代价。"

我以为，从"童年""儿童观""童年性"等角度切入儿童文学、儿童教育、儿童文化事业的理论与实践，无论如何都是重要的、富有核心价值和重要意义的。

有心的读者会发现，收入本书的文章，论及了儿童文学的许多方面，但几乎都在不同程度上触及了"童年""儿童观"这样的话题。我想说，对于儿童文学的思考，往往既是美学的，同时也必然是心理学的、教育学的、哲学的……

30多年前，当以电视为代表的现代媒介开始在北美地区大行其道的时候，尼尔·波兹曼写出了振聋发聩的《童年的消逝》一书，思考、剖析电子媒介时代对童年的重塑乃至扼杀。今天，中国童年面临的时代挑战和课题更多。面对这一切，很显然，我们的学术界、儿童文学界应该发出更多思想的声音。

2019年11月16日，午后

（原载方卫平选编《童年如此丰饶：2017儿童文学论文选》，长江少年儿童出版社2019年12月版）

《台湾儿童文学馆·理论馆》总序

　　许多年前，我在一部有关儿童文学理论发展历史的著作的"后记"里，曾这样提到过自己在书中留下的遗憾："由于手头资料极为有限，本书未能评述台湾、香港儿童文学理论的历史进程。"20世纪90年代初，由于可以想见的原因，两岸儿童文学学术交流尚处在酝酿、启动阶段，留下那样的遗憾，大抵也可算是正常的情况。

　　很快，这种交流的到来及其热络度、频密度，大大超出了我曾经有过的预期和想象。自1996年开始，我先后应台湾的中国海峡两岸儿童文学研究会、联合报系文化基金会、台东大学、陆委会中华发展基金会等单位的邀请，多次赴台出席学术会议、做短期研究、给研究生上课，或因学校派出，做校际或学科间的交流。其间四下寻访、收集台湾儿童文学理论批评史料，逐渐积累了丰富的相关专业书刊。

　　特别令我难忘的是，1998年3月、1999年6月至7月间，在桂文亚女士的牵线联络下，我两次应联合报系文化基金会邀请，赴台做台湾儿童文学理论批评发展的短期项目研究。在许多台湾同行朋友的帮助下，我陆续收集了许多相关资料，包括一些珍贵的史料。记得在台东大学，林文宝教授向我敞开他在学校研究室和家里书库的大门（1999 年 6 月的台东之行，我就住在离林先生家不远、他专门用来藏书的一座共有三层楼的书库里），让我几乎完整地接触了台湾儿童文学理论发展的历史资料；总编辑蒋竹君女士听了我的课题介绍，立即慷慨向我赠送了《儿童文学周刊》自 1972 年 4 月 2 日创办以来的全部 1～10 辑合订本；学者、出版人邱各容先生陆续赠送了由他主持的富春文化事业股份有限公司出版的一批重要学术著作；作家谢武彰先生专门把他珍藏的一度已经脱销的朱介凡著《中国儿歌》带给了我；诗人林武宪先生也是研究者和理论资料的热心收藏者，特别把他富余的一套共 2 辑的《儿童读物研究》送给我——这是 1965 年、1966 年由《小学生杂志》《小学生画刊》为纪念该刊创刊 14、15 周年而出版的特刊，收录了当时许多著名作家、学者的百余篇儿童文学论述文章（第 2 辑为"童话研究"专辑）……

对于我来说，有关台湾儿童文学理论批评资料的收集、阅读，已经持续了 20 余年，其间也产生了一些思考和心得，甚至有过写一本相关著作的计划。但是由于一些原因，这一写作计划一直未能实施。

我们知道，20 多年来，海峡两岸儿童文学界交流日益频繁，两岸儿童文学理论研究同行也建立了密切、持久的学术交流和互动关系。但是，迄今为止，台湾儿童文学理论研究的独特成果，一直未能在大陆得到系统的介绍、呈现和研究。福建少年儿童出版社以其独特的文化和地缘关系，多年来致力于两岸儿童文学交流和台湾儿童文学读物的出版，硕果累累，其与台湾儿童文学理论界也有着广泛、深入的交流和联系；经过深入的调研和准备，拟推出《台湾儿童文学馆·理论馆》共 10 册。2012 年春，该社向我发出了主编这套丛书的邀约，使我未能完成上述写作计划的遗憾，多少得到了某种程度的弥补。

理论批评作为一定时代、社会人们文学心灵和智慧的组成部分，总是会以自己的方式，参与、展示、建构着特定时代的文学生活与美学世界——儿童文学的历史发展同样如此。当代台湾儿童文学在其半个多世纪的发展历程中，也一直表现出了对于儿童文学理论批评的不同程度的自觉和关注：

1960 年 7 月，台中师范学校改制为师范专科学校（1987 年 7 月九所师专一次改制为师范学院），"始有'儿童文学'一科"（林文宝语）；

20 世纪 60 年代中期，前述两本小学生杂志纪念特刊专辑的出版，"是台湾儿童文学界相关人士对儿童读物及童话议题的首次文集，开风气之先，足见 20 世纪五六十年代关心儿童文学现状与发展的大有人在，而且不乏往后在台湾儿童文学创作与儿童文学理论研究中大放异彩者"（邱各容语）；

1972 年，《儿童文学周刊》创办；

此后，儿童文学学会（1984 年成立）、大陆儿童文学研究会（1989 年成立，1992 年扩大为"中国海峡两岸儿童文学研究会"）等社团陆续成立；

各种学术研讨会（如静宜大学文学院主办了 8 届儿童文学与儿童语言学术研讨会，台东大学主办的各类儿童文学研讨会）、研习营（如慈恩儿童文学研习营）陆续举办与推进；

《儿童文学学会会刊》（1985 年创办）、《儿童文学家》（1991 年创办）、《儿童文学学刊》（1998 年创办）等批评与学术交流园地先后面世；

1997年，台东师范学院儿童文学研究所的成立，更是台湾儿童文学研究在教育和学术体制建设方面的一次重要提升。

上述未必完整的若干时间节点和事件，构成了台湾儿童文学批评和学术发展的重要背景和历史动力。在几代儿童文学学者、作家的持续耕耘、努力下，台湾儿童文学界逐渐积累起了比较丰富的理论批评资源和成果。

这套《台湾儿童文学馆·理论馆》收录了台湾老一辈著名儿童文学作家林良先生的名著《浅语的艺术》等两部个人文集。作为一位创作体验浩瀚深刻、童心文心璀璨灵秀的作家，林良把他在儿童文学写作、阅读、思考过程中迸发、闪现的思想灵光、真知灼见，以亲切温暖、娓娓道来的文字，分享、传递给读者，常常令人在不知不觉中，领受儿童文学写作、阅读的真谛和美好。他关于儿童文学作为一种"浅语的艺术"的条分缕析，无疑已成为台湾儿童文学界最具灵感、智慧的文学论述之一。

丛书还收录了林文宝教授的《儿童文学故事体写作论》、张子樟教授的《启蒙与成长》、张嘉骅博士的《儿童文学的童年想象》、黄怀庆硕士的《儿童文学与暴力的三个侧面检视》四部专著或论文集。我以为，这四部著作产生的年代稍有不同，但在一定程度上可以代表目前台湾儿童文学界老中青三代学者的研究面貌。四部著作的研究论题、方法、体例、行文风格等各有特点，其中林文宝、张子樟教授的著作均曾出版或发表过，张嘉骅、黄怀庆的著作分别是其博士学位论文和硕士学位论文，收录本丛书之前均未公开出版过。这样的书目选择和安排，只是想在本丛书设定的篇幅和框架内，尽可能多样地呈现台湾儿童文学研究的概貌。

本丛书原计划收录 10 部具有代表性的台湾儿童文学学术专著。但是，我在阅读、搜寻、思考丛书选目、框架的过程中发现，如果忽略数十年来在大量报刊、文集中发表的台湾儿童文学研究的单篇论文、评论文章，我们对台湾儿童文学理论批评发展的了解和认识将留下一个很大的缺憾。固然，那些代表性的学术专著和个人文集的重要性，我们无论如何强调都是有道理的，可是，我也逐渐发现并深深感到，那些四下散落、论题发散、理趣风格不一的单篇文章，为我们保存、提供了另外一些也许更为多样、细腻的历史过程和思想信息。收录这些论文，可以进一步扩大整套书系的学术覆盖面和作者的广泛性。从总体上看，这些论文的写作时间跨度长，论题观点和研究方法等代表了半个多世纪以来台湾儿童文学研究不同的时代风貌和理论发展脉络。尤其是近 10 余年来，台湾儿童文学理论界在文化研究、童玩游艺、童书文化消费、儿童文学网站、后现代童话、儿童文学与语文教学、台湾原住民儿童文学等话题方面所做的研究和思考，向我们呈现和提供了较为丰富、独特和新颖的学术话题和理论研究动向。于是，我把丛书的整体构架做了调整，整套丛书由 6 种个人文集、专著和 4 册论文合集组成。虽然这样的调整耗费了数倍于原计划的时间和精力，而且，也使我们和出版社一起面临着更复杂、艰巨的著作权使用授权工作，但是我认为，这一切，对于这套丛书更好地反映当代台湾儿童文学研究的学术状况，对于更好地向我们大陆儿童文学界呈现台湾同行的理论成果，都是十分值得的。

这套《台湾儿童文学馆·理论馆》能够编就，我要感谢多年来在我收集、研究有关资料、课题过程中给我以巨大帮助的人们。台湾儿童文学界的学者、作家、出版家林文宝、桂文亚、蒋竹君、张子樟、林焕彰、马景贤、许建崑、陈正治、洪文琼、邱各容、杜明城、陈卫平、谢武彰、林武宪、洪文珍、陈木城、刘凤芯、张嘉骅、管家琪、柯倩华、游珮芸、蓝剑虹等前辈、友人，还有已故作家李潼先生，或为我多次赴台交流牵线搭桥、悉心筹划，或慷慨赠送珍贵资料，提供相关线索，或不辞辛劳为我答疑解惑，与我切磋探讨。在丛书框架、选目大体确定后，林文宝教授、张子樟教授、张嘉骅博士分别就选目等提出了宝贵意见，也给予了温暖的鼓励。借此机会，我要对多年来台湾儿童文学界诸位前辈、友人所传递的热情和友善，所给予的支持和帮助，表达我最深切的思念、谢意和祝福！

从书部分书目确定过程中，我也征询了大陆儿童文学研究界一些同行的意见。福建少年儿童出版社此次筹划出版这一套台湾儿童文学理论丛书，本人应邀参与，与有荣焉，特此一并衷心致谢。

2015 年 10 月 7 日

于浙江师范大学丽泽湖畔

（原载方卫平主编《台湾儿童文学馆·理论馆》，福建少年儿童出版社 2016 年 11 月起陆续出版）

让经典与经典相遇

——《马爱农童书译丛》序

2013 年 3 月，安徽少年儿童出版社为《国际安徒生奖大奖书系》专门召集和召开了一次译者大会。我应邀与会，并与马爱农女士相识。当然，此前我早已熟知她的名字以及与她的名字联系在一起的儿童文学名著。10 多年前，"哈利·波特"系列魔法旋风过境，她的名字几乎也成了这旋风的一部分。那段时间里，无数哈迷读者正是追着马氏姊妹余温尚存的译文，一本接一本地赶读完了 J.K. 罗琳笔下的魔幻故事。或有诸君以为这也是译者恰好乘了作品的"东风"，其实这"东风"并非偶然。还在更早的时候，马爱农就翻译过加拿大儿童文学经典之作《绿山墙的安妮》，她的译本至今仍是"安妮"系列的许多读者最喜爱的版本之一。

那次会面，我对爱农女士的文学翻译观有了更多的了解，并且知道了她的翻译工作其实还有着深厚的家学渊源。她的祖父马清槐先生是老一辈翻译家，译著颇丰，她的翻译也曾得到祖父的倾力指点。祖父的影响或许从根本上塑造了她对待文学翻译工作的态度，那是一种专业、勤勉、严谨，同时还包含了敬畏之心的态度。

当代儿童文学翻译太需要这样的态度了。这些年来，受到读者和市场庞大需求的影响，外国儿童文学作品译介成潮，翻译工作也在其中承担着日益突出的功能。然而，与人们投诸外来儿童文学作品的出版和阅读热情相比，翻译文本的质量问题却尚未引起充分广泛的关注和探讨。我一直认为，儿童文学的翻译有其特殊的难度，因为它是以儿童为读者对象的一种特殊文学样式。如果说一般文学翻译不大需要在读者的语言接受能力方面考虑自设要求，那么理想的儿童文学翻译除了完成语言意义、情感、文化等内容的传达外，更要求译者熟谙中外文儿童文学特殊的语言表达方式，在充分领会原著内容的前提下，以充分本土化的、宜于儿童接受的文学语言，使之在转译后仍然能够较为充分地传达源文本的儿童语言特点与趣味。这意味着，儿童文学的翻译离不开对于儿童文学特有的"文学性"的深透理解。

从这一点看，我十分赞同、欣赏马爱农女士关于儿童文学翻译的"信"的观点的独到阐述。她认为，"一直以来，大多数人理解的翻译尺度是'信，达，雅'三个字，而我以为，一个'信'字足矣。这里的'信'，不只是文字的忠实，而且是情绪、情境、风格、技艺等诸多方面的忠实。翻译是一种再创作，这话不假，但这种创作是有框架的，译者施展想象，调动情绪，遣词造句，只有一个目的，让他的译文尽可能地与原作相吻合，尽可能地填满由原作者设定的框架，任何不足与外溢都不是合格的译文。做到了'信'，也就是充分表达原作的内容、情绪、氛围、意境。他流畅，你也要流畅；他简洁，你也要简洁；他啰苏，你也要啰苏；他柔美，你也要柔美；他生涩，你也要生涩；他结结巴巴，你也要随着结巴起来"。谈到儿童文学翻译，她认为，"假如翻译儿童文学作品，却把孩子们之间布满童趣的对话变成大人腔调，那么无论多么流畅优雅，都不是'信'；假如原文塑造的是一个粗人形象，到了译文里却变得温文尔雅，说起话来文绉绉，也不是'信'；假如原文的基调是晦暗沉郁的，翻译过来却变得轻捷明快，更不是'信'"。

　　现在的情形则恰好相反。很多时候，儿童文学的翻译似乎仅被视为一种初级程度的翻译——事实上，儿童文学作品因其语言上的儿童口语化特征，表面看来也确易给人"初级"的错觉。于是，出于出版速度、成本控制等方面的考虑，这类翻译工作有时被简单地交给仅有一定外语能力的"门外"翻译者，其结果是出现了许多因不通儿童文学的"文学性"而猝然急就的生涩译本。由于专业工作等的原因和需要，我曾多次收到出版社传来的作品翻译文字样张，其中一些译文甚至连基本的文学语言感觉都尚未达标，更谈不上对作品童趣的领会与传递。不少译文只是源文本的简单直译，其中书面语与口语错杂相交，读来全不符合中文表达的自然习惯，对于儿童文学语言方式的微妙处更是缺乏体会与琢磨。于是，一些原本令人心怀向往的优秀儿童文学作品，到了这样的译文中，反倒变得面目呆板、言语可憎起来。这类译文在如今的童书市场上颇不少见，而对此怀有不满的远不止我一人。记得在《国际安徒生奖大奖书系》的译者大会上，针对我提到的这些翻译现象爱农女士认为，这样的直译，其实就没有做到"信"，因为本来并没有障碍的原文，在中文的"直译"中反而制造了文学表述上的"障碍"。

　　这样的翻译伤害的不只是儿童文学作品本身，更是阅读这些作品的孩子们。在引进儿童文学占据童书市场大半江山的今天，儿童文学译本的质量不但影响着儿童对相应作品的阅读理解和接受，而且与原创母语作品共同奠定着儿童语言习得的基底。然而，上述翻译状况的普遍存在所带来的文化伤害，可能已经达到某种超出我们预料的程度。在我看来，以下现实应当引起人们的充分警惕：当我们充满热情地引进一部优秀的儿童文学作品时，我们的确是在做一件给儿童带来福祉的事情，然而，一经翻译的转码，我们的孩子最终读到的却可能只是一个令人失望的"伪经典"文本。

正因如此，儿童文学的翻译才需要慎之又慎。面对被选定译介的域外儿童文学作品，优质的翻译不但应当完成文学内容传递的任务，还要完成"优秀性"或"经典性"的传递任务，后者有赖于翻译者的态度、素养与才华。在这样的翻译中，译者不只是在做一种语言的解释和转换工作，这工作中还需要并包含了文学理解和创造的更多智慧。

我们要向这些优秀的儿童文学翻译家致以由衷的敬意。在当代孩子的阅读生活中，他们默默地扮演着与优秀的儿童文学作家一样重要的角色——如果没有他们的才华和努力，孩子们将无从领略蕴藏在大量域外优秀儿童文学作品中的情感、思想以及语言的丰美景观。在某种程度上我们可以说，正是他们的经典译文照亮了那些被译介的经典作品。优秀的儿童文学翻译，理应成为这样一场"经典"与"经典"的相遇。

马爱农女士的童书译本就是这样一种成果。因此，我对安徽少年儿童出版社出版的这套《马爱农童书译丛》怀有特别的敬意。在我看来，马爱农女士是一位有着经典气质的儿童文学翻译家，她丰富的翻译经验与深厚的翻译功底，以及她对于文学翻译的深入理解，使经典在她的笔下焕发出新的光彩。而在这一过程中，经典儿童文学独特的趣味和美感，也将向它的译者奉上最沁心的回报。

（原载《马爱农童书译丛》，安徽少年儿童出版社 2016 年 5 月起陆续出版）

一种童诗写作的境界

——林焕彰童诗集《我和我的影子》序

　　林焕彰先生首先是一位诗人，其次是一位儿童诗作家。我这么说并非以为儿童诗在艺术等级上先天地次于一般意义上的诗歌，而是反过来想要强调一种成熟的诗艺对于优秀的儿童诗创作的根本意义。

　　在我看来，焕彰先生作为一位真正的诗人的气质，在很大程度上影响甚至决定着他的儿童诗写作的艺术高度。这也是为什么他的童诗作品往往能够在童年趣味的点染、童年意境的织造以及童年哲理的表达方面，拥有某种令人耳目一新的风采。

　　读焕彰先生的许多优秀的童诗作品，我们一方面看到，它们所书写的确乎只是一些属于童年的小趣味、小意境和小哲理，但另一方面，诗人又总能令童年的这些"小格调"焕发出某种不同寻常的诗的精神。

　　譬如收入这部诗集的《拉锯之歌》，以强烈、分明的歌谣节奏和声韵吟唱童年"拉锯"的游戏，其语言的游戏从内容到形式都透着一种浑然天成的质朴美感。但这简单的游戏又多么像对于人类文明的某种寓言式写照——透过其中承载着从古至今最普遍的一种人类生存讯息的"劳动号子",我们仿佛看到了千百年来人类共同为之尽力的生活。游戏中的"桌椅""滑梯""床铺"和"房子",在更深的层面上也指向着对人类来说至为重要的几个基本文化范畴:劳作与憩息、学习与游戏,以及对我们每个人来说都意义重大的家园。"拉锯!拉锯!/我们先工作,再休息。/拉锯!拉锯!/我们先读书,再游戏。"在这样朴素的吟唱中,我们读到的远不只是一则儿童诗的寓教于乐,更是那最简单直白也最寓意深刻的人类生活精神的自然传递。

从焕彰先生的许多直白拙朴的童诗中,我们都能读出这样的深长韵味。我认为,这样的童诗才华不是经由一般的写作训练就可以达到的,它在根本上有赖于一种从诗神缪斯处直接分得的高贵的诗艺天分。

细数来,焕彰先生写下的优秀童诗作品数量之丰富,风格之多样,足以令作为读者的我们感到惊讶和钦佩。我个人对焕彰先生的童诗有着格外的钟爱,他在大陆出版的儿童诗作,我基本都细心赏读过,而他的《影子》《妹妹的红雨鞋》《小猫走路没有声音》等一批佳作,都是我十分喜爱并且常读常新的作品。但他还一直有新作面世,同时更在专注于写诗的同时,将这种诗意的探求拓展到了更开阔的艺术层面。记得2008年春天,焕彰先生来浙江师范大学儿童文化研究院交流,儿童文学方向的研究生、本科生同学以各地方言热情朗诵他的童诗作品。我也是在这次交流中第一次听他提到了"撕贴画"的创作构想。此后,我陆续拜读到了他自写自画的多本诗歌集。这些风格别致的插画是对于他的童诗意境和情韵的另一种传达,也以其独特的方式诠释着诗人的别样诗心。他的那样一份似乎永不降温的创造的激情和才华，真正令我感到敬佩。

近些年来，焕彰先生的童诗写作似乎更多了一份游戏式的洒脱。这当然不是说他对童诗的写作有任何的不在意，而是他的在意越来越融化在了一种无所羁绊、随手拈来的自由写作姿态中。

我想，这样的洒脱代表了一种境界。它是可以为当代的童诗写作提供方向和灵感的一种境界。

（原载林焕彰《我和我的影子》，福建少年儿童出版社
2015 年 11 月版）

《快乐的老提》序

谢华笔下的《快乐的老提》系列故事最早发表于 20 世纪 90 年代前期，那是一个并不太长的连载作品。如果我没有记错的话，我最初是在一份叫作《小学生时代》的刊物里与老提相识的。20 多年过去了，我仍然记得阅读老提系列故事在当时带给我的那样一份惊喜，以至于直到今天，我还会津津乐道地向许多同行和读者提起、推荐这个作品。作为一部早已被我收藏在心的作品，1994 年，我把老提系列中的四则故事收入了《中华幽默儿童文学作品精粹》；2008 年，它们再一次被收入了我选评的《最佳儿童文学读本》之《永远的布谷鸟》分册，与尼古拉·诺索夫、任溶溶、勒内·戈西尼等重要中外作家的作品，排在同一个单元。

现在回想起来，在那个对于当代儿童文学的发展来说具有艺术突围和转折意义的时期，谢华塑造的老提这一形象以及围绕着这个形象展开的一系列幽默故事，参与了一种在当时颇为新颖和前沿的童年美学风貌的探索实践。这一创作探索的基本和总体的方向，是要给过去承载了太多训诫或历史重负的儿童文学，带来一种焕发着更多轻扬、欢乐、幽默和纯粹的艺术风貌。

你看，"老提"这个名号的由来就颇有意味，它得自主人公那条总是"摇摇欲坠"的裤子，而故事开头，从老师、同学到老提本人都比较欣然地接纳了这个名号。我们从这里读到了一种松松垮垮、迷迷瞪瞪的童年情味，它明显有别于过去总被拉向"立正"姿态的儿童形象和童年感觉，却多么切中并传递出了儿童时代那种真实的生命感觉和独特的生活滋味！

正因如此，作家笔下这个提着"似掉非掉"的裤子转悠来转悠去的孩子，读来不见丝毫揶揄或狼狈，反倒充满了一缕清新、素朴、明亮的美感。老提的糊里糊涂每每给正常的生活添乱，但他的哪怕是惹了祸的忙碌身影里，也满是真诚和善意。他的糊涂和直心肠使他常常倒霉吃亏，但最终又能收获意外的快乐。比如二年级二胡小组的那场拉琴表演，因为老提的缘故几番波澜起伏，先是流畅的表演被他的琴音打断，接着是再度添乱的调弦和"等着挨骂"的糗样，最后"歪打正着"，老提的调弦倒成了表演最精彩的亮点。对于如此富于戏剧性的转折，神经大条的老提仍是一片糊涂。这个孩子身上单纯的玩心和实在的赤诚，真是令人忍俊不禁，而他的不拐弯的糊涂和不计较的欢乐，也令我们心生感怀。

当然，与其说是一种主动的艺术探索意识促使谢华写出了老提的故事，不如说是对孩子、对童年的一种本能的艺术敏感和理解，使老提这个人物在谢华笔下得到了活灵活现的把握和塑造。老提系列绝不是某个明确的文学观念的产物，因为这个系列中写得最好的那些故事，恰恰带着一种说不清道不明的"迷迷瞪瞪"情愫。老提做值日，认认真真地擦完黑板，倒挨了语文老师的批评。放学后，他留在教室想抓住那个"弄脏黑板的坏蛋"，转而得知原来是自己擦黑板的方法不对。于是，他高高兴兴地改正失误，认认真真地把黑板重擦了一遍。第二天一早，老提坐在教室里，"笑眯眯地等着老师来表扬他"。可惜来的是数学老师，他"看也没有看，抬手就又写了一黑板的字"。忙活了一大通，却没有人知道老提的费心费力，这当然是有点叫人伤心。再比如听守株待兔的故事，老提别有异想："他还是再守一会儿吧，如果兔子真的再来了呢？"他因此受了老师的表扬，回家后兴冲冲地拿了张凳子守在楼梯口，因为"昨天，三楼的张奶奶下楼时没带拐杖，差一点摔跤，今天得早一点守在这里"。谁知张奶奶这次带了拐杖，走得稳稳的。"兔子也许真的是不会再来了"，但这失落也只是在老提的心里翻腾了一下，至于他曾暗自怀揣的那份看似有些傻气的善良与心思，同样无人知晓。

这些故事究竟说的什么意思？很难言清。它们始于主人公的一团迷糊，又结束在另一团迷糊中，而不曾走向某个分明和圆满的终点。但你不觉得吗？它的"迷迷瞪瞪"以及萦绕于其间的那份淡淡的迷惘，正道出了一种成长的生动滋味。

我以为，在这些故事里，那犯着迷糊的一通忙乱，以及这忙乱背后无人知晓的心思，也写出了童年的一种普遍而真切的经验状态。一个孩子，认认真真地活在自己的世界里，也认认真真地接纳成人授予这个世界的新内容。然而，在大人的授意和孩子的理解之间，总有这样那样的错位，它使孩子的许多举动都带上了些许迷糊的意味，也因此难以得到人们的认真关注和会心解读。然而，这看似迷糊的较真忙碌和看似无稽的郑重举止，恰是童年生命和成长能量的沛然发散。能够以清浅的儿童故事写出童年的这样一种丰富、复杂的生命状态和内涵，我以为，这正显示了一位真正的儿童文学作家的艺术天分和才华。

近些年来，谢华又对老提的故事做了新的增补。这些增补的作品延续了老提系列独特的"糊涂"风格。在今天的儿童文学艺术语境下，它们或许不复当年那般领风气之先，其中也有一些故事写得稍过明白，读来反倒失却了涵泳的意味。但这并不减损我对老提系列故事的喜爱。我也愿借着这份喜爱，把老提和他的故事推荐给今天的读者朋友们，愿你们从这个"迷迷瞪瞪"的孩子身上，读到并享受那属于童年的天真幽默和单纯欢乐。

2016 年 3 月 8 日于浙江师大丽泽湖畔

（原载谢华《快乐的老提》系列丛书，山东教育出版社

2017 年 7 月第 2 版）

《思想猫的步履》序

记得是 2005 年，桂文亚女士来浙江师范大学（以下简称"浙师大"）儿童文化研究院做客讲学，跟我谈起由她个人出资设立一个面向浙师大同学们的儿童文学研究奖项的想法。我们都很为这个设想感到鼓舞。文亚老师当即留下一笔款项，作为该奖的启动经费。随后，我们在邮件和电话往来中仔细商定了奖项的各个细节。文亚老师没有用自己的名字给这个奖项命名，而是根据我的建议，选择了"思想猫"这个她在生活和作品中都十分钟爱的意象，作为奖项的名称。我想，她也是希望借这个奖项，在年青一代儿童文学学子中倡导一种独立、沉静而又充满活泼灵光的思想的精神。

2007 年 5 月，首届"思想猫"儿童文学研究优秀成果奖完成评奖。文亚老师从台北飞赴金华，为获奖的 10 位同学颁奖。此后，每年 5 月的"思想猫"奖颁奖季，对于浙师大儿童文学及相关专业的师生们来说，都成了一个热烈、温暖的节日。至 2016 年，"思想猫"

奖历经 10 届，先后有 78 人次，共 61 位本科和研究生同学获得该奖。历届参奖和获奖的儿童文学研究论文，其研究对象、话题、方法等呈现出颇为丰富、多元的面貌。一些文章或许不无稚气，却洋溢着年青的热情和真诚的探求精神。我想，文亚老师和我们设立"思想猫"奖的初衷，也正是为了鼓励这样一种充满朝气的学习和研究精神。

我们红楼有一个大陆唯一的台湾儿童读物资料中心，也是在文亚老师的鼎力支持和推动下得以建立的。这一中心图书资料的组织、寄赠工作从 1998 年就开始了。2007 年，资料中心正式挂牌，文亚老师兼任中心主任。在她的关心和持续努力下，馆藏资料日渐丰富。为了更充分地发挥这些台湾儿童读物资料的作用，也为了促进大陆学子对台湾儿童文学的研究关注，自第六届"思想猫"奖起，文亚老师与我商定，将参奖论文的研究范围锁定在台湾儿童文学研究方向。此后，历届获奖的研究成果，也经心思细腻的文亚老师推荐安排，有的发表在了《儿童文学家》等台湾报刊上。另有许多论文，则发表在了大陆的学术期刊上。"思想猫"奖以这样一种特殊的方式，成为两岸儿童文学研究交流的一脉支流。

认识文亚的许多朋友都知道，她是一位多么细致、体贴的完美主义者。10 年间，她每年都会从台北飞来，为获奖的同学们颁奖，并送上她签名的童书或摄影作品。我相信，对这些获奖同学们来说，经由努力赢得这份荣誉，也成了他们学生生涯中难以忘怀的回忆、纪念和鼓励。印象至深是每年 5 月将至时，我们总会收到文亚老师预先寄来的一两个大箱子，箱里齐齐整整排放着她精心挑选，准备送给获奖同学的各种精美礼物和签名赠书，还有一份同样整齐的目录。即便如此，每次我们去机场或车站接她时，仍会看到她的"超级"行李箱。有同事戏称她的箱子是魔法匣，里面满盛着各式各样的礼物和惊喜。而每届颁奖会后，作为浙师大儿童文化研究院的客座教授，她精心准备的专题讲座，也成为我们师生们热切期待的一场儿童文学的思想盛宴。

这么多年的"思想猫"奖颁奖，文亚老师一次也没落下。我有时跟她说，太辛苦了，下次也可以不用亲自来啦。她说，只要我还走得动，我就来，我能来，说明我身体好，你应该替我高兴啊。我还能说什么呢？这么多年，文亚女士的优雅、从容、体贴、温暖，早已迷住了这里的孩子们和老师们。2009年12月底，我们邀请她来金华过六十周岁生日，她欣然应允。那是一次多么难忘的聚首！记得庆生晚会上，同学们准备了一个个充满深情而又欢快无比的节目，文亚老师则给同学们派发年末红包，真如家人分岁，其乐融融。这份情谊在我们每个人心里的分量，远远超越了一个奖项本身。

十年之期，"思想猫"奖落下帷幕，但我们对儿童文学的热爱不会落幕，我们对于文亚老师传递而来的一种"思想猫"式的思考精神和人生姿态的向往，也不会落幕。

十年携手，十年砥砺。我要衷心感谢亲爱的桂老师。她十年的守护、激励和亲如家人般的陪伴，是我们儿童文学学科发展和师生们人生历程中遇见的一次美丽的馈赠和缘分。

感谢一届又一届同学们的参与和分享。如今许多同学已星散四方，但曾经的"思想猫"奖，是深深刻入我们青春的一枚共同的印记。

感谢一届又一届评审老师们的支持与付出。他们深厚的专业素养和清明的学术襟怀，同样成为"思想猫"奖十年历史上灿烂的篇章。

感谢出版这本十年"思想猫"获奖文集的福建少年儿童出版社，感谢他们为这场温暖而美好的盛事，画上一个圆满的叹号！

2016 年 3 月 25 日于丽泽湖畔

（原载方卫平主编《思想猫的步履》，福建少年儿童出版社
2016 年 5 月版）

少年写作的意义

——《浙江少年文学新星丛书》第四辑总序

这些年，偶有参与一些少年写作方面的评奖活动，少年朋友们酣畅舒展的表达才能和富于潜力的写作才华，常常令我印象深刻。我有时也会想，我们之所以对这些有时也不无青涩的文字赞誉有加，多少是因为它们的作者还是成长中的孩子，对其评判与一般的文学批评并非依循同样的标准。但我同时也以为，少年写作和发表的意义，原本就有别于一般的文学，在这里，我们更看重的是一个孩子如何在向身边的阔大世界和广袤生活打开感官的过程中，学着用文字捕获自己的生活印迹，搭建自己的精神屋宇。屋宇虽不甚大，印迹也尚浅稚，却让我们看到了一种单纯生活、认真忙碌的年少个体身上的丰沛心力与蓬勃意气。这是他们的文字常令我怦然心动的最重要的原因。

从这个意义上说，这些少年们的写作令我们更多地回忆起文学诞生的初始价值和意义。想象古老的年代，人类从暗黑的丛林里艰难求取一餐一饮的生存权利，却不能满足于一种仅仅食饱衣暖的生活，而是还想找寻一种方式，来探询、诉说身体里的另一个同样重要的冲动。文学正是诞生于这一人性的基本冲动之下。从最初因欢乐或痛苦而发出的自然吁叹，到今天无比丰富、复杂、细腻的情感、思想的表达，"人"之一字所包含的风起云涌、波澜浮动的生命内容，在文学的书写中得到淋漓的探究与展示。文学亦是人自身的一种构建之道，经由它，人的内涵被大大地发掘出来和充实起来。对少年朋友来说，走进文学世界的最大意义，正在于运用人类语言特殊的表达力量，来观察、勘探、整理、发掘那看似不起眼的小孩的日常生活与生命的丰盈内涵，并从这样的表达和书写里，逐渐建构起关于自我、世界、生活、生命之意义的体验和认知。

收入这套丛书的十一册浙江中小学生的作品集，即是这样一种意义建构的探寻和展示。这些作品大多叙写童年成长生活的涓滴细流，虽微小平凡，却也立体而丰饶。或许，再没有其他文字能像一个少年的文字那样清澈透明地映现出他自己最真实的世界，包括它的浅拙与青涩，也包括它带给我们的种种意外和惊叹。阅读这些文字，我们仿佛重历了世界与个体的最初相遇，那种难以被复制的真诚的单纯和天然的稚趣，读来自有其动人的力量。我想，对于它们的作者而言，这些文字无疑也提供了关于成长的珍贵纪念。

同样是回到文学的源头，有一点伴随着文学诞生而来的对这种语言艺术的根本要求，尤其值得引起我们的重视。说来简单，这个要求就是，文学首先应是个体真挚情感的表达，是"情动于中而形于言"。若不是有不得不说的情思，人又何必在生计实务的各种奔忙中以此"虚务"烦劳自己？因此，如果把文学比作一棵大树，情是本根，言乃枝冠，无枝冠则本根之力无由显现，无本根则枝冠之华无所支撑。与此相应，作文之始，当先有真情实感抒发的冲动，再依此渐渐寻找生动、新鲜乃至奇妙的表达，切忌一上来就大工辞藻，空洞抒怀。

遗憾的是，这个要求在今天的文学技能教学尤其是学校作文教学中，有时容易被更显而易见、易于操作的修辞之术所掩盖。这些年，我每读到少年朋友自抒真情、实叙真事的作文，哪怕语言再简朴平实，读来也觉甘美非常。反之，如果表情述意的内容其实并不属于自己的内心，而是勉强铺排应景文字，语言上的异常雕琢反令文章的面目变得大不亲切，缺乏温度。年少时代，正如文学初生之时，情感和语言都是最清澈的状态，这种清澈赋予少年的感觉及其语言表达以独一无二的美感。我愿所有对写作感兴趣的少年朋友们都能从这样的清澈里扎实起步，逐渐走向本根深固的繁花满目。

2017 年 10 月 27 日于丽泽湖畔

（原载《浙江少年文学新星丛书》第四辑，现代出版社2017 年 11 月版）

153

《中国儿童文学名家读本》序

对于 20 世纪的中国儿童文学而言，叶圣陶、冰心、张天翼、陈伯吹、贺宜、严文井、金近、包蕾、鲁兵、任大霖……都是无比明亮、闪光的名字。从《稻草人》《寄小读者》《大林和小林》到《一只想飞的猫》《小公鸡历险记》，从《小溪流的歌》《小鲤鱼跳龙门》到《猪八戒新传》《小猪奴尼》《蟋蟀》等，这些曾经广有影响的作品，提醒、标志着 20 世纪一段久长的历史岁月中，中国儿童文学曾经历过的跋涉与辉煌。

众所周知，文学作品既是作家文学心灵、智慧、理想、创造力的结晶，也是特定时代环境、文化、审美趣味等塑造、建构的结果。20 世纪中国儿童文学岁月中出现的那些闪光的名字，那些曾经闪亮的作品，其文学机缘和时代命运同样如此。

因此，这些名家笔下的作品，在闪耀着儿童文学的艺术光芒的同时，有些也难免会打下一定的时代印记，保存下特定岁月的审美趣味。

对于今天这个时代，对于今天的儿童文学读者来说，它们难免会有一些历史的距离，难免会产生某些审美的隔膜。

尽管如此，我想说，在今天，这些作家和他们的作品，不仅具有毋庸置疑的文学史价值，而且还应具有一种现实的审美阅读价值。主编这样一套《中国儿童文学名家读本》，就是希望借助我们编选团队师生的文学眼光和共同努力，为这个时代的读者朋友们，提供一套既富有经典感，又具有当代审美意识和人文趣味的儿童文学读本。

我期待，这套读本在人文、审美层面，是温暖、大气、纯粹、美好的。事实上，儿童文学这些永恒的魅力和力量，一直潜藏在这些文学遗产的深处，并一直是中国儿童文学历史经典中无比珍贵的部分。

我也期待，通过我们的工作，从这些名家留给我们的文学宝库中，去用心发现、品读这些作品中蕴藏着的美好精神和趣味，并把它们编织、呈现给这个时代，还有这个时代的读者朋友们。

我更期待，通过这样一套读本的品赏和阅读，我们能够更好地认识中国儿童文学的历史与积累，更真切地感受这些儿童文学名家名作穿越岁月的文学贡献与艺术魅力。

由于这套读本规模的限制，还有一些同样富有光彩的名家作品暂时未及列入。我当然还期待，未来我们有机会弥补这一遗憾。

感谢以恭敬之心参与读本选评工作的各位儿童文学专业的博士生、硕士生同学们，感谢明天出版社的信任和召唤。

2016 年 3 月 22 日于浙江师大丽泽湖畔

（原载方卫平主编《中国儿童文学名家读本》系列丛书，明天出版社 2016 年 5 月起陆续出版）

《世界文学名著少年版》丛书
前言

在中外文学发展史上，赫然屹立着一座座绵延不绝而又轮廓清晰的文学的峰峦，它们就是由一部一部文学名著构筑而成的人类文明的文学史山峦。对于一代又一代的读者来说，它们是我们文学阅读中长久的膜拜对象，是人类精神生活中永恒的文学支撑力量。

什么是文学名著？

曾有人对文学名著提出了六条标准。它们是——

一、名著是读者最多的。它们不是一两年内最畅销的，而是经久不衰的，比如《飘》、莎士比亚的作品或《堂吉诃德》。估计荷马的《伊利亚特》在 3000 年中至少有 2500 万个读者。

二、名著是通俗的，不是学儒式的。它们不是专业作家写给专业人员的专业书，不是给教授看的，而是写给大众的。

三、名著是不会因为时代更替而被遗忘的。它们永远不会随思想、原则、舆论的变迁而过时。

四、名著言近旨远。它不会使你望而却步，你会一遍遍读，但其内涵却不能穷尽。它们能以不同理解层次去读。明显的例子是《格列佛游记》《鲁滨孙漂流记》等，孩子们读他们感兴趣的故事，却体会不到成人所发现的美和意义。

五、名著是富有启发性和教育性的。它们已对人类思想做出基本贡献。它们是具有影响力的。

六、名著论及人类生活中长期悬而未决的问题。世上有使人类认识和思维困惑不已的许多谜。伟大的思想家、文学家老老实实承认这些谜的存在。只有这样才能巩固人的智慧而不被摧毁。

参考这样的说法，我们从中外儿童文学的历史长河来看，世界儿童文学名著正是那些曾被一代又一代少年儿童读者阅读、处于世界儿童文学史顶峰、永远也不会过时的作品。

每一部文学名著，事实上都浓缩或隐含着特定时代、特定民族、特定文化所形成的最基本、最具代表性的文学审美经验和心智成果。同时，名著又是经过了人类审美的随机拣选和时间长河的无情淘汰，才逐渐浮出历史地表，最终固定在人类文学创造的历史坐标上的。

因此，对于名著、经典的某种尊崇和信赖，也就成了人类长久以来最基本的精神生活态度之一。

儿童文学作为人类文化的有机组成部分，形成了一大批影响着一代又一代少年儿童的精神发育和成长的经典和名著。反顾整个儿童文学史，从历史的厚重帷幕后浮现出来的，首先不就是安徒生、格林兄弟、卡洛尔、柯罗提、林格伦等人整理或创作的童话，还有凡尔纳、狄更斯、马克·吐温、斯蒂文森等人的小说那样的名著吗？安徒生童话对于社会和人生真相的有力揭示，卡洛尔童话对于荒诞艺术的绝妙呈现，凡尔纳小说在科学知识、幻想与小说艺术的结合方面所做的空前的创造性工作，都是文学史上突出而典型的例子。正是这样一些作品，构成了一份值得文学史，特别是儿童文学史骄傲的文学清单。提起它们，许多人就会有一种重新打开童年的心灵履历的难忘和激动。在他们的童年记忆中，甚至，在他们后来的阅读记忆中，这些作品都曾经那么深刻地参与并影响了他们的心灵建设，为他们的成长打下了宝贵的"精神的底子"。

让每一个孩子在他们的少儿时代就亲近名著、亲近经典，这是每一位父母、每一位儿童文化工作从业者的心愿。明天出版社精心组织翻译、设计出版的这一套《世界文学名著少年版》丛书，收入了《八十天环游地球》《爱丽丝漫游仙境》《白鲸》《丛林故事》《福尔摩斯历险记》《格列佛游记》《海底两万里》《海蒂》《金银岛》《鲁滨孙漂流记》《绿野仙踪》《木偶奇遇记》《三个火枪手》《所罗门王的宝藏》《汤姆·索亚历险记》《堂吉诃德》《王子与乞丐》《雾都孤儿》《侠盗罗宾汉》《小妇人》共 20 部外国文学名著。这些作品在题材、主题、表现手法等方面，都曾经在文学创作史和文学阅读史上，留下过自己的身影和贡献。我相信，让孩子们在他们的少儿时代就亲近这样的作品，正是一项为当代少年儿童的精神建设"打底"的事业。

2017 年 9 月 10 日于丽泽湖畔

（原载方卫平主编《世界文学名著少年版》丛书，明天出版社
2017 年 10 月版）

《拾光者》丛书总序

这套《拾光者》丛书的策划、组织和出版,源起于一个设想的尝试。

2015 年夏秋时节,明天出版社的徐迪南女士与我商量出版一套当代优秀青年儿童小说作家系列原创作品的想法。记得当时我提出,希望这套丛书不只是原创儿童小说作品的一次普通的集束性出版,而是尝试通过编辑、研究者与作者之间的专业交流、深度互动乃至研讨,促成一批富于艺术性的原创儿童小说的诞生。这里所说的"艺术性",多少烙有我个人儿童文学艺术观的一些印记。在我的想象中,一部具有高度艺术性的儿童小说,应该既充分体现普遍意义上的文学的高标准与艺术的高要求,又使这种文学和艺术的表现、演绎充分体现儿童文学独特的艺术面貌、文学思虑和审美精神。

之所以会有这样的想法,也是出于我对于儿童文学艺术未来的一种想象和期望。自新时期以来,人们对于儿童文学艺术的理解历经几次重大的拓展。我亲历了 20 世纪 80 年代那场激情澎湃的儿童文学艺术探索热潮。那是一次为当代原创儿童文学的艺术探求、变革、发展带来重大推动力的文学思潮，促使它发生的一个基本冲动，就是要把儿童文学从那时规限着它、束缚着它的小格局里解放出来，把它推到一般文学和艺术的大世界里去。在这场由创作、批评、出版的力量共同促成的艺术革新思潮中，儿童文学的许多边界被冲破，被打开，继而得到重新的理解和认定。对于原创儿童文学艺术的当代化进程而言，这无疑是一场意义重大的文学运动。

在我看来，那场思潮的演进及其最后的"终结"，也带给我们关于原创儿童文学艺术未来的另一番重要启迪。当儿童文学的写作将目光更多地投向文学的普遍乃至先锋性的面貌，它的文学本性得到了空前的凸显，但它作为儿童文学的特殊文学身份与艺术面貌，却也在这个过程中多少被遮蔽了起来。一些写作由此走向了文学，却远离了儿童。反顾那个年代的艺术探索路程，我们或许会深深意识到，儿童文学的文学性，不但应是一种具有普遍文学意义和价值的文学性，也应是一种体现儿童文学独特艺术面貌与艺术高度的文学性。而充分认识、理解这一儿童文学的文学性与儿童性的辩证关系，应是酝酿、探索原创儿童文学下一步艺术突破的重要条件。

循着新时期以来儿童文学艺术革新的历史气脉，继续探寻通往儿童文学这种"文学性"的更阔远的道路，正是这套《拾光者》丛书策划和出版的初衷。我们期望借此契机，推出一套既追求高远的文学视界与艺术趣味，也具备鲜明的儿童意识和童年精神的原创儿童文学作品。

这是一次写作的尝试，也是一次出版的实验。究竟能否成功，能够在多大意义上成功，我不敢确定。但我相信，今天青年儿童文学作家们的创作才华与艺术智慧，应该在这样的追寻中得到更充分的施展，当代原创儿童文学面临的艺术机遇与发展可能，也应在这样的追寻中得到更充分的实现。

2016 年 5 月 6 日至 8 日，《拾光者》丛书的创作启动会议，在明天出版社的支持下于浙师大红楼召开。接受丛书邀约的第一批七位青年作家刘玉栋、舒辉波、李秋沅、冯与蓝、张晓玲、赵海虹、孙玉虎和明天出版社的编辑朋友们参与会议。我在会上进一步解释了这套丛书的一些设想及其理想，得到朋友们的热情回应。

会前，几位青年儿童文学作家先后提交了各自创作的初步想法与构思。我们的首次正式的创作讨论会议，便在这一基础上召开。会上，围绕各位作家的创作设想、作品构思以及其他相关的延伸艺术话题，大家坦诚交流，气氛热烈。记得涉及的话题既有儿童文学中的儿童观问题，儿童小说中的历史、贫穷、死亡书写等相对宏大的创作命题，也包括地名、人名、生活可信度等写作细节的思量。我以为，这次会议不但是一次有益的创作铺垫和准备，它本身也是一场富有意义的专业交流与研讨。会前会后，我与各位受邀的青年作家及出版社的编辑朋友们多有电话沟通，或是就丛书的大方向、总面貌，或是就各阶段书稿中的一些小问题，做及时的交流探讨。参考我们交流中的意见，有的作者从素描构思到初稿动笔再到成文改定，几易其稿。这期间，年轻作家们的才华、勤勉和谦逊，编辑们的认真、专业和敬业，都给我留下了难忘的印象。我能感受到，大家对于儿童文学应该怎么写、儿童故事应该怎么讲、什么是好的儿童文学等话题，实在满怀了解的愿望、探讨的兴趣以及实践的热情。我常常想，在这个童书经济带动儿童文学事业飞速跃进的时代，正是这样的兴趣和热情，而不仅仅是商业利润的驱动，能够为原创儿童文学的艺术突进提供最根本的动力——它也必定会呈现为每一个心怀敬畏和理想的儿童文学作家内心最坚实的创作冲动和最强大的创作意志。

所谓"拾光者"，便是匆忙行走在幽暗的生活隧道里，而不忘记弯腰拾起那些光芒闪耀之物的人们。这光芒是我们的身体和心灵不甘于物欲温饱的本性的象征。今天，所有为了儿童文学而弯腰坚持、坚守着的人们，他们拾起的既是自己心里的光芒，也一定是我们这个时代的光芒。

2018 年 5 月 1 日于丽泽湖畔

（原载《拾光者》丛书，明天出版社 2018 年 4 月起陆续出版，

另以《探寻这个时代的文学光芒——〈拾光者〉丛书总序》为题，载

2018 年 10 月 24 日《中华读书报》）

童年的天性是诗

——《童诗三百首》序

在儿童文学的各种体裁中，我对童诗有着某种偏爱。这份偏爱说起来，颇有点像珍爱一个孩子的感觉。一首好的童诗，语言的体量往往是小的，但这"小"里头常常满是精致和可爱，是一个孩子举手投足间自然流溢出的那份引人倾慕的天真之美。我所钟爱的那些童诗作品，大多由寻寻常常、清清淡淡的童年絮语起笔，却总会在某个诗行、某个时刻，以童稚的声音，轰的一声，击中你的情感，甚至灵魂。这个时候，我会忍不住想，每个生命在童年时代或许真是天上的来客，他们的语言、情感和思维，虽由人世间的生活激发起来，却总带着当初凌空翱翔的风姿和天外飞来的奇趣。而当我们用儿童诗的方式走进童年的世界，我们无疑也在重新建立与一个正在或已经被我们忘却的感觉和想象世界的联系。

所以，当我接受福建少年儿童出版社的邀约，来选评这套中国童诗精选读本《童诗三百首》时，关于这个读本的念头在我心里，早已准备了多年。我愿意把我珍爱的这种阅读童诗的快乐，与读者朋友们一道分享，因为我是如此享受它们带给我的快意，也因为我相信，领略这份快意，懂得这份快意，本身也是生命的某种珍贵的馈赠。

收入这套读本的不少童诗作品，都是我常年阅读中积累的心爱之作，或是我欣赏喜爱的童诗作家的新作。对我而言，一再地咀嚼这些诗作，内心的愉悦莫可言说，能够为读者奉上这样一套童诗读本，于我也是一桩称心足意、奇妙无比的事情。

对于一个童诗的读者来说，一首诗歌是否能够激起切身的阅读快感，应该成为自己走进童诗的第一理由。这也是我希望这套《童诗三百首》能够带给读者的第一份快乐。这些小小的诗歌中洋溢着的如晨光般纯净新鲜的语言感觉和生活滋味，仿佛把我们带到了造物之初，那个时时处处不乏惊奇感的世界。一朵花，一棵草，一只虫子，一束阳光，怎样各成一个丰足的世界，怎样值得我们认真以待。一朵云，一滴雨，一片叶子，一声鸟鸣，怎样从身外落到我们心里，怎样静默、长久而温暖地住在那里。与一首好的童诗相遇，有如远行中遇见一泓清泉，我们倦怠的身心在孩子般的新奇和愉悦里舒展开来；我们也仿佛乘着童年的翅膀，轻轻地飞翔起来。

这飞翔将把我们带向更远的地方。透过诗歌简朴素白的语言，透过它们明净鲜美的意象和意境，我们会看到，"我"与世界的联结原来如此生动。我们被日常生活的实利和忧虑日渐磨钝的感官触角，会重新变得柔软起来，敏感起来。与此相应地，世界这个对象，以及生活这件事情，在我们面前，也会重新变得可爱起来，迷人起来。这是优秀的童诗总能带给读者的别样领悟。对生活中哪怕最微不足道的对象都充满惊奇的感叹、观看的兴致以及温暖的同情，这本是我们生命里珍贵的天赋，这种天赋在孩子身上无疑表现得最为自然和深刻。童诗把每个人固有的这种天赋和天性重新推到我们眼前，重新召唤我们的共鸣与认领。

这也是为什么在这套诗集中，我还有意收入了几组孩子们自己写的诗。这么做，不但是想让读者领略儿童之诗的妙趣，也是想让更多的孩子们参与到童诗的美妙写作中来。我想象，阅读这些诗歌的孩子也许会想，诗歌原来是这样，我的生活中也有许多诗嘛。这就对了。我相信，诗的世界对孩子们来说，原本都是亲切的，日常的。他们是生活在这里的原住民。这些由真实的童年口中吟出的自然之诗让我们看到，一个孩子的心中可能的确住着一个诗的精灵。发现这个精灵，守护这个精灵，让它尽可能长久地陪伴孩子们长大，一定是一件了不起的事情。

如果这个诗的精灵能够陪伴每一个童年的岁月，那么，我们的孩子，该有多么幸运。

2018 年 12 月 16 日于丽泽花园

（原载方卫平选评《童诗三百首》，福建少年儿童出版社 2019 年 3 月版；另主要内容载 2019 年 3 月 22 日《中国新闻出版广电报》）

记忆里的滋味与关怀

——《班长下台·25 周年纪念版》序

桂文亚女士儿童散文集《班长下台》的纪念版就要出版了。

我和文亚女士是 20 多年的好朋友。20 余年时光弹指一挥间，时光好像并没有从她身上带走多少东西。自我与她初识到现在，她还是那样的优雅、精致、宽厚、从容。

从她的散文里，你也能读出这份优雅、精致、宽厚和从容。25 年前，文亚的儿童散文《班长下台》在上海的《少年文艺》发表，一石激起千层浪。她文字的简净生动、活泼真诚以及寓于纯正幽默趣味之下孩提时代的微末烦恼和真切情思，打动了多少当年的少年读者。在我心里，它也是当代华语儿童散文的经典和名篇。

读文亚女士的散文，我们会惊讶于作家的心里和笔下，那些已经远去的童年生活滋味，是如此完好地保存在她的感觉和记忆里；童年时代的身体对于外在世界的那份超乎寻常的敏感，在她的作品里得到鲜活的呈现。太阳底下，人行道上，顾自忙碌和喧闹的大人世界里，有谁注意到一个小孩子怀着健康的饕餮感，享受而遗憾地走过路边的一个个小食摊，又有谁会理解她"闭着眼睛""看"世界的游戏里那份自在而丰足的"无聊"？也是在这个大人们往往并不知晓、更懒得理会的小世界里，上演着"粉笔头和毛笔的战争"、收集糖果纸的"装备"竞赛、男生女生的"故事擂台"会、"和火车赛跑"的"秘密"，还有那场"成功"而"惨烈"的"月桃花"演出……

这些童年的故事，洋溢着小时候的懵懂欢乐。我们几乎可以从字里行间听见一群孩子的嘻嘻哈哈，想见他们挤在一起时的你推我搡。在一群孩子最初踏入生活的这种左右冲撞和喧哗不息里，有一份诙谐幽默的天真稚趣，也有一份激荡人心的蓬勃朝气。孩子的世界是多么小啊，一切忧乐悲喜，恩怨爱恨，皆因其"小"而变得不同寻常起来。一张糖果纸可以激起无限的欢乐，一件大外套也可能包藏着无限烦恼。文亚天性达观，她写童年的那些旧事，不论事件本身怎样令人气恼沮丧，到了她的笔下，无论如何总会透出些幽默的光芒。她写自己如何与同桌"斗智斗勇"；写吃药撒谎失败后认真总结"人生经验"："做坏事首先要'沉得住气'，别做太突然的改变，否则很容易叫大人生疑。"就连战战兢兢地揣着三门不及格的成绩单去见妈妈，为了避免受罚而把"32"改成"82"的身影里，都透着一抹浅淡的幽默。不是每个人都看得到，生活对孩子来说与成人一样，也充满各式的困境与迷茫。当一个孩子用他天真的急智和贸然的行动应对生活抛给的难题，在错位的幽默中，我们恰恰看到了童年迎向生活的永无懈怠、永不灰心的表情。

所以我读《班长下台》，每读到最后，辞选班长的"我"与同学赵怡德之间那段平平常常的对话，都会感到一种莫可名状的心旌摇曳。彼时的"我",对于刚刚的辞选事件"心里头还是觉得很乱",但《茶花女》的名字又是如此自然地激起了"我"对那因之而受罚的欢乐生活的重新向往。于是有了下面的对白:"万一又被撕破了?""再用胶带一页页粘好还我啊!"童年啊,永远在挫折中,却永远是这样本能地热爱着生活。或许,唯有在童年时代,凭着单纯而健旺的活着的力量,生命才会拥有如此纯粹的乐观意志。

因之,你从文亚女士散文中能读到单纯的幽默,却读不到轻佻的滑稽。在这里,哪怕最狼狈的生活瞬间,也始终蕴含了某种生命的优雅和温暖。描述童年时代清澈情感的《直到永远》和《菜刀喜欢你》,现代校园应试体制造成的压抑与不公虽是其中童年基本的生活境况,也无时不给孩子幼小的身心带来屈辱和伤害,但是,在这些作品中,这份童年的沮丧却被推到了淡远的背景上。从近景里浮凸而出的,仍是那样奔腾的欢乐,那样鲜美的情感。《直到永远》中,别离在即,"我"和周君隔着竹篱笆,"一直笑,笑得坐倒在地上"。这个场景和它带来的那种极欢乐又极惆怅的奇妙滋味,长久地盘桓在我的阅读记忆里。它让我们体味到,童年的欢乐是如此充满了情感和体验的重量。

从这部散文集里,我们读到的绝不只有童年怀旧的回味,更有一份借回忆来抒写的关切与情怀。《老师,别打我!》《巨人阿达》《雪山马兰》等作品,始于欢闹喧腾的童年嬉戏,却在难以言说的悲伤或忧愁中戛然而止,留给读者无尽的感慨与叹息。《宽恕》《珍珠泪》《老师的一百分》《这样做,是对的》等文,在戏剧性的生活片刻或转折里,烘托出日常生活中平凡、细小而又切实、珍贵的淳善与温情。有时候,我们能清楚地听到作家从她的文字里对我们耳语:"这样做,是对的。"而另一些时候,从这些文字里透出的困惑、迷惘和滋味复杂的感叹,则在生活的无奈和无解中，让我们看到理解、同情和关切本身，也是一种重要的姿态。

文亚的这一部纪念版《班长下台》，别出心裁地约请、选收了海峡两岸10位著名儿童文学作家叙说的他们的"班长"往事。相异的时代、生活、个性和笔法，造就了10篇各具滋味的童年回忆录。保存、展现在作家们各自记忆里和墨笔下的那段童年时光，或温暖或沉郁，或俏皮或警醒，或文丽光亮或晦昧酸涩，尽显"童年"一词的复杂滋味与丰厚蕴意。将这组回忆散文与《班长下台》共读，除了可供写作学习的上佳参照，更可令少年朋友在生活视野的打开和情感经验的扩容中，领略到生命美妙的丰饶与厚度。

许多年前，我在为《班长下台》写的一篇文章中提到过，海峡两岸的许多小读者，都表达过他们对《班长下台》这部散文集的理解和喜爱，许多大读者也指出过这部散文集在当代少儿散文创作中的独特艺术地位和价值。现在，这部作品的25周年纪念版就要面世了，我相信，今天的小读者仍然会从这部当代少儿散文经典作品中，读到无限的乐趣和滋味。

2017年岁末于丽泽湖畔

（原载《班长下台·25周年纪念版》，台湾也是文创有限公司／巴巴文化2019年4月版）

《任溶溶给孩子的诗》序

我第一次见任溶溶先生，是 1984 年 10 月 29 日，在金华的一个幼儿文学研讨会上。后来的 30 多年间，我有幸在金华、昆明、上海、北京等地多次见到任先生。每次见面，都留下了十分特别、十分难忘的记忆。

记得 2003 年 10 月，宋庆龄儿童文学奖颁奖典礼在北京举行。其时，任先生已届八十高龄，是那一届"特殊贡献奖"的获得者。一天晚上，一群中青年作家和学者在我的房间里聊天。从走廊经过的任先生听着这屋里热闹，便走了进来。大家热情相迎，纷纷让座。任先生也回应说："我最喜欢跟年轻人聊天了，从年轻人这里我可以得到很多新的知识和启发。"聊着聊着，他忽然问："你们猜我最喜欢看哪一档电视节目。"大家都猜不着。最后，任先生自己揭晓了谜底："我最喜欢看天气预报。"看着众人纳闷的模样，他笑眯眯地接着说道："你们想，同一个时间，这里很冷，那里却是很热；这里下着雨，那里却是大太阳，这多有趣、多好玩哪。"

那一刻，我忽然意识到，无怪乎任先生会一辈子与儿童文学结缘如此之深。在天性上，他无疑是最接近童年，最接近儿童文学的——他是一个天生的儿童文学家。

任先生属于法国哲学家加斯东·巴什拉所说的那类少数之人，他们一生都幸运地保有一个孩子气的灵魂。这份孩子气里不只有一颗单纯的童心，还因历经成熟的生活经验和体悟的淬炼，而成为一种生活的境界。任先生有一首儿童诗，题目"下雨天"，说的是下雨天坐着飞机，"顶着滂沱大雨"飞到空中，看见云层之上，原来晴空万里："大雨倾盆时候／你也不妨想想／就在你头顶上面的上面／依然有个太阳。"那样的平实而达观，朴厚而阔大，可不就是他本人的写照。

有的时候，他自己就是那个太阳。读他的童诗，我常常会有这样的感觉：跟随他的目光、感觉，生活中那些有趣、可爱的角落，忽然也给我们瞧见了。他的许多儿童诗，往往光听题目就让人感到幽默别致、趣味盎然：《告诉大家一个可以大喊大叫的地方》《请你用我请你猜的东西猜一样东西》《一支乱七八糟的歌》《我是一个可大可小的人》《毛毛＋狗＋石头－石头》。这些看上去稀奇古怪的标题，写的却是最普通寻常的生活。《告诉大家一个可以大喊大叫的地方》写一个孩子，感到没有一个地方"可以痛快地叫"，最后，意外发现了"可以大喊大叫的地方"："请大家在别的地方／千万不要吵闹／万一实在憋不住了／请上这儿来叫。"诗歌写得一波三折，引人入胜，其实就发生在孩子最熟悉的学校、家庭和常见的公共场所。这个"可以大喊大叫的地方"，就是运动场。

《请你用我请你猜的东西猜一样东西》，开篇就吊足我们的胃口：

"世界上有一样最好的东西／而且神奇"，这个"最好"而且"神奇"的东西，"我有／你有／大家有"。那么，"请你猜猜我说的这个东西／到底是个什么东西／可你猜我说的这个东西／正好要用／我请你猜的这个东西"。语言游戏的幽默里，作者到底也没有揭示谜底，但小读者最后一定会明白，因为它就在我们每个人最日常、最熟悉的生活经验里。

任先生的儿童诗就是这样，明明是平平淡淡的寻常事体，给他一写，就变得那么好玩，那么"神奇"。他有一首童诗，题目就叫《没有不好玩的时候》。读他的诗，再回看自己的生活，我们也会变得更加敏感和快活起来：啊，这个平平常常的世界，原来是这么奇妙，这么有趣。

当然，它们不仅是奇妙和有趣而已。比如，《我是一个可大可小的人》让一个孩子自述生活中的小小烦恼，用的是喜剧的口吻："我不是个童话里的人物／可连我都莫名其妙／我这个人忽然可以很大／忽然又会变得很小。"这种"可大可小"的感觉，大概是每个孩子都经历过的日常体验，说开来好像也没什么。但仔细琢磨，在它的喜剧和自嘲背后，我们是不是也会发觉，有一个孩子渴望理解的声音？比如，《我听着他长大》，别出机杼地从"听声"的角度呈现一个孩子的成长。从大声嚷嚷的"哇哇哇"，到开口学话的"叽里呱啦"，到伶牙俐齿地"讲故事"，再到气派沉着的"声没啦"，虽只闻其声，却如亲见其人。在作家对童年各个生长阶段特点的准确把握和生动呈现背后，令我们在微笑里还怦然心动的，是那种伴随时间流逝、生命成长而来的奇妙慨叹。在这些诗歌的游戏感和幽默感背后，总还有些什么，让我们不只是把它们当作简单的游戏和娱乐。那种敞亮的欢乐和明快的幽默，是由结结实实的生命体验和关怀里孕生出来的内容。

如果你去读任溶溶先生的翻译作品，特别是他翻译的儿童诗，一定也能从中读出这种滋味。我一直认为，任先生的儿童文学翻译，很大程度上也是再创作。那些经他翻译的儿童诗、童话、儿童小说等，语言的风采和个性，一望即知是任氏手笔。读马雅可夫斯基、马尔夏克、米哈尔科夫、林格伦、罗大里、柯罗提等，他的译文往往也是我最乐于推荐的版本。

近些年来，烦琐生活中的乐事之一，是收到任先生手书的信笺。虽然知道他平时已戴氧气面罩活动，可是每每看到信笺上思力敏捷，笔力遒劲，知道他身体照样康健，精神照样矍铄，我实在由衷地高兴。2016年10月的一天，他写信来，专门询问一组词的金华话发音。我知道任先生在语言一事上向来兴致勃勃。为了不负他的托付，我当即找了一位本地长大的研究生帮忙，并嘱请"动作要快"。因年轻人对方言里的某些发音也没有把握，她又辗转去请发音更纯正的本地同学录音并标注了发音。次日任先生收到音频文件，又复一信："你一定很好奇我为什么对这些词的金华话发音有兴趣。"原来他虽祖籍广东，生在上海，却对金华有一份特殊的感情。我想起前些年读到过的任先生《我是什么地方人》一文，其中有云："我在上海图书馆看到了一本广东鹤山县志，那上面说，广东鹤山的任姓，其始祖都来自浙江金华，是南宋时逃难到广东落户的。也就是说，我童年在家乡拜祭的老祖宗，正是这些南宋从金华逃难到那里的人。那么我的祖宗是浙江金华人，我的祖籍也就是浙江金华了。从此我碰到金华人就说自己的祖籍是金华。"2016年其时，任先生已届93岁高龄，他对生活的蓬勃兴致和探究热情，实在令我敬佩不已。

2017年4月8号，我去上海泰兴路任先生府上探望老人家。那是一个阳光晴好的下午，任先生的孩子迎我们进屋。素朴清简的小屋里，任先生坐在桌边，戴着氧气面罩跟我们打招呼，美滋滋谈起他近来正在看的电视剧及剧中人的语言。他的面前放了一个小本子，里面记着每天的日记。我看到的任溶溶先生，还是那个天真而睿智的长者，他的身上仿佛住着一个永不老去的大孩子。那种天性里的单纯与爽朗，天真与豁达，以及对生活永远怀着的新奇感和热情，总叫人惊喜而又羡慕。他的作品，不管是童诗、童话、故事、散文随笔，还是绝妙的译作，我都喜欢，而且是满怀敬意地喜欢。我从任先生的文字里，读到了汉语白话文艺术的一种最生动的简约和最活泼的智慧，也读到了这些文字的背后，一个率真可亲、丰富可爱的灵魂。

2019年3月23日于丽泽湖畔

（原载《任溶溶给孩子的诗：怎么都快乐》《任溶溶给孩子的诗：如果我是国王》，浙江少年儿童出版社2019年5月版；另以《一个天生的儿童文学作家》为题，载2019年5月29日《中华读书报》）

《给孩子的阅读课》前言

　　《给孩子的阅读课》，是奉献给亲爱的孩子们和陪伴孩子们成长的大人们的一套中外儿童文学作品的精选读本。我希望这套读本能带给读者朋友们美好的文学阅读体验，并成为读者朋友们拓展课堂阅读，尤其是语文课堂阅读的良朋益友。

　　我们知道，语文是一门十分奇妙的课程。它以语言为载体，连接着人的心灵和精神，连接着自然万物和人类文化的方方面面。因此，语文学科本身就应该是开放的、发散的。但是，语文课程作为学校教学体制的有机组成部分，它又必须具有相对明确的教学目标和范围限制。语文课程承担着识字教育、知识教育的任务，同时又蕴含着一定的文学审美和人文教育功能。不过我觉得，语文学习仅靠语文课堂是远远不够的。语文课堂的基本姿态，除了讲授，还应该更加重视引导，从教材学习向课外书籍阅读拓展，从课堂教学向课外阅读延伸，从相对狭隘的知识获取进入更加广阔的语感培养、审美体验和文化吸收的自由空间。也许可以说，教材、课堂是起点，课外读物和课外阅读才是语文学习得以真正完成和提升的途径与空间。

对于孩子们来说，优秀的儿童文学作品，无疑是他们课外阅读的最好选择之一。长久以来，一些读者朋友对儿童文学抱有一种也许并无恶意的误解和偏见，对儿童文学的艺术和美学缺乏相应的体验与信任。这实在是由于各种原因，他们还没有机缘亲近、认识、享受儿童文学。我相信，优秀的儿童文学作品构成了人类审美历史和文化的一个独特而巨大的"文本"，这个文本以其独特的文化积淀、人生蕴含、艺术魅力，成为人类共同拥有的精神财富。这套读本以我个人近40年来从事儿童文学教学、研究工作的专业积累为基础，以我多年来的儿童文学阅读和思考为基本支撑，收入了中外历史上一些优秀的或我个人相当珍爱的儿童文学作品。这些作品触及关于童年、人生、人性、社会、命运等最基本的人类价值和命题，因而具有相当的思想深度和情感力度；我也希望借助这些作品来展现儿童文学的纯真和质朴，幻想和幽默，玄思和深邃，丰富和大气……我以为，从这些作品中，读者朋友们既可以享受它们的天真和趣味，也可以领略其中的人生智慧和生活哲学。

书中作品的评析文字，是想为读者的阅读和品味提供一些思路和参考。这些文字不应成为读者朋友们阅读时的羁绊和限制。很显然，作品本身所呈现和提供的思想和艺术容量，一定会比任何说明文字都要丰富和有趣得多。

把最好的儿童文学作品献给读者，为小读者的课外阅读和大读者的闲暇生活提供来自儿童文学领域的文学精品，是我选评这套书时的全部动机和激情所在。我盼望着，这些优秀的儿童文学作品，能够滋润、塑造我们童年的心灵和情感世界，陪伴、感动我们成年后的心情和岁月。

2018 年 10 月 17 日于丽泽湖畔

（原载方卫平选评《给孩子的阅读课》系列，明天出版社

2018 年 11 月起陆续出版）

《幼儿文学精品赏读》序

      由复旦大学出版社出版的《幼儿文学精品赏读》一书，收入了精心选编的原创幼儿文学作品 100 篇。

      对于正处在语言学习关键期的年幼的孩子们来说，原创幼儿文学作品在语言感觉的养成和文化意识的培育方面，有着翻译作品无法替代的地位和功能。从中文世界的幼儿文学阅读实际看，虽然翻译幼儿文学和原创母语幼儿文学作品均以现代汉语的语言形态呈现，但是很显然，两类文本所蕴含的文化内涵、言语风格等都存在着不同程度的差异。翻译作品的文化认知和言语体味价值自然无可否认，但是原创作品在展示母语的特色、丰富性和独特魅力方面，在幼儿的母语体验、习得和语感培养过程中的特殊作用及其重要性，却常常是翻译作品所不能替代的。我希望通过这样一册读本的选评工作，将当代中国幼儿文学中一部分具有代表性的作品挑选出来，奉献给亲爱的小读者们。

      我们知道，幼儿文学自身的特性决定了它不仅仅是一种普通的文学文本，而是一个综合了文学、音乐、美术、舞蹈、游戏、表演等多种艺术呈现方式的特殊的文学门类。而处于生命起点处的幼儿对于文学的欣赏、体验，也具有这样一种综合性的特征。

对幼儿来说，儿歌的吟诵与乐曲的奏唱有着相近的声音效果，他们也常常以身体的自然舞动，来表现对于这些有节奏的乐声的反应。在学习文字的书写之前，幼儿先学会了用有节奏的笔画涂鸦，来表现内心的某种想法或情绪。所有这些与艺术有关的声音、音乐、画面等，对幼儿来说都不是技巧的问题，而是一种生命感觉的表达和体验。正是在这个意义上，我们常常将儿童称为天生的艺术家。

我们也知道，幼儿文学作品在形式、内容、操作等层面都具有鲜明的游戏元素，从这些元素中所体现出来的与游戏有关的深层内蕴，就是幼儿文学的游戏性特征。

这种游戏特征意味着一种天然的童年游戏趣味。游戏是童年自由和创造力的代名词，而幼儿文学也秉承了这样一份与游戏有关的自由和创造精神。它以极简的语言文字符号，来为幼儿打开一片无比宽广的想象的天地，这正像幼儿以极简的素材，来为自己创设一个无比丰富的游戏的情境那样。对幼儿来说，进入幼儿文学所提供的这个世界，就是进入一个广阔的精神游戏的世界。这个世界丰富多彩而又趣味盎然，而且，这是一种从幼儿精神世界中自然而然流露出来的游戏的童趣，而不是复杂的文学雕琢的产物。正因为这样，优秀的幼儿文学作品在形式和内容层面的游戏性追求，始终保持着对于一份清新、素朴的低幼童年情趣的自觉追寻。

我们还知道，对于幼儿文学作品来说，仅仅被阅读还不是一个幼儿文学文本的最终命运，它还可以被转化成各种各样的活动。

比如，一则幼儿歌谣，可以配上表演的动作进行朗诵，也可以方便地衍生出一幅斑斓的幼儿绘画、一个简单的集体舞蹈；一个动听的幼儿故事，可以变成音乐剧、歌舞剧，可以为幼儿的游戏扮演提供精彩的素材，还可以在游戏中成为幼儿改编和再想象的对象……这一点也提醒我们，不要把幼儿文学的赏读静止化、孤立化，而要让它融入幼儿丰富的活动世界之中。和幼儿文学的创作一样，一个幼儿文学文本的使用也应该是发散的、多样的、富于创意的。

我盼望着，这本《幼儿文学精品赏读》能够带给孩子们美好的阅读时光和丰富的赏读体验。

写于 2019 年 5 月 23 日

（原载方卫平主编《幼儿文学精品赏读》，复旦大学出版社

2019 年 6 月版）

《共和国 70 年儿童文学短篇精选集》序

　　亲爱的读者朋友们，我想用这一套选本，从短篇作品的角度，梳理、呈现 70 年来中国儿童文学的历史轨迹和文学成就。

　　70 年中国儿童文学的发展，曲折起伏，波澜壮阔。短篇作品在这一历史进程中的文学身影一直十分活跃。尤其是在 20 世纪 50 年代的历史开拓、蓬勃发展期和 20 世纪 80 年代的艺术探索、实验创新期，短篇作品的文学贡献更是中国当代儿童文学史上富有光彩的篇章。

　　作为一部带有 70 年总结、荟萃性质的选本，本书在选编时首先要考虑的是入选作品的历史影响力和代表性。例如，《小蝌蚪找妈妈》《萝卜回来了》《小马过河》《野葡萄》《小溪流的歌》《海滨的孩子》《吕小钢和他的妹妹》等作品，都是中华人民共和国早期历史上广有影响、参与塑造了当代儿童文学第一个"黄金时代"的代表性作品，所以，虽然这些作品人们耳熟能详，我还是选入了这些无比珍贵的作品。

　　其次，是要考虑入选作品的覆盖性。例如，在儿童文学体裁方面，本书选入了小说、童话、诗歌、散文、报告文学、寓言、科学文艺等不同体裁的作品；在读者年龄针对性方面，本书选入了幼儿文学、儿童文学（狭义）、少年文学作品；在作家的代际分布方面，本书收录了先后活跃在当代中国儿童文学历史中的 4 代作家的作品。

再次，我也要考虑这些作品对于今天读者的文学和阅读价值。我想说，选评这样一套短篇读本，不仅仅是要以此为线索，回顾、勾勒中国当代儿童文学的历史轮廓，更是希望借此契机，为今天的小读者、大读者们提供一套中国当代儿童文学短篇作品的优秀读物。我相信，这些在不同程度上经过了时光淘洗和岁月考验的作品，仍然能够为今天的孩子们提供阅读的乐趣和心灵的滋养。

感谢 70 位作家朋友或他们的亲人们对于本书选评、出版的支持；感谢中国少年儿童新闻出版总社及各位责任编辑朋友对本书在编辑、出版、授权等方面所做的十分专业的工作和付出。我们共同努力，把这套读本献给亲爱的读者朋友们，献给中国儿童文学 70 年岁月的跋涉和荣光。

2019 年 7 月 20 日

（原载方卫平选评《共和国 70 年儿童文学短篇精选集》，中国少年儿童出版社 2019 年 10 月版）

《时光的钟摆：给孩子的 100 首童诗》《长胡子的儿歌：给孩子的 100 首童谣》序

亲爱的小读者们，为你们选评这样一套选本时，我的内心充满了激情、期待和喜悦。

我希望，通过我们的努力，能够把童谣、童诗中丰沛、独特、动人的母语之美，带进你们的阅读、朗诵生活之中，并且，把中国童谣、童诗天真、斑斓、迷人的艺术之美，带到你们的情感和生命之中。

语言是一件很奇妙的事情。它的节奏和韵律，它的词汇和修辞，它的变化中有序的规律，以及规律中无尽的变化，带来了日常生活奇妙无穷的风景。

这种奇妙的体验，在我们还很小的时候，就已经成为我们生活的一部分。小时候，我们能够理解和使用的语言还很有限，对它的感觉却最为新鲜。每一个字的声音，以无比清亮的方式印入我们的听觉。每一个词的意义，以无比生动的方式进入我们的理解。每一个新的语词或句式的加入，好像都是在重新搭建我们生活的秩序和生命的世界。

读童谣，读童诗，既是带我们温习童年语言的奇妙感，也是帮我们擦亮这种奇妙感，因为，它太容易失落在生活的寻常巷陌里。在优秀的童谣和童诗里，我们能够体味到，人生之初简简单单的字词表达，怎样充满了单纯而充盈的诗意；我们也能看到，日常生活中平凡不起眼的片刻，怎样蕴含了深切而奇妙的滋味。

读童谣，读童诗，你也许还会发现，你自己的语言，其实也有着歌谣和诗的节奏与韵律，你自己的生活，写下来也会是一首歌谣，一首诗。如果你愿意试着去想一想，写一写，也许它会帮你打开通往生活的又一扇奇妙的窗户。

感谢安徽少年儿童出版社的邀约，让童谣、童诗把我们聚在了一起。

就让我们用这样的方式，走进童谣、童诗的茂密花园，也从这里开始，走向更繁茂的生活的世界。

2019 年 11 月 20 日，晨光熹微时

（原载方卫平选评《时光的钟摆：给孩子的 100 首童诗》《长胡子的儿歌：给孩子的 100 首童谣》，安徽少年儿童出版社 2020 年 5 月版）

《童年写作的重量》后记

这本《童年写作的重量》，收录的是我 2011—2014 年发表的有关儿童文学、儿童文化、儿童阅读等方面的论文、评论、序文、对话文字。根据内容，大略分为"写作的重量""童年更深处""文本赏读""洞悉儿童文化""对话与思考"五个小辑。

"写作的重量"所收文字，大体是对儿童文学历史、现状的整体描述与思考，因而偏重于基本理论和思潮研究。"童年更深处"由一组序文组成，其中如《我们所不知道的童年更深处》等文，也努力想写成不只是一般的推荐性文字。"文本赏读"是一些作家作品的赏析，希望能从字里行间闪现出一点文学把玩的滋味和灵动。"洞悉儿童文化"一辑的文字涉及儿童文化、儿童阅读等方面，与我近年来的工作都有关系。最后是一组与记者朋友的对话、答问文字，它们全部或局部以不同形式发表过。毫无疑问，这些文字中也融入了这些朋友的心血和智慧。

感谢安徽少年儿童出版社接纳、出版这本小书。由于专业和友情方面的缘分，近些年我与安徽少年儿童出版社之间建立了许多工作联系，并与安徽少年儿童出版社的许多编辑、领导成为志趣相投的朋友。本书是继《儿童文学的当代思考》（1985—1992）（明天出版社1995年版）、《逃逸与守望》（1993—1998）（作家出版社1999年版）、《无边的魅力》（1998—2008）（接力出版社2008年版）、《寻回心灵的诗意》（2008—2011）（明天出版社2012年版）之后的又一本个人论文集。

谢谢这些出版社，谢谢这些小书的责任编辑，谢谢读者！

2014年12月31日晚21点于

浙江师范大学红楼205室

（原载《童年写作的重量》,安徽少年儿童出版社2015年12月版）

《中国儿童文学名家论集》主编小记

2014 年 11 月 19 日下午，在上海宝山国际民间艺术博览馆举行的"陈伯吹国际儿童文学奖"颁奖典礼现场，我与青岛出版集团少儿出版中心总编辑谢蔚女士相遇。几句寒暄之后，谢蔚女士提到，希望我为他们主编一套儿童文学理论丛书。我略加思考，提出了编辑、出版一套《中国当代儿童文学学者文丛》（后由出版社改为《中国儿童文学名家论集》）的建议。文丛拟由 20 世纪 70 年代末至 20 世纪 80 年代初陆续进入中国儿童文学研究（创作）领域的一代具有代表性学者的学术自选集构成。说完，我写下了一份包括 12 位学者的作者名单交给了谢蔚女士。

我向谢蔚女士说明了提出这一建议的三个主要原因。其一是基于这一代学者和批评家在当代儿童文学思想和学术发展进程中的独特理论贡献和学术代表性；其二是因为迄今还未有出版社组织推出过这一代学者的有整体性规划的儿童文学学术自选集；其三是这样的选题在操作上具有较大的可行性。

这一选题建议得到了青岛出版集团的重视和积极回应。出版选题确定后，我陆续与 11 位儿童文学同行学者通了电话，并于 2014 年 12 月 21 日发出正式的电子邀约函件。除了说明"文丛"选题的缘起、依据、作者阵容等，我也提出了九项具体建议：

> 如您能俯允所请，加入《中国当代儿童文学学者文丛》，我建议"文丛"的初步编选安排如下：
>
> 1. 每集 20 万～25 万字，敬请各位学者朋友选择自己具有代表性的儿童文学文论（论文、评论为主，酌收适量有代表性的序、跋等其他各类文字，也可以从自己的重要专著中选择具有代表性的章节）。
>
> 2. 敬请各位学者朋友所选大作，能够覆盖自己 30 来年的儿童文学思想历程（而不宜集中在某个时期）。字数也请尽量控制好。
>
> 3. 烦请各位将大作文字按内容分为若干小辑（一般以 4～6 个小辑为宜），每一小辑各取一个小标题。
>
> 4. 书后附学术年表（建议内容包括重要学术论文、著作发表、出版的时间、报刊、出版社；重要的学术获奖、学术荣誉、学术任职；参加过的重要学术活动；其他重要的个人学术信息等），烦请编撰、提供。
>
> ……
>
> 您是 30 余年来中国儿童文学学术进程的参与者和见证者，您的学术贡献是当代儿童文学理论批评史上宝贵的一笔。

我恭请并十分盼望您加入这套文丛，为我们共同走过的学术历程留下一份珍贵的记忆和财富！

的确，信中的最后一句话，是我做这项工作时内心不时涌动的一份心情。对于我们这一代儿童文学研究者、思考者来说，用这样一套书面对读者，不仅有一种学术小结的意义，更会滋生出一种回顾相伴而行之来路、回味相互砥砺之历程的感喟。在来来往往的电话、短信、邮件等交流过程中，我也从各位同行学者那里感受到了这种心情。例如，2015年3月9日，已有10多年未谋面的金燕玉老师在寄出书稿后发来短信："卫平教授，书稿已寄出版社，书名为《文学独奏》，分为'文学独奏''先声夺人''精彩华章''余音缭绕'。非常感谢您做的一切……高兴我们之间不必多说的默契以及多少年来的相识。美妮走后，倍感寂寞，此次以书会友，重温旧路，实属幸事盛事。"我在给她的回复短信中说："燕玉老师，许多年来心里一直惦念着您。……您在儿童文学领域的宝贵贡献，我希望现在的年轻人仍能了解并珍视。感谢您的重视和支持，让我感到无比温暖。我也常常跟我们的同学们谈起美妮老师，谈起受她关爱的许多美好的往事，十分怀念她。盼望我们还有相会的机会，祝您健康快乐！"此时此刻，新年的钟声快要敲响。我在这里，在心中，感谢各位学者朋友的响应和支持，感念我们共同走过的时代和岁月。

因为一些可以理解的原因，这套"文丛"最终共收录了十位儿童文学学者、作家的学术自选集。我们要感谢青岛出版集团，谢谢你们的信任和召集；感谢各位责任编辑，谢谢你们的用心和努力。

2015 年 12 月 30 日 18 点 5 分于浙江师范大学丽泽湖畔
（原载方卫平主编《中国儿童文学名家论集》，青岛出版社
2017 年 5 月版）

图画书《等爸爸回家》序

2020 年初春的这些日子，注定会成为我们生命中一段刻骨铭心的记忆。

当我坐在电脑前写这篇文字的时候，新型冠状病毒感染引发的肺炎疫情，给我们，特别是给武汉、给湖北同胞们带来的磨难和挑战，仍在持续之中。

在这样的时刻，身处疫情中心的长江少年儿童出版社的编辑、插画师朋友们，不忘责任与担当，在很短的时间里，携手创作了这本讲述当下人们抗击疫情故事的图画书《等爸爸回家》。

一支棉花糖，串起了"我"对爸爸的牵挂和思念。透过一个孩子、一个家庭的视角，我们既感受到了非常时期整个社会的非常生活状态，也感受到了在这样的氛围里，一个普通家庭的欢乐悲喜。身为医生的爸爸，像所有平凡而勇敢的爸爸和妈妈们那样，站立着，坚守着，护卫着我们的生活与健康。不论在历史还是当下，这种常常沉默无语的站立和坚守，从来都是我们生活和生命中最珍贵的财富。

这本应时而作的图画书，其令人难忘之处，正在于描画、触摸到了生活中最真切的担当、惦念、支撑和守望。故事最后，那支"留给爸爸"的棉花糖，是童年时一缕天真的心念，也是人世间一份温暖的甘甜。

如何以儿童文学的方式向孩子们讲述这样的人间故事，讲述这些故事中所蕴含的关乎童年、人文、科学、社会的知识和思想，一定会是未来儿童文学写作的一个课题。但是，我仍然想说，《等爸爸回家》这样"第一时间"创作的图画书，也是具有特别的意义的，它让小读者们了解，作品中发生的这些与承诺、分别、理解和期盼有关的故事，就发生、存在于孩子们每一天的生活和身影之中。

愿我们能够一起在这样的阅读中，获得一些关于生命的感动，一些关于生活的感悟。

（原载《等爸爸回家》，长江少年儿童出版社 2020 年 5 月版）

· 演讲

"差异"与"互补"的艺术
——关于图画书图文关系的一点思考

图画书这个儿童文学门类在中国已经存在了很多年；21世纪以来，图画书创作、出版、阅读的活跃，也已经持续了10多年。现在，关于图画书，业界已经形成了一些常识性的共识，比如它是图文共同参与的一种图文叙事。但是，这对于我们来说真的已经成为一种常识了吗？真的成为一种公共知识了吗？我觉得还有讨论的必要。

今天我想谈谈文字与图像在图画书叙事中的"差异"与"互补"关系这个问题。我想从五个方面来谈这个话题。

■ 一、"差异"与"互补"：理解图画书艺术的起点

既然要来谈图文之间的"差异"与"互补"，我首先要说，"差异""互补"作为图画书艺术理解、艺术阐释的概念，它是我们进入图画书艺术思考时的起点。

我想先从曹文轩教授的一些观点谈起。

曹老师作为中国当代重要的儿童文学作家和思想者，他的观点、他的声音，在 30 年来的中国儿童文学艺术发展中，一直是一个重要的存在。所以他的观点引人注意、引人重视就非常自然，他关于图画书创作的艺术实践和他关于图画书创作的相关理论阐释也很容易引起大家包括我的重视。2017 年 2 月 13 日那天我打开电脑，搜当天的《文艺报》，看到了一篇整版的大块文章，是曹老师的《我的儿童文学观念史》。这是他获得安徒生奖半年多以后系统地阐释 30 年来他关于儿童文学重要观念的一篇大文章，从 20 世纪 80 年代儿童文学是塑造未来民族性格的观点谈起，一直谈到他对幻想小说、对儿童文学美学的看法，当中有一小段谈到了图画书，就是我完整地引在这里的一段话。

> 鉴于解读图画书的话语权高度集中在少数几个人手中，图画书被高度神圣化、神秘化而使原创图画书望而却步无法开始的现状，我在许多场合发表了我对图画书的看法。提出了"无边的图画书"的观念，发表了"不要低估文字在绘本中的作用""不必过于夸大绘画在绘本中的地位""不必过高估计国外绘本的成就"等一系列看法，并几乎失控一般创作了数十本图画书。这些图画书的出版，产生了重要影响。①

这样一篇八九千字的长文当中，这是其中涉及图画书的一段话。在 2016 年中国少年儿童出版社推出的《图画书的秘密》这本论文集

---

① 曹文轩．我的儿童文学观念史［N］．文艺报，2017-2-13．

中，收入了曹老师《无边的图画书》一文，其中有一个小节叫"何为图画书"。我念其中一小段："可以肯定地说，它不是小巴掌童话的插图本，它就是那样一种形式，文字简略，构成却绝对精巧、精致、精美……我认为图画书不只是儿童文学作家才能完成的，一群有力量的人，有功底的人，只要他明白了何谓绘本，就有可能有成功的书写。好的图画书，一定是那种让人为创作力而惊讶的写作。"

这些观点是一个重要作家对图画书的基本思考。我认为其中还是有一些值得思考和讨论的地方，比如第一，我们注意到他在《无边的图画书》一文中，主要是从作家创作这一角度来谈论图画书的，他思考图画书时主要在谈文学性。第二，在曹老师谈论图画书创作时，图像叙事并没有得到应有的重视，画家的作用也是被遮蔽、相对不在场的。严格说来，"几乎失控一般创作了数十本图画书"的说法在图画书创作领域是不合适的，比较合适的说法应该是，"几乎失控一般创作了数十个图画书故事脚本"。所以我认为，这样一种对图画书及其创作的理解和阐述可能是值得讨论的。

所以，图文关系在今天这个图画书日益蓬勃的时代，仍然值得我们重视和思考，尤其是图文关系的一些内部问题是值得我们继续探索的。

今天来谈图画书图文之间的叙事差异和互补，这个"差异""互补"指的是什么呢，我给它下了一个不一定很准确的定义：

> 这里所说的"差异"，是指作为图画书创作两种基本"语言"方式的文字和图画，在表现方式上存在根本的差异。这种差异性，以及建立在这一差异性基础上的图文之间的表意、

互补关系，构成了图画书艺术特性、身份、面貌和价值的起点。

不充分地认识这种差异性，而仅从同一的角度理解图画书的图文关系，视其为图画与文字之间简单的相互解释关系，就不曾真正在现代图画书的艺术世界里登堂入室。

我们知道，文字和图画本来在表现对象、表现特点等方面就是有巨大差异的，这在美学史上是有许多讨论的。

最著名的一个例子，1766年，德国著名美学家莱辛出版了一部谈"诗"与"画"的界限的美学著作《拉奥孔：论诗与画的界限》。这是我将近40年前在大学自学美学时读过的一本书。《拉奥孔》这座雕塑的内容取材于希腊神话中特洛伊之战的故事。希腊军队攻打特洛伊城10年未果，于是设计了木马计。特洛伊城祭司拉奥孔因告诫特洛伊人别把希腊人设下的木马拖入特洛伊城，结果遭到报复，希腊保护神雅典娜派出两条巨蟒，缠死了祭司和他的两个儿子。莱辛比较分析了拉奥孔的故事在古典诗歌和古典雕刻艺术中的不同表现，论述了诗和造型艺术之间的区别和界限，讨论了不同艺术形式在表现对象、媒介、特征等方面的共性和特性。他认为，艺术作品的普遍规律，即它们都是现实的一种再现和反映，都是"模仿自然"的结果。但是，绘画、雕刻以色彩、线条为媒介，诉诸人的视觉，适合表现的题材是并列于空间中的全部或部分"物体及其属性"，其特有的审美效果，在于描绘完成了的人物性格及其特征；而诗歌采用语言、声音为媒介，诉诸人的听觉，适合表现持续于时间中的全部或部分"事物的运动"，其基本的审美效果，是展示性格的变化与矛盾以及动作的过程。莱辛还进一步讨论了作为空间艺术的绘画、雕刻和作为时间艺术的诗，是可以突破各自的界限而相互补充的。

人们由此明白，文字（诗）和图画、雕塑在表现对象和方式上是存在着根本差异的；而今天我们也明白，图像与文字之间的这种差异性，以及建立在这种差异性基础上的图文之间的互补及表意合作，构成了图画书艺术特性、身份、面貌和价值的起点。所以，不充分地认识这种差异与互补关系，而仅仅从同一的角度理解图画书的图文关系，视图像与文字为简单的相互解释关系，就不曾真正在现代图画书的艺术世界里登堂入室。

在童书出版史上，插图最早是追随文字而出现，在现代图画书当中，我们仍然能看到这种痕迹。我们举一些例子，比如说《我的爸爸叫焦尼》中的这句话："于是，爸爸奔了过来，一把就把我给抱了起来。"这是这本经典图画书中父子相会的一个片段。我们看到这段文字就会想到各式各样的画面。当然，它的基本情节是"爸爸抱我"，可是图像怎么来表现？爸爸是蹲着抱"我"，还是站着抱起来？抱在怀中，还是抱着举过头顶？随着画家的创作，图文之间的表现差异就开始显现了。刚才我们看到文字的时候有想象，但是看到图的时候，我们发现原来它是这样定格的：

这本书是两位作者合作创作的，它是

《我的爸爸叫焦尼》
［瑞典］波·R.汉伯格　文
［瑞典］爱娃·艾瑞克松　图
彭懿　译
长江少年儿童出版社
2018 年

有选择性的。但是在这种选择上，我们说图文基本上是一致的。我们再看同一本图画书当中开头的第一个片段的文字，我们知道这是一个离异单亲家庭的父子相互思念、相聚的故事。记得 2005 年我在南京第一次听这个故事时汗毛就竖了起来，因为我们会有一种反应，看到好的文字，看到好的故事、打动你的故事，就像屠格涅夫说的，心里会产生一种愉快的紧缩。

这是开头一段文字：

> 火车就要来了，爸爸坐的火车……
>
> 秋天开始的时候，我和妈妈搬到了这座小城。从那以后，我一直都没有见到过爸爸。不过，今天我可以和爸爸在一起过一天。
>
> "你听到了吗，狄姆？焦尼到来之前，你待在这里不要动！"妈妈说完，把我留在站台上就走了。
>
> 我的名字叫狄姆，爸爸叫焦尼。

这是一段运用文字、以时间为轴的线性叙述，它的信息量很丰富。从文学角度来讲，它交代了人物的关系，交代了故事的起因，交代了故事发生时最初的场景。这里的文字叙事是很巧妙的，即怎样来写单亲家庭的故事和生活，怎么去说清楚这种关系？从文学性本身来说，它已经精简到难以再简缩的地步。我们长期接触的一些文学作品，好的东西，好的句式，我们一看就能感受到。这个故事中的人物关系既简单又不简单，文字叙述既含蓄又明了。可是对于插画家来说，这些信息就不简单了，就太多了，他怎么去描绘？图文的差异在这里就显

火车就要来了，爸爸坐的火车。

秋天开始的时候，我和妈妈搬到了这座小城，从那以后，我一直都没有见到过爸爸。不过，今天我可以和爸爸一起过一天。

"你听到了吗，狄姆？怎尼到来之前，你来在这里不要动！"妈妈说完，把我留在站台上就走了。

我的名字叫狄姆，爸爸叫怎尼。

《我的爸爸叫焦尼》

［瑞典］波·R. 汉伯格　文
［瑞典］爱娃·艾瑞克松　图
彭懿　译
长江少年儿童出版社
2018 年

现出来。我们能看到，在这本书的第一页上，作者选择的是这样一幅场景：小小的狄姆孤单地站在月台上，等着爸爸的到来，妈妈已经离开了，画面之外，火车在远方正在向他靠近。我们从这里看到，图文结合构成了一个完整的叙事片段。在这里，差异、互补等图文关系，已经显现出来了。

刚才我们讲到文字和图像表现的差异性，莱辛在《拉奥孔：论诗与画的界限》这本书中有过很好的阐释。这张《拉奥孔》雕塑的照片，是我 2018 年 3 月 29 日在意大利佛罗伦萨的乌菲兹美术馆拍的。

据说这座雕塑作品 1506 年被发现的时候，那个大儿子举起的应该是右手臂，小儿子被蛇缠绕的是右手臂，还有拉奥孔本人的右手掌也已缺失，后来人们根据想象补了上去。作品表现拉奥孔及其儿子在受难时那一瞬间的感受，他那个肌肉的痉挛，挣扎的扭曲感，那种力量，宁静和内心冲突的张力，你没有对比看不出来，你一对比立刻就会发现差异太大了。刚才我们说过，莱辛在这本书当中，阐述了诗和画的界限，我们知道，莱辛大概是这么说的：诗呢，只能表现在时间上相互接续的事物；画和雕塑，适合表现在空间上并置的事物；线性的情节和凝固的瞬间形成了对比，线性的情节叙事和瞬间的空间并置的这种典型的不同，构成了诗与画的不同的审美与表现特征。总之，诗和画的媒介不同，它们各自表现的对象、手法不同，最后，呈现的审美内容和效果也不同。

在美学史上，这样一些观点已经成为常识。可以说，对于图画书的叙事艺术来说，图文之间的差异与互补关系，也支持和印证了莱辛的观点和分析。

■ 二、"差异"与"互补"：儿童图画书的现代标志

那么，对现代图画书创作来说，图文之间差异与互补关系的出现，是儿童图画书成熟、独立的现代标志。插图艺术的现代化进程，实际上就是图像不满足于仅仅追随文字，而要寻求自身独特的"差异"与"互补"的表现空间的历史。

关于现代图画书是怎么独立的，中外图画书研究者会有不同的说法。有人说，从凯迪克的创作开始；有人说是从 1902 年英国出版的《彼得兔》开始；也有人说，从 20 世纪二三十年代美国的图画书兴起时代开始。不管我们对于历史的认定是怎么样的，但是有一点是共同的，就是图画书图文的携手，图文差异与合作关系的出现是一个起点。

以英国作家及插画家毕翠克丝·波特的《彼得兔和他的朋友们》为例。这本书写兔妈妈和孩子们的故事，第一页是十分经典的，它的

《彼得兔和他的朋友们》

［英］毕翠克丝·波特　著

赵芳芳　编译

安徽少年儿童出版社

2011 年

《迟到的理由》

姚佳　文 / 图

明天出版社

2014 年

文字是——"妈妈对孩子们说：'你们不要自己跑到格里高先生的院子里面去。'"

画面上我们看到，妈妈面对着孩子也是面对着我们读者。四个孩子中，有三个孩子环绕在兔妈妈身边，很乖巧地、认真地听兔妈妈的嘱咐，我们看到的是这三只兔子的背影、侧影。可是，面对我们的另外一只兔子，却一直在自己动脑筋，他没有听兔妈妈的话，反而是被妈妈的嘱咐激起了好奇心。可是，文字没有交代这些东西。在画面当中，我们读到了更多的信息，读到了更多的故事，看到了彼得兔和他的心理活动。这个时候，图画作为图画书重要的叙事参与者、重要的艺术构成者，开始出现了。这样一种图文配合的差异，它们相互呼应构成故事，在现代图画书当中，逐渐就成为一种叙事常态。

我们来看这样一段文字：

　　"老师，为了按时起床，爸爸给我买了好多闹钟，没想到它们一起响了，于是我不停地关闹钟、关闹钟、关闹钟、关闹钟、关闹钟……"

这是姚佳独立创作、曾获信谊幼儿图画书大奖的《迟到的理由》中的一段文字。我们知道，

202

这个故事是讲小猪上学迟到，他找了各种理由为自己解释，这是其中的一个理由。

我们看到这段话的时候，如果画面不出现，我们会想象，小猪家里有很多钟，为了提醒他让他按时起床。我的想象是床头有很多钟，或者是桌子上有很多钟，或者是床头地板上都有些钟。可是，画家是这样处理的：

这张图呼应的就是我们刚刚提的这段文字。在这里，姚佳作为作者，她对画面的想法，既和文字形成一种呼应、互补关系，同时又有画面本身的震撼感，甚至还有夸张、幽默、冒险的元素在里面。我们还可以读到小猪的心理活动和想法，如"我要爬上梯子关闹钟，所以我迟到是很正当的"，等等。在这里，图像既呈现了文字的叙述，又补充、丰富了文字的内容和意味。

我们再看另一本图画书。先看文字的叙述：

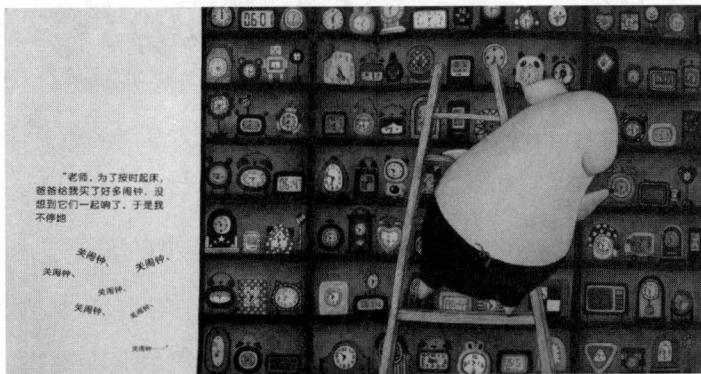

《迟到的理由》
姚佳　文/图
明天出版社
2014 年

现在，所有动物都有自行车骑了！他们在谷仓旁的空地上骑来骑去。"真好玩！"他们异口同声地说，"鸭子，你的主意真棒！"

现在，所有动物都有自行车骑了！他们在谷仓旁的空地上骑来骑去。"真好玩！"他们异口同声地说，"鸭子，你的主意真棒！"

《鸭子骑车记》
[美] 大卫·香农　图/文
彭懿　译
新星出版社
2017 年

所有了解图画书的朋友都知道，这里的文字和图像出自图画书《鸭子骑车记》，作者大卫·香农也是凯迪克金奖的获得者。

鸭子骑着一辆车，动物们看到了以后有各种各样的反应，羡慕的，不屑的，嘲讽的……后来，他们也各自得到了一辆车，觉得特别好玩，都谢谢鸭子。可是画面当中，提供了比文字多得多的内容。我们首先看到了前面先后出现的动物，看到了动物的集合；其次我们看到，动物骑的不是同一种小黄车，而是各种各样的车，这些车既有知识背景、生活背景，同时呢，它们又跟动物的性格、特点有关。你看这只鸡比较小，它骑的是三轮的小红车；这只绵羊比较温顺、比较胆小，它骑的车上还有追加的副轮；牛和马呢，比较硕大，它们骑的车比较大；这个是山羊，好吃，它把干草做的车斗咬了一大口；两个小猪骑的是双轮双座的车。所以，不同动物的性格和"物性"特点在这里都有所体现。

我们再看一个例子。海燕出版社出版，曾获得第一届丰子恺优秀儿童图画书奖的《西西》。

文字很简单："好多人在玩游戏，只有西西一个人坐着。"当我们看到文字的时候我们不会被震动，但是看到画面的时候我们就会觉得，这里提供了很多层次的内容。

第一，它用一张大跨页的游戏场景的全景式呈现，来呼应"好多人在玩游戏"这样的文字叙述。我们的目光首先会去找西西，西西在哪个位置啊？（听众答：左上方）对，在左上方。这里设有悬念。

《西西》
萧袤 文
李春苗、张彦红 图
海燕出版社
2015 年

第二，我们看到了各种各样的游戏，还有陪伴的大人。

第三，我们看到的是什么？是中国孩子的游戏，因为这里有吹糖人，中间有的孩子双手拿着糖葫芦串，下面一个孩子拿着京剧人物的脸谱，或者说京剧人物的一个造型。

所以，这个画面把文化的元素、民俗的元素、童年生活的元素呈现出来，而文字是很简洁的。文字简洁是因为要突出西西一个人坐着。这些孩子的存在和他们的游戏，是为最后揭晓西西为什么一个人坐在那边、一个人玩这个谜题服务的，这也是图文差异的一个典型的例子。

我们再来看《原来我有这么多》这部作品。这部作品我感兴趣的是雷先生和艾琳的文字部分，我们看文字和图之间的对照关系。

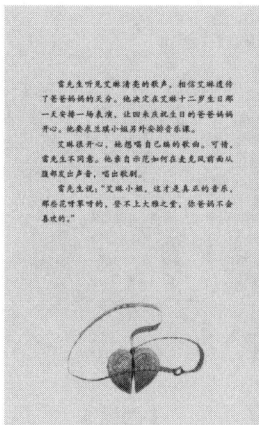

《原来我有这么多》
刘嘉路　文
[俄罗斯]伊戈尔·欧尼
可夫　图
海燕出版社
2015年

我很惊讶的是，从文字上讲艾琳很开心，可是从图画上看，我们看艾琳开不开心啊？她不开心。还有文字上并没有讲，艾琳是站在什么地方唱歌的？画家欧尼可夫把她画成了一个站在雷先生手掌当中的女孩，而且画面中有不少飘落的钱币。这在文字部分是读不到的。

这是否反映了画家的童年观点和立场？我不知道画面设计是文字作者和画家共同商量的结果呢，还是画家欧尼可夫个人在处理画面时候的一个思考。不管怎样，我认为，画家借着这个画面，表达了他对于歌唱、对于孩子成长的某种看法，例如金钱对于艺术的统治，成人对于儿童的统治。因此，这些图像叙事的处理是创造性的，是丰富、补充、呼应了文字的叙事，对作品的主题也是一个很好的深化和揭示。

正好今天欧尼可夫先生本人在场，我想请他简单说一说这个钱币的设计是他个人加进去的吗，它的意图是什么，能不能说一说？

我想，一个优秀的插画家，在对作品进行阐释的时候，常常会显示出卓越的创造性。在这个画面中，小姑娘艾琳被画在手上的这个设计，当时是怎么考虑的？

（欧尼可夫答："放在手上的设计是为了展示孩子的弱小，想通过钱币在画面中的飞动来表示雷先生训练小姑娘演唱的目的。非常遗憾现在有点想不起来当时文字的内容了。我到现在为止画的书太多了。"）

对，艺术家不断地在赶往下一站，他不断被新的创作燃烧，然后忘记之前的事情。谢谢你！

可见，欧尼可夫先生设计画面时的想法，与我们刚才的分析是一致的。

这是欧尼可夫先生的另外一个作品。我们都知道《布莱梅乐队》是一个著名的格林童话，那四个结伴的伙伴们流浪在外面，晚上为了安全、为了躲避危险，他们决定在树林里过夜。文字部分是讲，驴子就躺在了大树底下，老猫爬上了树枝，公鸡飞到了树顶去。还有个黑猫。

《布莱梅乐队》
［德］格林兄弟　文
［俄罗斯］伊戈夫·欧尼可夫　图
刘嘉路　译
海燕出版社
2015 年

这幅画也是十分有意思的。欧尼可夫先生没有简单地试图再现文字内容，但是我认为这幅图很有意思，有别于文字，又丰富了文字的内容，我们看这幅图，

为了躲危险，大家决定在树林里过夜。驴子跟猎犬躺在大树底下，老猫爬上树枝，公鸡则飞到了树顶去。

入睡之前，公鸡在四周看了一看，发现不远的地方有一处灯火。他想警告伙伴附近还有户人家，大伙儿不需要奔在野外过夜了。

公鸡在树顶微微摇摆的感觉，在读者心理上会产生一种心理体验——一种悬而未定的惊险感，心里头也会有不安和纠结感。而文字中的有些内容，画家则把它省略了。

我们再看 2000 年国际安徒生奖插画奖得主安东尼·布朗的《我爸爸》中的一个画面。

《我爸爸》
[英] 安东尼·布朗　文 / 图
余治莹　译
河北教育出版社
2019 年

如果是要表现爸爸什么也不怕，他可以有各种方法。他选择爸爸面对大灰狼、斥责它，而且大灰狼的眼神有点乖哟。我们注意到门外大树下面有谁呀？对，有两个著名的经典童话《小红帽》和《三只小猪》中的形象。在这些故事当中，我们都看到过大灰狼的身影。其实这种互文手法的运用，首先当然可能是为了好玩，其次是不是也是提醒读者，大家不要被它的表象所欺骗。而爸爸面对这样一只大灰狼，义正词严、一身正气，爸爸真的很厉害，什么都不怕。

安东尼·布朗的另外一部作品《捉小熊》，里面的图文关系也很典型。"一天，小熊去散步。"文字非常简单。什么是好的图画书文字叙事呢？我们有的创作者、研究者认为，它是优美的、充满文学性的。当然这也是图画书的一种类型，但是今天，我认为最好的图画书文字不是所谓富有文学气息的，而是能够跟图像配合，具有高级的图文叙事能力的那种文字。难的是那种文字，而不是像有的作家说的，我就写一个优美的文字给你读，我就写一个主要用来读的图画书。我认为那是不懂真正的图画书艺术性、文学性的观点。那种文字再优美，在图画书的艺术语境里，也不可能是真正一流的图画书作品。

一天，小熊去散步。

《捉小熊》
［英］安东尼·布朗　文／图
阿甲　译
北京联合出版公司
2019 年

"一天，小熊去散步。"我们注意安东尼·布朗设计的那个背景，我们看背景的植物像什么？眼睛，这就是安东尼·布朗的设计。我们看到下面的叶子有的像什么？嘴巴。我们发现在这个故事里面，小熊散步不是它一个人的事，它是被窥视、被观看的。

在这一页我们看到，在草木中藏着两个什么？两个猎人。这两个猎人与小熊构成了作品的故事主体。但是我们仍然看到在这幅图画当中，作者有很多的设计。比如说在两个猎人的后方，我们看到后方的植物都是拟人化的，它们一个个都打着领带，我们在这里看到了眼睛和嘴唇，看到了我们能够想象的更丰富的一些细节。

图画书就是要在有限的叙事空间里面最大化表现画面的趣味、画面的想象力，让读者有发现感、惊喜感。所以优秀的插画家总是不放过任何一个这样的机会。当然，插画家对这种机会不放过的努力，最终造成的效果必须是符合图画书的叙事特质和美学要求的。

这是安东尼·布朗另外一部作品《大猩猩》里面的一页。

他们走到楼下，安娜穿上大衣，大猩猩穿的是爸爸的大衣，戴的是爸爸的帽子。

他说，大小正合适。

《大猩猩》
［英］安东尼·布朗　文/图
林良　译
河北教育出版社
2007 年

我们知道，安娜的爸爸每天因为忙不能照顾她。安娜喜欢大猩猩，她的生活中充满大猩猩的元素。有一天，大猩猩来到了安娜的生活当中。他要带安娜去动物园。于是，大猩猩就穿上爸爸的服装。这幅图像的信息远远超过了简洁的文字提供的信息。如果文字这样写："爸爸的衣服挂在墙边，墙上挂着一幅画。"如果这样叙述，那就不是好文字。画面能够解决的、能够说明的，就让画面说明。我们来看这幅画，应该是夜半时分，大猩猩和安娜准备出门，去看动物园的猩猩。这样一个反常的举动表现了安娜看到大猩猩的渴望。我们首先看到了右上方墙角的电灯开关，那个开关本来是一个普通的开关，可是作者有意将它处理成什么啊？对，一张笑脸表达了此时此刻安娜的心情。我们再看看安娜身后的墙上，挂着爸爸的全副行头。这个行头从帽子到靴子，它的色彩是冷色调的，它的形象是干瘪的，我们意识到，爸爸这个时候是缺席的。因此这套衣服本身也是具有表意功能的，缺席的父亲对于孩子来说意味着什么，就是这样一个没有生命感的、阴冷的、干瘪的存在。后面这幅画的原作是西方美术史上一幅著名作品，19世纪美国画家惠斯勒1871年完成的作品《惠斯勒的母亲》。这里把"母亲"的脸画成一个大猩猩的脸，而大猩猩穿上的爸爸的服装是鲜亮的、暖色的，是温暖的、饱满的、有温度的，其实这也是安娜渴望的爸爸形象。

这里边最有趣的细节，也是我多年来很纳闷的一个细节：大家是不是注意到在门上左右两边各有一个门把手？我十几年前看到这本书的时候曾在课堂上跟同学们讨论，为什么画家要画两个门把手？有同学回答说，一个是现实之门，一个是幻想之门。有同学说，安东尼·布朗年纪也不小了，画着画着就忘掉了。也有同学说，艺术家嘛，他很可能故意画了两个门把手。

2013年11月，在南京举行的第三届丰子恺儿童图画书奖颁奖典礼上，安东尼·布朗做完专家报告时，我在提问环节问了这个问题，就是为什么画两个门把手？我也把同学们的分析说了。结果安东尼·布朗回答说："为什么不让这些答案都存在呢？"作为创作者，这真是一个聪明的回答。

■ 三、文图之间的表意让渡

既然对于图画书的图文叙事来说，图文之间有这样一个艺术联系，图文之间彼此的表意让渡就显得非常重要。让渡，在这里就是"让给"的意思。

英国学者马丁·萨利斯伯瑞有一部著作，它的书名直译应该是《为童书插图》。接力出版社出版的中译本译为《剑桥艺术学院童书插画完全教程》，当时约我写的序，所以这本书我找起来比较方便。

这本书当中有这样一段话：

在图画书中，文字和图画的关系独特而又复杂。它们各自的地位需要进行全盘考虑和衡量，彼此补充而不是重复相同的叙述。

《剑桥艺术学院童书插画完全教程》
[英] 马丁·萨利斯伯瑞 著
谢冬梅、谢翌暄 译
接力出版社
2011 年

这句话，还有这本书当中的很多观点，对图画书图文关系的阐释是十分精准的。

这段话是说，图文之间不是简单的一一对应关系，其关系、地位需要全盘考虑，彼此是相互补充的，而不是重复相同的叙述。

下面我们来举一个例子。比如说这样一句话：

爸爸送汤姆去幼儿园。

这个简单的句子出自一本荷兰的图画书《再见！》，

爸爸送汤姆去幼儿园。

明天出版社出版。如果我们首先看到这句话，图像信息还没有出现，我们想象的"爸爸"形象可能还是不确定的，可是图像出现的时候呢？哦，原来是动物伙伴、动物朋友去幼儿园。在这幅图中有很多有趣的信息。

第一，哦，我们知道了，它讲的是动物们的故事。我们看到前面的都是大人带着孩子，大象带着大象宝宝，鸭子带着鸭子宝宝。

第二，我们马上发现一个问题，这些故事中的形象是经过变形处理的，它和日常生活中这些动物形体之间的比例关系一致吗？对，是不一致的。因为要表现动物之间的伙伴关系，所以这里的图像对动物之间形体大小的比例关系做了变形处理。

第三，原来，爸爸和汤姆是在后面追赶，急急忙忙，这里面就有故事。在这个画面当中，人物的方向从我们的视线来看是从右往左在行动的。其他的大人和孩子走在前面，他们的目光是有交流的，在这里通过走在路上的青蛙宝宝的回视、大象宝宝的回视，还有鳄鱼宝宝的

《再见！》
［荷］南茜·考夫曼　文
［荷］琼·希·斯佩特　图
路文彬　译
明天出版社
2011 年

回视，它和后面的追赶形成一个呼应。

所有这些信息，是图画给我们的。如果创作者用很多文字来叙述这个画面，那一定是失败的。所以，刚才我们引用的马丁·萨利斯伯瑞关于文字与图像在图画书当中应该怎么出现，应该怎么处理的观点，是很有针对性的。

我们再看这句话。

这个孩子出生的那一天，是她的父母一生中最快乐的一天。

"她好完美。"妈妈说。

"绝对完美。"爸爸说。

真的。

她是绝对的完美。

《我的名字克丽桑丝美美菊花》

［美］凯文·汉克斯　文/图

周兢　译

明天出版社

2009 年

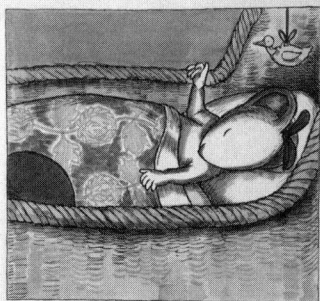

这个孩子出生的那一天，是她的父母一生中最快乐的一天。

"她好完美，"妈妈说。

"绝对完美，"爸爸说。

真的。

她是绝对的完美。

这段文字出自凯文·汉克斯的《我的名字克丽桑丝美美菊花》。如果我们只看到这段文字，我们会去想象，这个孩子到底是怎样的完美呢？我们看到画面的时候，我们又会被作者的处理所打动。

原来，这个孩子是一只小老鼠。而作者选择的完美画面，是小老鼠在婴儿小床里面酣然入梦这样一个场景。好美的是这只小老鼠，好美的是这样一个时刻。对爸爸妈妈来说，看着甜美入睡的孩子，看着那个时刻孩子酣睡的模样，也许这就是爸爸妈妈心目中最美孩子的形象。在这里，图文之间既有呼应，又有补充。

下面这部作品大家都熟悉，也是无数图画书爱好者非常喜欢的《母鸡萝丝去散步》。这幅画面和文字呢，我们稍微讨论一下。

第一，从画面上来讲，这是一幅跨页的画，它出现了两个角色。从画面上我们能看到是谁在散步，如果说"萝丝在散步"，我们一定会认为是母鸡在散步，可是在画面上还有一个文字当中没有提到的狐狸。这是图画书图文共同叙事的一个经典例子。

第二，这个画面是不是还有一个食物链的暗示？也就是说，母鸡可能是狐狸的食物。

第三，《母鸡萝丝去散步》的文字部分就是"母鸡萝丝出门去散步，她走过院子，绕过池塘，越过干草堆，经过磨坊，穿过篱笆，钻过蜜蜂房，按时回到家吃晚饭"。如果只有文字的话，我们会说这讲的是什么故

《母鸡萝丝去散步》
［美］佩特·哈群斯　文／图
明天出版社
2009 年

母鸡萝丝出门去散步。

事啊？可是当配上插图以后，文字就变得有意义了。那个淡定、优雅、浑然不觉的母鸡，散步回到家刚好赶上她的晚餐；那只不怀好心、鬼鬼祟祟、一心想把母鸡变成自己晚餐的狐狸，则不断地被惩罚，而母鸡对此一无所知。这种对比、这种幽默、这种故事性的安排，使这部作品成为一本教科书般的图文叙事的经典作品。

所以，这里我们就以萨利斯伯瑞的另外一段话来做一个小结。他这段话对我们的文字作者，对我们图画书的创作者和编辑，都是很好的提醒。他说：

> 如果关于一本图画书的构想最初来源于文字形式，那么在这本书的最终形式中，随着图画承担了越来越多的信息，最后可能只保留一丁点儿原文。你应该以精简为本，让文字具有提示性，或让文字更机智。

所以关于文字和图像在图画书中的地位及其让渡关系，我认为萨利斯伯瑞的这段话是个重大的提醒，特别是对那些还不知道文字怎么跟图让渡、怎么跟图配合的作家来讲，是一个重要提醒：你在写作的时候，可以有很多提示，但是你不要认为能够包揽整个故事。对画家来说，你拿到一个脚本的时候，你不能跟着它一直往前走，你完全有美学上的义务、权利和责任，去为文字故事做出新的创造性的图像呈现。

对图画书而言，文图之间"差异"的存在，意味着图像的介入必将给文本带来新的内容。文图之间的"差异"越大，它们的互补性也越强，最终，它们所创造的新内容也就越丰富。

那么，有没有文字比较完整的好的故事呢？当然有，比如刚才我讲到的《我的爸爸叫焦尼》，比如《爷爷变成了幽灵》，还有由《我的爸爸叫焦尼》的作者创作的《爸爸带我看宇宙》，还有北京联合出版公司出版的《红色棒棒糖》。《红色棒棒糖》的画面可能不一定特别出彩，可是故事十分精彩。所以，对于图画书来说，真正好的文字、故事也是可以拯救整本书的。

当然，对于图画书创作的经典形态来说，我们要了解图文之间彼此让渡这样一个原则和规律。文图之间的叙事"差异"与"互补"，是图画书艺术独特性、丰富性的重要来源和重要保障。

■ 四、"差异"与图画书的叙事创意

我们谈图画书中图文叙事的"差异"艺术，它最终与图画书的艺术创意有关。文字与图像的"差异"叙事，带来了现代图画书艺术的巨大空间、巨大可能，它也意味着，图画书创作的探索和创造是饶有趣味，也是无穷无尽的。

因此，从一定意义上可以说，现代图画书的艺术发展史，正是文字与图像之间不断发现、发明、创造各种"差异"艺术关系和可能的历史。

这种差异艺术的典型表现方式之一，是图文之间的表意刚好相反。例如昆汀·布莱克的作品《10只鹦鹉捉迷藏》。昆汀·布莱克在他的《文字与图画》这本书中说："《10只鹦鹉捉迷藏》正是有意利用图文的差异艺术而创作的一本充满谐趣的作品。"《10只鹦鹉捉迷藏》十分集中、典型地运用了图文叙事的"差异"策略，文字说的是

《10只鹦鹉捉迷藏》
[英]昆丁·布莱克 文/图
方素珍 译
复旦大学出版社
2019年

一个故事，图画呈现的则是另一个故事。

故事中的这位先生养了一大群凤头鹦鹉，结果呢，这群鹦鹉都跑了，他去寻找鹦鹉。说实在的，图画书需要很多重量吗，需要很多哲学吗？也不一定，有的时候，趣味是图画书最高的艺术通行证，是它们成功的秘籍。

"他爬上阁楼"，我们看到这位先生上到阁楼，拿着一个灯照了一圈找他的凤头鹦鹉。他的结论是"它们不在这里"。可是画面上是什么？凤头鹦鹉们都在这里。所以"在"和"不在"就是文图给我们呈现的完全不同的故事。文字呈现的是故事中人物的视点，他看到的，是没有；而图呢，是我们读者的视点，全知的视点。我们看到这位先生爬上来，他看不到鹦鹉。作者用"在"和"不在"的错位并置、差异并置，用错觉和真相的并置，用这种巧妙的文图结构和织体，把图画书的趣味、创意、魅力和特性都展现了出来。

也许正因为同样的魅力，同样的特性，有一本书打动了2013年凯迪克奖的评委们和2014年凯特·格林纳威奖的评委们，获得了美国和英国的这两项比国际安徒生奖历史还要久远的大奖，这本书就是《这不是我的帽子》。

这是 2015 年第四届丰子恺儿童图画书奖颁奖和第五届丰子恺儿童图画书论坛举办时，我主持完新闻发布会以后，跟作者乔恩·克拉森的合影。他是一个 80 后创作者，很年轻。

我们来看这本书。"这不是我的帽子，这是我刚刚偷来的。"我们看画面上，一条小鱼戴着一顶帽子在水中游弋，从左往右游。这段文字是小鱼的心理活动，也交代了故事的来由。我们知道，这段文字的内容是图画内容的说明和延伸。一条小鱼戴着帽子游过来，如果不读文字，我们知道这是谁的帽子吗？知道这是它偷来的吗？所以这是需要文字来表达的内容。

"我从一条大鱼那儿偷来的。我偷帽子的时候，他在睡觉。"这里已经有一些可以让我们想象的地方，比如这条大鱼怎么会这么大，几乎占满了整个跨页？为什么这条大鱼会有这么一顶小帽子？这个帽子像是小鱼的帽子？这都是作者设计的一些悬念和趣味。这里我们还发现，这条大鱼确实是睡着的，因为眼睛是闭着的。

接下来，叙事的图文差异出现了："他可能睡很久都不会醒。"这是

《这不是我的帽子》
[加拿大] 乔恩·克拉森
文 / 图
杨玲玲、彭懿　译
明天出版社
2017 年

小鱼的心理活动，是小鱼心里的揣摩。这时候小鱼不在画面里，让我们想象。我们看到的是，大鱼怎么样？他睁开了眼睛。这里面图文之间的差异感、幽默感出来了。

"就算他醒了，可能也不会发现帽子不见了。"可是我们看到大鱼醒来后眼睛已经开始发现前方的状况了。所以孩子们看到这里的时候就会想象，大鱼到底有没有发现？事实上，孩子们都知道，大鱼已经发现前方的状况了。

"就算他发现帽子不见了，可能也不知道是我拿走的。"我们从这里读到了小鱼得意扬扬、正要赶紧溜走的心理。我们再看大鱼的眼睛，这个时候的眼睛处理有点夸张，让人印象深刻，它的眼珠子聚焦前方，显然已经紧紧盯住了前方的小鱼。而小鱼还在想："即使他发现帽子不见了，他也不知道是我拿走的。"小鱼一直在为自己寻找安全感。"就算他猜到是我，他也不知道我去哪里了。"可是，大鱼这时候逐渐游出画面，它给我们的暗示是，大鱼速度加快，紧追不舍。

他可能睡很久都不会醒。

"不过，我可以告诉你我要去哪里。我要去一个水草长得又大又高又密的地方。在那里什么也看不清，没有人会找到我。"这幅图再次给我们提醒小鱼的状况，小鱼戴着帽子急急地往自己认为安全的地方游去。乔恩·克拉森的想象力和幽默感在这里又体现出来了。

　　"已经有人看到我啦。"你看文字部分没有讲一只螃蟹看到我了。"不过，他说他不会告诉任何人我去哪里了。""我"还是安全的。"所以，我一点儿也不担心。"当大鱼游过来的时候，那只螃蟹马上告诉了他。所有这些我们在文字当中没有看到，文字一直都是小鱼的心理活动。这幅画孩子们看到都笑了。我觉得这里文字之简洁、幽默，提示力之强，配合画面，的确有一种出人意料的幽默感。

　　"看！我到了！这里的水草长得又大又高又密！没有人能找到我。"可是这时候我们看到，小鱼、大鱼在故事中第一次出现在同一幅画上。小鱼就要钻进水草当中，而大鱼出现在小鱼的身后。图文叙事的悬念和紧张，会合在了这里。

　　这本书的后面几幅画都是没有文字的。下一幅整幅画的水草，再下一幅大鱼出来。结束的时候，我们知道小鱼不知所踪，大鱼戴着它的帽子走了。它的结尾是含蓄而又开放的。

　　我们看到，在这本图画书中，文字是线性的、概括的，图像是瞬间的、具象的；表现内容呢，文字是主观的、心理的，因为主观的、心理的内容没有办法用图像表现出来，而图像是客观的、具象的。图文之间的巨大差异、配合、让渡，最终构成了这样一本完整的图画书。

　　图画书需要才气吗？需要才气。有时候我们很用力很用力，但是如果这个智慧，包括处理图文叙事的智慧没有被我们把握住，没有被我们点亮，那么，尽管我们自信满满，忙得满头大汗，但是最后，我们还是可能与真正的图画书艺术擦肩而过。

五、"差异"与"互补"的意义

前面我们分析的例子，大都是在图文叙事的"差异"和"互补"中呈现图画书的游戏趣味、想象力和幽默感的例子。我认为，这种"差异"和"互补"，还可以指向更深厚的童年哲学、童年美学的揭示和表达。

约翰·伯宁罕的《莎莉，离水远一点》是我很喜欢的一本书，大家肯定也很熟悉。我在课堂上曾经问同学们，这本图画书有几条叙事线索？一般同学会说"两条"。我说它有三条：一个是作品左边画面中的爸爸和妈妈，那是苍白的成人形象及其故事线索；一个是文字构成的线索，即故事中妈妈的"絮絮叨叨"，妈妈的话呈现的就是生活当中、现实当中的莎莉；还有第三条线索，是作品右边画面讲述的故事，也就是莎莉在想象中为自己创造的一个属于童年的故事。

这可以说是百讲不厌的一本书，童年的想象在这里得到完美的呈现。成人用成人的方式限制、要求、责备、对待孩子，并且制造了一个百无聊赖的下午。爸爸说水太凉了不能下水，莎莉没有办法玩水，但是她用自己的想象力完成了一个精彩的冒险故事。最后，爸爸妈妈说："天啊！都几点了。我们不赶快走的话，回到家就太晚了。"一家三口离去了。莎莉没有获得属于自己的一个快乐的水边的下午，可是她用自己的想象力拯救、创造了这样一个半天。童年的力量在这里得到最自然而深刻的呈现。

最后，我们再来看看《山姆和大卫去挖洞》这本书，这是麦克·巴内特编文、乔恩·克拉森绘图的作品。这本书把童年生活、想象力、

寓言和哲学结合得无
比完美。

山姆和大卫去挖
洞，他们要去找一个
了不起的东西。他们
挖呀挖呀，读者已经
看到什么？山姆和大
卫没有挖到宝贝。"我
们要继续往下挖"，于是他们继续往下挖。"了不起的东
西"在哪里？读者是全知的。"我们应该朝另一个方向
挖。"他们似乎一次又一次错过了"了不起的东西"。大
卫说："我有一个新的想法，我们分头来挖。"

我们看到，埋藏在地底下的宝石一颗比一颗大，可
是山姆和大卫都错过了。于是，他们朝着另外一个方向
挖，可是什么"了不起的东西"也没挖到。"也许我们
应该重新朝下挖。"

我们知道这个故事，山姆和大卫后来什么也没挖
到，他们从自己挖的洞里面掉进了一个无底洞。最后，
落到了软软的泥地上。两个人感叹："哇，真是了不起。"
这个结尾把话题变得更开放、更高远。究竟什么是了不
起的东西？山姆和大卫也许错过了这些宝石，可是在这
样的过程当中，他们体验到了真正的童年的天真和趣
味。对于读者来说，我们以为画面上的山姆和大卫一直
被欺骗，其实也许是我们被欺骗。山姆和大卫他们要的

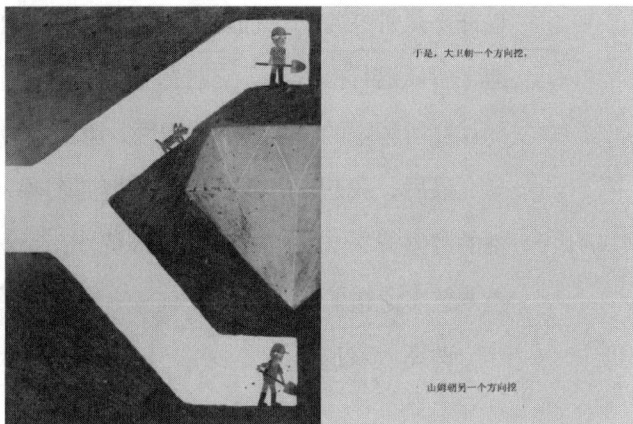

《山姆和大卫去挖洞》
［美］麦克·巴内特　文
［美］乔恩·克拉森　图
杨玲玲、彭懿　译
明天出版社
2018 年

223

也许不是那些宝石，而是了不起的生活、了不起的童年、了不起的创造，所以这样的作品，它带给我们的思考力，它借助图文之间的差异和互补所呈现的寓言性、哲理性，就更有意味，更加震撼。

最后，我想说，重视发掘、把握图画书文图之间丰富、精彩、深刻的"差异"与"互补"的艺术特性，是推动原创图画书创作发展的重要艺术之道。

谢谢大家！

（本文系作者 2018 年 6 月 26 日在郑州"2018 金羽毛绘本高峰论坛"上的主题报告，根据录音整理）

丰子恺儿童图画书奖：我有幸
跟它相伴十年

　　刚才格拉齐亚·戈蒂女士（意大利库珀提瓦文化创始人）在介绍意大利博洛尼亚童书展最佳童书奖时，说"历史悠久的奖项都会碰到一个问题——怎样对抗陈词滥调"。这个观点很有意思，对我们思考奖项的意义和出路很有参考价值。当然，对于中国的图画书奖项来说，对于历史相对短暂的、正在建设中的当代中国图画书评奖事业来说，我们面临的首要问题可能是，如何建立真正专业的、清晰的、贴近这片土地，同时又符合真正的童年及其美学精神的奖项？

　　2006 年 9 月，国际儿童读物联盟（IBBY）的世界大会在中国澳门特别行政区举办。主办方邀请我在会议的一个专题论坛上做一个关于中国儿童文学的报告。我睁大眼睛扫视当时的中国儿童文学界，我说我来谈一个话题——"图画书在中国大陆的崛起"。崛起——多么气势磅礴的一个词。可是，那个时候，在整个中国大陆，还没有一个真正的儿童图画书的专业奖项。在 20 世纪 90 年代，在日本福音馆专家松居直先生帮助下，我们曾经设立过一个"小松树图画书奖"。可惜的是，它只评了一两届就停掉了，无声无息地消失在图画书发展的时间长河里。

2008 年，香港陈一心家族基金会承担起了在中国，也是华文地区设立第一个图画书奖项的工作。基金会的陈范俪瀞女士是一位已经当了祖母的长者，她在陪伴她的孙儿阅读的时候，发现他们阅读的都是外文版的图画书。她说为什么没有好的中文图画书呢？因为她很想给她的孙儿们传递一些中华母语文化的东西，打开中华文化背景的一些阅读。于是，陈范俪瀞女士在她的儿子陈禹嘉先生、儿媳李淑慧女士的支持下，在 2008 年夏天于香港教育学院（现名香港教育大学），举办了"丰子恺儿童图画书奖"成立的发布会，而且，这一奖项的成立，得到了丰子恺先生的女儿丰一吟女士的支持，用丰子恺先生的名字来命名。

10 年前，我参加了书奖成立的发布会。后来，作为丰子恺儿童图画书奖的中国大陆顾问，看着奖项一路走来，看到了基金会和后援者，看到了组委会的团队以及世界各地热爱华文图画书的人们为这个奖项所倾注的巨大心力、财力、智慧、包容、理解和努力，我深受感动。

那么，丰子恺儿童图画书奖的定位和特色是什么呢？

第一点，它是一个面向全球华语地区的华文原创图画书奖项。

跨地域性，是它在目前中国所有图画书奖项中的一大特色。这么多年来，中国大陆、中国香港和台湾地区的出版社、创作者是主要的参与者，至 2017 年第五届，我们还收到了来自马来西亚、新加坡等国的参赛作品。所以，它的影响是跨地域的，是真正具有国际性的一个奖项。

第二点，我认为是这个奖项对专业性和公正性的坚持。

我认为丰子恺儿童图画书奖的专业性在目前中文地区的所有图画书奖项当中是比较突出的。这个奖项的每一届评委都是来自出版界、学术界、创作界（包括作家和插画家）、图书馆界、阅读推广等领域的专业人士，还有儿童教育、儿童文化的实践者。它的评委来自中国台湾地区、中国香港地区和中国大陆。这么多年来，也有来自日本、美国、法国等国的专业人士参与评审。所以，它的多重眼光保证了它审视原创图画书时的专业水准。

　　为了让评审委员秉持公平、公正的态度评奖，丰子恺儿童图画书奖要求所有评委在一个封闭的空间里面，用最纯粹的态度，抛弃地域以及偏见进行评奖。记得第一届评奖的时候，台湾的评委对大陆的作品颇多肯定，而大陆评委对台湾的作品感到非常新鲜。在评审过程中间，使我感动的是，评委都抛弃了私念，以公平、公正的态度以书论书，一切分歧和讨论都是在专业的意义上发生、展开的。记得那次评奖过后，我写了一篇文章《一次"特别"的评奖体验》，发表在《文汇报》的"笔会"上。

　　正是评委的专业眼光和工作精神，保证了评奖结果的公正性、权威性。以首届丰子恺儿童图画书奖为例，最终评选出来的首奖作品是余丽琼撰文、朱成梁绘图的《团圆》。坦率地说，当我们面对大量参评作品时，我们并不知道大奖最终会花落谁家。经过多番的阅读、讨论，《团圆》渐渐浮出水面。美国童书学者、评论家伦纳德·S.马库斯先生提到，《纽约时报》的年度最佳童书从数千本图画书中只挑选十本。《团圆》2009年获得丰子恺优秀儿童图画书奖首奖，2011年英文版《团圆》进入了《纽约时报》年度童书的十大榜单。这是第一次有华文图画书进入榜单，而且，那一年的《纽约时报》宣传手册里面，从封面到封底和内页，都是《团圆》这本书的图画，可见，他们对这部作品的喜欢和重视。《团圆》由英国沃克公司引进，后来又相继输出了法文版、日文版、韩文版等。

对于这个奖项，公众也关注也讨论，比如像《团圆》《盘中餐》这样的首奖作品。有人认为，丰子恺儿童图画书奖的评选眼光是不是太刻板、太严肃了？事实上，如果你更多关注它的历届获奖作品，你会发现，像《最可怕的一天》《星期三下午，捉蝌蚪》《西西》等，都是充满了想象力、游戏性的，甚至也不乏运用并具有后现代手法和精神的图画书作品。

丰子恺儿童图画书奖的第三个定位，我认为是它的慈善性和公益性。

这个奖项背后没有任何商业目的或考虑，它一心想把最美好的华文原创图画书作品推荐给我们华文世界的孩子，也希望这些优秀的华文作品能够走进全世界孩子们的目光中。像《西西》这部作品，2010年10月，在我们主办的第十届亚洲儿童文学大会上，有韩国学者在红楼儿童文学图书馆看到这部作品，说能不能送他一本。当然，送！后来，韩国就引进了。所以，是评委们准确的评审眼光才得以让这个奖项评选出来的作品能够在国际的层面传播。

丰子恺儿童图画书奖，我个人有幸跟它相伴10年，这是我的幸运。

感谢这个奖项，感谢这个时代。

（本文系作者应组委会邀请，2018年11月10日在上海国际童书展专业论坛之"近窥国际童书奖项成功的奥秘"上的发言，根据

录音整理）

儿童故事的难度

一、回首"黄金十年"

2004 年 12 月，在上海的一个儿童文学论坛上，我对中国儿童文学现状做出了一个比较冷峻的评价。对此，刘绪源先生 2005 年在北京《中华读书报》撰文提到：方卫平在论坛上第一次提出，中国儿童文学处于低谷时期。

曾几何时，我的这种"低谷论"，就被滚滚而来的童书出版"黄金十年"（2005—2015）碾得灰飞烟灭。

2006—2016 年少儿图书增幅领跑图书市场

年份	少儿图书增幅（%）	整体图书市场增幅（%）	相对优势（%）
2006 年	12.96	10.33	2.63
2007 年	24.42	11.18	13.24
2008 年	7.88	4.44	3.44
2009 年	10.21	4.21	6.00

年份	少儿图书增幅（%）	整体图书市场增幅（%）	相对优势（%）
2010 年	11.08	1.83	9.25
2011 年	11.57	5.95	5.62
2012 年	4.71	−1.05	5.76
2013 年	6.65	−1.39	8.04
2014 年	10.24	3.26	6.98
2015 年	2.96	0.30	2.66
2016 年	28.84	12.30	16.54

注：本表数据来自北京开卷信息技术有限公司。

10 年间，童书出版创造了惊人的畅销奇观，各种"现象级"的畅销书、畅销作家纷纷登场，例如，曾有一套超级畅销书起印 200 万册，几个印刷厂同时全力开机。

但是，这真的是这个时代儿童文学和儿童读者的福音吗？

畅销的神话，风光的奖项，层出不穷的儿童文学排行榜，被绑架的研讨和书评，在我看来这实在是一把双刃剑，它在制造神话的同时，可能也在毁灭这个神话。

我们不禁要问：在一个嘈杂、纷乱、浑浊的年代，童年和童年书写的艺术理性、文学神性哪里去了？

我认为，童年的神性，具有三个重要特性：彼岸性、神秘性、超越性。

童年与童年的文学，本来是最与神性相通的。张炜先生认为：儿童文学对于整个文学具有基础性的意义，它也是整个文学的一个入口，更是一个开关。① 这是对于童心与诗心的肯定，对于儿童文学的

___

① 张炜. 张炜：儿童文学是文学的核心［EB/OL］. 腾讯文化网站 .2017.22. https://cul.qq.com/a/20170/22/018836.htm.

重要论断。

但是，在这个时代，处处可见的是被污染的"天真"。与"繁荣"相伴的过度的、夸张的、沸腾的文学时代，很可能同时也是一个儿童文学失魂落魄的时代。

■ 二、儿童故事：认识难度的意义

认识儿童文学难度的艺术辩证法：

一个不能认识到儿童故事的难度的作者，永远不可能写出最高级的儿童故事。

一个不能认识到儿童故事的难度的读者，难以具备真正的儿童文学鉴赏能力。

■ 三、什么是儿童故事的难度

思考儿童故事的难度，就是回到文学，回到书写童年的艺术。这表现在写作的许多方面，例如：

1. "简洁"的难度

她是一个瘦削而精明的女人。（某部获奖作品）

"尽管使坏吧！"汤姆勇敢地叫道。

"我父亲帮我解了方程式。"汤姆谦逊地说。（某部翻译作品）

我们看到，上面这些文字喜欢运用形容词。

> 他用脚踢了一下。（某部引进的图画书）

难道还能用"手"踢？
翻译作品的语言问题更多：

> 每个人都在吃东西的画面让他意识到他真是太饿了。
> 拐进温莎花园的转角之前，他还回头向那群人发射了好几次抗议的眼神。不过随着熟悉的 32 号绿色大门越来越近，他的脸上渐渐浮起了思索的表情。（一部引进的系列作品）

当然，简洁不是简单，而是单纯、富有情味、表现力的语言。

斯蒂芬·金在《写作这回事》当中有一句令人印象深刻的话："写作真正糟糕的做法之一就是粉饰词汇。"斯蒂芬·金是当代美国一位超级畅销的通俗文学作家，他的代表作之一是《肖申克的救赎》。他的作品也是大家公认的通俗文学领域具有影响力、代表性的作品。对于斯蒂芬·金的作品，在主流的文学评论界也有两种不同的看法。一种认为他仅是通俗文学的作家，其通俗文学的身份，通俗文学的写法，不入精英文学之流，上不了大台面；另一种看法，认为他的写法尽管是通俗文学的，但仍然是文学的高级路子，代表了当代文学中一种重要的写法，通俗文学也是文学的重要流脉，而且也能够出精品，出高级的作品。

通俗文学、大众文学跟儿童文学之间，其实存在着某些共性。比如因为读者对象的原因而带来的语言上的一些思虑，就有共通之处。所以当斯蒂芬·金说，"写作真正糟糕的做法之一就是粉饰词汇"，这句话不仅仅是就通俗文学来说的，对于一般的文学来说，特别是对今天的儿童文学写作来说，思考什么是粉饰词汇，思考什么才是真正的语言的简洁，怎么样才能真正地发挥儿童文学特有的简洁的力量，也具有很重要的启示性。

斯蒂芬·金特别说到了写作当中那种副词的滥用现象，他说，"这些副词就像你家门前草坪上的蒲公英似的，你不清理，一朵十朵几十朵，很快就把你的草坪弄得一团糟了"。这是一个比喻的说法。他特别说到对话：

> 界定对话最好的方式就是"某某说"，比如"他说""她说""比尔说""莫妮卡说"……也许你的故事已经讲得不错，相信用"他说"，读者就会知道他讲话的语气动作——是慢是快，是愉快还是伤心。
>
> 我相信通往地狱的路是副词铺就的，我要站在房顶上大声疾呼我的观点。①

他说，对话当中，乱加副词，其实是很可怕的。所以他认为："界定对话最好的方式就是'某某说'，比如'他说''她说''比尔说''莫妮卡说'。"斯蒂芬·金这个说法听起来有点儿极端，但是如果我们推开去看的话，斯蒂芬·金说的这个语境，其实对于文学的叙事来说，

---

① 斯蒂芬·金. 写作这回事：创作生活回忆录 [M]. 上海：上海译文出版社，2018.

是很重要的提醒。

那就是，如果文学对话当中人的情绪、人的情感、人的性格表现、塑造需要用副词来进行说明，这或许是意味着作品前后叙述、交代本身是不充分的，是有问题的。再换一个角度说，如果你的前后文交代得已经很清楚了，你的语气已经把这个人的性格，他此刻的情绪、情感非常充分、生动地表达出来了，那么在对话当中，再加上同样的副词来进行强调，也是没有必要的。所以说斯蒂芬·金的这个看似有点儿走极端的说法，其实最终不是关于用词本身的，而是关于叙事的完整性、统合性、充分性的。换句话说，在这里，语词本身是否足够简洁，可以提示和检验作品叙事本身是否足够充分、完整，前后是否统一、清楚，是否传递了想要传递的相关信息。

大量副词、形容词的滥用，有时候被标以"好词好句"，这不仅造成了儿童文学中粉饰性词语泛滥的文艺腔，也在某种程度上造成了当今中小学生体制内写作重语词、轻真情实感的作文"歪路"。

我们也可以看一看正面的例子。我从刘海栖新作《有鸽子的夏天》里面随机取出来这一段对话：

> 我问赵理践这两只鸽子是从哪里来的。
>
> "取水巷知道吗？"赵理践说，"有家养鸽子的……"
>
> "知道知道！"我说，"是不是胡卫华？"难道是胡卫华的鸽子？
>
> "没错！"赵理践说，"就是胡卫华，是他的鸽子，我老给他家送蜂窝煤。"

我差点没叫出声来。①

　　这部小说一个非常显而易见的特点，就是它语言的简洁。这种简洁几乎可以说是对刚才斯蒂芬·金所说的对话要求的某种印证。这组对话，"赵理践说""我说""赵理践说"，中间都没有随便加副词。如果要加的话，当然很容易。在我们许多作家的笔下，可能随手就给它加上去了，这甚至已经成为许多作者的一种写作习惯了。

　　比如"取水巷知道吗"，赵理践有点儿"神秘地"说，或者赵理践"微笑着"说。这两个词语表达的意味当然是不一样的，但是不管用哪一个，都不如不用那么简洁。接下来，"'知道知道！'我说"，可能很容易就加成"我连忙说"，但是"连忙"的意思，在"知道知道"里面其实已经表达出来了，在前面我想要鸽子的迫切心情的铺垫当中已经表达得很充分了。所以用"我说"足矣。接下来，"'没错！'赵理践说"，作者没有用"赵理践得意地说""赵理践高兴地说"之类。此处不加副词，而要传递的意思已经清清楚楚、明明白白，正因为不加，甚至还给我们留下了可以琢磨回味的空间。

　　从这一段看起来，没有任何对于"我说"的状态的那种修辞说明，而作品中"我"的兴奋心情，都已经非常清楚地表现出来了。这种"清楚"不是通过作者的说明文字，而是在他的前后文的叙述当中已经交代得很清楚了。所以你看他语言简洁，丝毫不意味着他的表意是不充分的，反过来，因为他的表意已经足够充分了，所以选用了最简洁的语言来呈现它。整个叙述文字对我们来说，读来就有一种特别大的愉

---

① 刘海栖.有鸽子的夏天［M］.济南：山东教育出版社，2018.

悦感，因为觉得字词都没有浪费，每个字词都承担着它应有的表意的分量。

所以我想进一步说，简洁看起来是一个语言层面的表层的问题、形式的问题，但它不但关乎形式和技术，而且还关乎表意和人物塑造，关乎情感和灵魂的表达。

还是拿《有鸽子的夏天》来做例子，大家看这一段，选自其中"杏核大王"一章结尾处的一段。

"我们家善明真不赖！弄回来这么多杏核，"鸭子他妈正在刷腌咸菜用的粗瓷坛子，她指指那堆杏核山，"去年腌好了给他爸捎去，他爸说他们队上的人都爱吃，叫今年多腌，我还发愁到哪里去弄这么多呢！他爸那伙人有口福啦！"

鸭子的爸爸是开卡车的司机，过去给铁路货场运货，现在支援大三线建设去了陕西，很难得见他回来。

啪！啪！啪！……

这段小小的叙述当中，有鸭子妈妈的一段话，还有简短的一些叙述文字，这个文字放在这里，单看的话，似乎很白，就是对于一个生活场景的简白的叙说。但是它的简白，其实底下蕴含着非常丰富的感情。因为这一章的前面部分，一直在讲这个"鸭子"徐善明跟另外一个伙伴儿赌杏核，最后他赢了很多。另外一个男孩儿呢，赌兴起了，说，你再借我点儿杏核，我再跟你赌，但是鸭子就不肯赌了，不但不肯赌，他也不愿意把杏核借给这个对手继续赌。边上的人觉得有点儿扫兴，都说他"真奸"，就是小气。甚至他的对手开始去拽他装杏核的书包，说，你那个杏核不都是从我这儿赢去的吗，包括这些围观者的杏核，也有很多被他赢去了。书包被拉断了，他在那儿大哭，最后还是赵理践来解围的。其实"鸭子"徐善明在前面的叙述中留给读者的印象，是略有那么一点点的不讨人喜爱的，小气，抠门，又没有那种敢甩出去的男子汉气，不大可爱。但是看到最后的时候，突然之间，就是这一段看似简白的叙说，我们知道了为什么他会小气，会抠门，会拿不出进一步去赌有可能输掉的那种勇气——不是为了他自己，是因为这些杏核里面的杏仁要做成杏仁咸菜，去捎给他的"支援大三线建设"的爸爸和同事们一起吃。

这样，作品和人物的意蕴和内涵就丰富起来了。你看作者在这里也没有多加一段话来进行说明，比如现在我们终于知道了鸭子为什么要去赌那么多的杏核，为什么不愿意再进一步地赌下去，为什么会显得小气，原来他要把这些杏核送给他的爸爸。作者在这里都没有直说，没有去加这样的说明，因为这样的意思，在小说叙述的前后文中，都已经含蓄而又清晰地表达出来了。鸭子妈妈的一段日常的语言，还有对鸭子爸爸的一个介绍，还有最后的三声"啪啪啪"，内涵都在背后，情感都在背后，人物的形象从这里立起来了，小说要表达的感情也从这里丰满起来了。

所以，我们要进一步强调，对儿童文学写作来说，语言的简洁绝不仅仅是一个简单的语言技术的问题，这个简洁关乎你的叙事的整体性，关乎你的情感和灵魂的表达。

2. 准确的力量

所谓准确，是指语词的形式和它的表意之间的一个准确的对应关系。我们熟悉的一些准确的表述，比如说"家庭"这个词的定义。什么是家庭？"以婚姻和血统关系为基础的社会单位，包括父母、子女和其他共同生活的亲属在内。"这当然是一种准确的表述，因为这个释义来自《现代汉语词典》。

但是这个准确，还不是我们说的文学的准确，显然它跟文学之间有距离，但是它是文学表意的一个基础。或者说，它提醒我们，在语词的形式和它表达的内容之间，应该有一个基本准确的对应关系，这种准确，不是文学的充分条件，却是我们进入文学的一个基础的必要条件。所以我们就来看一看，从这个准确的要求开始，我们怎么样进一步地探入下去。看一看，对于儿童文学的书写和表达来说准确的意义有多么重要。刚才提到的家庭这个条目，同样也有以此作为基本表述内容的一类儿童文学写作，比如说这本图画书《各种各样的家——超级家庭大书》。这是一本知识性的图画书，介绍各种各样的家庭。从某种意义上说，它是我们刚才说的"家庭"这个概念的一个解释。我们来看一看，它是怎么样解释家庭，来保证作为一个词语应有的准确性的，同时它也把这种准确性可以有的精细程度，丰富和复杂的程度，在字典定义的基础上，更进一步向前推进——这就是文学能够带给我们的一种特殊的解释力了。

人们一般认为，一个家庭都是由爸爸、妈妈和孩子构成的，但是，这本书告诉我们，有的家庭只有一个爸爸，有的家庭只有一个妈妈，有的家庭有两个爸爸，有的家庭有两个妈妈，等等。这就把单亲家庭、同性恋家庭等涵盖了进来。我们看到，在大的概念之下，书中呈现了家庭形态本身的多样性，这种多样性其实是应该成为我们理解家庭含义的一个重要方面的。它也使我们对家庭的理解变得更加准确，更加全面，重要的是，也变得更加富有人文的精神与情怀。

当然，关于家庭里面有什么，这本书里还有许多展开。例如，家庭总是跟房子有关系，书中提到，人们住在各式各样的房子里，有的小家庭住在大大的别墅里，有的大家庭住在小小的公寓里，还有一些人没地方住。看，在这里，家庭这个概念所拥有的经济的、社会的丰富性也在进一步地扩展和增加。还有关于工作——有些家庭每个人都有工作，有些家庭只有一个人去上班，有的爸爸妈妈在家里工作，还有的爸爸妈妈根本找不到工作。这里揭示了家庭与工作关系的多重性，隐含了"失业""负担"等含义。用这样的方式，这本图画书实际上是在某种程度上试图穷尽我们对于这个社会上存在的各种可能的家庭形态和家庭存在状态的了解。

　　这里的准确体现在哪里呢？

　　我认为，体现在作品所展开的关于家庭的所有叙述，跟它所想要呈现的家庭这个概念之间的对应关系的丰富性上。你看作者考虑到了跟家庭有关的、影响或者决定家庭存在状态的各种各样的因素。对于普通人来说，许多"想不到"其实是会限制我们对于家庭的理解和想象的。而这部作品用这样的方式，用一个更为准确和精细的家庭解释，丰富了我们对家庭这个概念和对象的认识和理解。

　　科学类、认知类的图画书可能特别容易让我们联想到准确的问题，但是，一切儿童文学的书写，特别是叙事类的书写，其实跟这种准确的要求都有非常密切的联系。这些年来，儿童文学的出版很热，我们看到，一方面是对经济利益的一种不可避免的追逐，另外一方面我们也看到，越来越多有志向的出版机构和作者，开始不再那么被经济的因素所捆绑，他们可能有了更多的自由空间来寻求那些没有被探索过，或者没有被充分探索，或者还有待于开掘的一些写作话题、题材，等等。比如说这些年来战争题材的写作，还有历史题材的写作、传统文化题材的写作等，都可以纳入其中来观察。

写战争，写历史，写传统文化，不管是过去还是现在的童年，我们能够在多大程度上准确描述那时候童年生活的真实情态——还不光是童年生活，是那时候整体生活的这种真实情态。这种准确性，会在很大程度上影响作品本身叙事的自然和真实程度，最后，会影响作品整体叙事的艺术性。

我举一个例子。《石榴红》是最近出版的一部谍战题材的儿童小说，故事完整，可读性较强。但是作为此类题材的尝试之作，作者在故事编织上用力过猛，导致漏洞较多，故事的可信度和说服力就难免降低了。首先，小说的重大情节设计过密，巧合过多：小欢被日本飞机炸断左臂，上海街头巧遇海爷和田小七，江枫巧遇老乡大毛二毛兄弟，兄弟俩正好知道安娜的情况，身陷76号的安娜正好从包油条的报纸上看到了小欢的寻母启事，刘菜刀的女儿也正好叫小欢，在毕忠良家又遇见了曾被狗儿"乌云"救下的日本孩子大岛一田，大岛一田在医院正好认识了江枫的男友汪五月……巧合是文学作品的常用手法，但是过度使用，一定会弄巧成拙。其次，人物形象矛盾。小欢在毕家（以为是"76号"）等地找妈妈的天真与从容应对的老练十分矛盾；小欢居然把笔记本（日记）带进毕家，差点出事又被大岛一田莫名解围；尤其是作为普通人的江枫、小欢未经任何谍报工作训练，就承担起如此复杂危险的工作，而且是冒充堂弟刘菜刀打入特工总部"76号"特别行动处处长毕忠良的家里，亲戚关系的缝隙、漏洞如何弥补？等等。

谍战题材的作品讲究悬念、情节的惊悚与波澜起伏，作为一种类型文学写作，完全可以理解。但是，如何把握它在叙事方面的"度"，如何在表现谍战故事的惊险、人物的大智大勇的同时，保持对历史和特殊岁月的尊重和敬畏之心，保持某种艰险、残酷历史再现的准确性，以免把谍战题材写作变成一种谍战"神剧"写作，可能是我们应该思考的问题。

3. 善与美的力量

就像刚才说的那样，准确，不是文学写作的重点，绝对不是，它远远不是终点，但是，准确应该是这类写作一个基本的起点，至少是在起点处应该予以慎重考虑的一个因素。

"准确"的背后，也绝不仅是语词形式与意义相对接的问题。"准确"的背后，一定会有重要的观念、情感、灵魂带出来。就像《各种各样的家——超级家庭大书》，不仅涉及家的知识，同时关乎与家有关的人文与社会的价值和情怀。

这就涉及了"美"与"善"的问题。那么，应该如何深入理解儿童文学朝向"善"与"美"的表现力？

首先，我们来说说英雄之善与日常之善的不同。

我们要认识到这两点的区别，也要意识到它们之间的关联。现在我们对于它们之间的区别可能认识得还不够充分。所谓英雄之善，简单地说就是我们对于一部作品当中——我们放在儿童文学语境里来谈——对于一部儿童文学作品当中英雄角色代表善的力量、善的立场的一个基本认识。这个认识，我想我们大家其实都有。但是，英雄所代表的善，我们可能更多看到的是英雄在面对恶势力时，可以善恶分明，毫不留情，并且所向披靡。因为它代表的是善的正义和力量，这是一种符号性的"善"。比如说奥特曼跟怪兽之间的对决，永远都是以奥特曼胜利、怪兽的死亡告结，这是把善与恶、英雄与恶魔之间的对决上升到一个符号性的表现层面的时候，我们会接受的一种文学语法。但是放到日常生活语境当中，善到底是怎么样的，我们怎么来理解善？对于这一点，儿童文学写作还需要更多的思考。我想用《长袜子皮皮》的例子来分析一下。

我们来看《长袜子皮皮》里"皮皮上学了"一节，林格伦是如何在孩子的天真逻辑与学校的教育逻辑之间的冲突中，来进行把握和调适的。

我们看看皮皮刚进学校时跟老师之间的对话。

汤米和安妮卡告诉过他们的老师，说有一个叫长袜子皮皮的小姑娘要来入学念书。老师也听镇上的人讲起过她。这位老师心肠极好，人又快活，决定尽力让皮皮在学校里过得像在自己家一样。

皮皮不等人邀请，就一屁股坐在一个空位子上。她这样随随便便，老师也没计较，只是客气地说："小皮皮，欢迎你来上学。希望你在这儿过得快活，并且学到许多知识。"

"说实在的，我只希望得到圣诞节的假期，"皮皮说，"我来就为了这个。样样都得公平！"

"你先把你的全名告诉我好吗？"老师说，"我把它登记下来。"

"我叫长袜子·皮皮洛塔·维克蒂阿莉雅·吕尔加尔迪娜·克吕斯明塔·埃夫拉因斯女儿，是前海洋霸王、现黑人国王长袜子·埃夫拉因船长的女儿。皮皮其实只是我的小名，因为我爸爸觉得皮皮洛塔这名字说起来太长了。"

"原来如此，"老师说，"那我们也叫你皮皮吧。不过现在要先稍微测验一下你的知识，"老师又说，"你挺大了，也许已经懂得不少。先从算术开始吧。好，皮皮，你能告诉我七加五是多少吗？"

皮皮看来十分惊讶和不高兴。她说："嗯——不知道，别想叫我来替你算！"

所有孩子害怕地看着皮皮。老师向她解释，说在学校里不可以这样回答问题。而且不可以"你""你""你"地称呼老师，应该说"老师您"。

"很对不起，"皮皮道歉说，"这件事我不知道。我再不这样做了。"

"好，我希望这样，"老师说，"现在我来告诉你，七加五是十二。"

"你瞧，"皮皮说，"你本来知道，那你干吗还问呢？噢，我多笨，我又把你叫作'你'了。请原谅。"她说着用力掐掐自己的耳朵。

老师决定装作无所谓的样子说："好，皮皮，你说八加四是多少？"

"我想大概是六十七吧？"皮皮说。

"完全不对，"老师说，"八加四是十二。"

"哎呀哎呀，我的好太太，太过分了，"皮皮说，"你刚才还说七加五是十二。就算在学校，也该有点儿规矩啊。这种无聊玩意儿你这么喜欢，你干吗不一个人坐在墙角里算，别打扰我们，让我们可以玩玩捉迷藏呢？噢，天呐！我又说'你'了，"她很害怕似的说，"我这是最后一次，你能原谅我吗？从现在起我要好好记住。"

老师说可以。老师想不能再问皮皮算术问题了，于是问别的孩子。①

虽然《长袜子皮皮》是一个童话体的作品，里面的皮皮是一个小孩儿，她可以单独生活，而且力大无穷，这里都有童话的色彩。但是，在我们看到的这个日常的学校对话场景里面，皮皮和老师之间，如果从传统的角色关系的角度来看，我们可以清楚地看到，在这里，皮皮代表的是童年的自由力量，不可约束，是永远没有缰绳可以圈住的童年的狂野，野性的自由。而老师代表的显然是一种想要用成人社会体制化的教育规则来约束她的力量。两者的基本角色关系，我们可以很清楚地辨认出来。但是，你看作者在这里的处理，虽然老师的形象只在这里出现过，她也只是一个相对次要的形象，但是作者的着墨仍然令人回味。

皮皮和老师之间的对话很幽默，这里面表达的精神内涵，我们也能体味到。就对话本身来说，我们感到，她们是两个很生动的人。皮皮显然不受规则的约束，但是她是用什么样的方式来表达这种不受规则约束的感觉的？皮皮不是断言这个规则是不好的，所以不能来约束我，所以我要破坏你……不是用这样的姿态，相反，她是一个很天真很善良的孩子，虽然她非常能干，但不代表她就为所欲为，不是。她

---

① 林格伦.长袜子皮皮［M］.李之义，译.北京：中国少年儿童出版社，2018.

很努力地想要遵从学校的规则，但因为她的天性实在是太不能为这些规则所约束了，所以在她努力想要跟上这个规则，但是最后总是把它打破的这么一个矛盾当中，我们看到了这个天性本身的无可约束的那种自由的状态。就在皮皮努力想要靠近学校规则，但是在不经意间又把它打破了的这么一个行为中，我们会感到，这个孩子不但是力大无穷的，不但是有奇特本领的，不但是代表童年自由天性的，而且，她仍然是天真的、可爱的、善良的，是用她最朴素的善意来对待这个世界的。当她面对校园规则的时候，她不是愤怒地去抗拒，她的第一反应是想要跟这个世界友好相处。正是在这样的想要跟世界友好相处，但是最后发现有各种各样不可避免的矛盾存在的状态当中，童年天性中永远在脱缰的那部分内容向我们显露出来了。与此同时，她用善意对待这个世界，所以特别能够让我们接受她身上的那种童年野性的合理性及其独一无二的价值。

再看老师。在很多作品里，老师很容易被塑造成一个有"刻板印象"的角色，用以代表那种最呆板的教育主义戒律和符号。但是你看林格伦笔下的老师，寥寥几笔，很真实和生动。看这位老师，她的问题虽然一再被打断，被皮皮的这些古灵精怪的回答弄得很尴尬，但是，她保持了一个老师应该有的对待孩子的基本方式，她在提醒皮皮要遵守学校的规则，告诉她这些规则是什么。你从这里也看到一个老师的耐心和理念。虽然是普通的耐心，但是这种耐心里面也有对童年的善意，也是值得我们去看见的。特别是在儿童文学作品里面，我们在观看一种生活的时候，特别要避免的就是两极化，觉得一方代表善，另一方就必然代表恶。很多时候生活不是这样，生活就是很复杂，你从人身上，你从一个最具体的个体身上看到的善恶之间的那种复杂交织，并且很难用单纯的善恶来界定的那种状态，你怎么来表现它？在这位老师身上，我们可以看到，当她发现皮皮完全不在她的掌控范围之内的时候，她没有恼羞成怒，而是选择不再问皮皮任何问题。这个老师的反应，是有一点儿尴尬的，但是这个尴尬的状态，并没有让她做出损害和侮辱童年的行为。作为老师，她代表规则，她也努力地行使规则，引导孩子尊重规则，但最后，这种代表和行使没有把她带入到教育暴力的状态中去，她还是一个值得信任和尊重、具有良善之心的普通人。

所以，在这一段叙述所呈现的学校生活交往中，我们看到，作者林格伦表现了一个孩子天性当中的自由、狂野、不受约束，表现了童年的天真跟社会既有的教育文化体制相对峙的时候，它们之间不可避免的矛盾，但这一切的呈现，都是在日常之善的情境当中得到呈现的，不管是表现皮皮还是表现老师，不管是表现童年的天性，还是表现成人世界的规则意识，我们从中都看到了属于日常生活当中那种也许很细小，很质朴，但是很珍贵的美好和良善。

对今天的儿童创作和阅读来说，发掘、表现和认识、体味这种日常生活中微妙但又是很重要的善的内容，跟仅仅去认同一个一个英雄所代表的善的立场、符号相比，也许更加重要。

其次，关于观念之善与文学之善。

所谓观念之善，就是作为观念的善。很多时候，这个观念是我们许多儿童故事写作的出发点。我们经常说，儿童文学是真善美的文学，其实一切文学都应该是这样的，但关键是，怎么来呈现它。儿童文学绝对不是用一个故事来简单解释一个善的观念。跟作为观念的善相比，文学所能够表达的善的内容，能够揭示的善的美学，无疑是用文学特有的表现力来让我们感受和理解的。作为一种观念的善，它很多时候是抽象的、概念化的，但是，文学会让我们看到更具体的、更鲜活的那种善。这个善穿过观念，还要进入到我们生命体验的深处去。

比如，我常常用来举例的洛贝尔《青蛙和蟾蜍》当中的故事《惊喜》。从我们一般儿童故事的写作惯性来看，其实这个故事前面的结构都是我们熟悉的。青蛙和蟾蜍是好朋友，所以，在一天刮风的时候，当树叶都落满了自家庭院的时候，他们就想到要给对方去扫庭院。他们就不约而同去扫了对方的庭院。按照故事想象的惯性，这个作品可能就是表达互相帮助的主题了，知道有一个朋友关心你，心里觉得很温暖。但你看这个故事的结尾，打破了我们对于这一类表现两个生命之间善意关怀的习惯模式。青蛙和蟾蜍都去给对方的庭院扫落叶，但是最后，他们的这个行为，善的行为没有在现实生活当中造成实质性的改变，带来现实的结果。这个很有意思。作为观念之善，我们其实期待这个善是有直接结果的，它是直接改变现实的。所以我们很多故事都遵从这个逻辑，自觉不自觉地按照这个逻辑去走，最后这个善肯定要实现一定的结果——或者是情感上的结果，或者是行为上的结果，或者是思想上的结果，有的故事还要给你一个思想的解释：有朋友真好，我为你，你也为我，我为人人，人人为我，诸如此类。我们看《惊喜》这个故事，最后什么都没有发生改变。但是真的什么都没有发生改变吗？当然对青蛙和蟾蜍来说，的确没有发生改变，因为他们之间的友情一如既往，不因为这个故事的发生，他们的友情有变化。故事最后，他们都怀着对方因为看到干干净净的院子而会高兴的心情和想象回到自己家里面，但是，在一阵秋风过后，青蛙和蟾蜍的院子里面，再次落满了树叶，现实当中什么都没有改变。我想说，正因为这个什么都没有改变，青蛙和蟾蜍各自心里所怀有的对彼此的爱和关切的感情，才显得尤为赤诚和可爱，而这个小故事所表达的关于友情、关于生活、关于生命的主题，才会更加深邃，更加动人。

从观念之善到文学之善，其中一个重要的认识转变可能就是，善这个对象、这个行为，最重要的价值不在于它的结果，它最重要的内涵是在我们当下生命里面所感受到的这种过程和体验。所以，透过优秀的儿童文学作品来看善这个观念，其实我们也会进一步认识到，对于善这个对象来说，这样一种价值来说，最重要的是什么。在我们写作这一类故事的时候，不知不觉怀有的一种意图，就是一切善的行为，最后总是指向一种带有一定功利性的结果，好像获得奖赏的结果。其实，善的正义性，善的珍贵性，行善的合理性，不是由它最终带来的改变生活的可见的功利性结果来证明的，善本身就是自己最好的证明。

再次，关于扶弱之善和普遍之善。

我们熟悉的传统儿童故事的一种基本文学语法是除暴扶弱。对于那些代表暴力、代表暴政的压迫者，也就是负面角色，他们是善的对立面、对立的力量，所以，理所当然地应该予以驱逐、予以清除。从《大林和小林》《神笔马良》到《闪闪的红星》都是如此。但是到了今天，我们进一步来思考这样一种观念，应该承认，除暴扶弱的善，是非常重要、非常基础的一种善，同时，在此基础之上，我们今天来写这样一类主题，来表现这样一类价值的时候，我们还可以再往前走到哪里去？

这里我想结合分析意大利作家罗大里的名篇《假话国历险记》的结尾处理，来探讨一下这个问题。

《假话国历险记》是一部主旨非常鲜明的寓言体童话，假话国对应的是前面说的对于这种暴力和暴虐的压迫的反抗。男孩小茉莉来到假话国，发现这里都不让说真话，只能够说假话，国王也一心要掩饰他自己的虚假身份。这个故事显然对应的就是我们经常说的对真理的追寻了。最后，小茉莉在假话国经历了一番冒险，用他的无与伦比的高亢歌声，摧垮了假话国的虚伪。国王贾科蒙内最后也灰溜溜地出逃了。从表面上看，写到这里，扶弱之善的意图已经完成了。我们写这一类故事的时候，可能很容易就结束在这里。但是我们看一看这个作品安排给国王的结局。他拎着他的一提包的假发，遇到一个人，盛赞他的秃脑袋，在此之前，他一直隐藏着他的秃脑袋，也不许人们提秃脑袋这回事儿。现在呢，对方不但赞美了他的秃脑袋，而且告诉他，这个城里面就有一个秃头俱乐部，昨天为止，它还是秘密的，现在它终于公开了。那个人非常快活地告诉他，你来参选吧，就你这么妙的秃脑袋，肯定能够当选秃头俱乐部的会长。贾科蒙内听到这话的时候，心里面五味杂陈，"我做这一行全错了，从头开始，又不知道是不是已经来不及了"。这个处理非常有幽默感，但在这个幽默感的背后，我们会看见，在这里，当真理在最后一刻被实现的刹那，当正义在最后一刻被扶正的这一瞬间，得到解放的不仅仅是一部分人，也不仅仅是一大部分人，而是所有人，包括贾科蒙内国王，那个暴力和暴虐的施行者。当普遍的真理到来的时候，当真理揭晓的时刻到来的时候，当善的力量获得胜利的时刻，我们发现，他也是那个善和正义的受惠者。所以，真正的善和正义，常常解放的是所有的生命，具有一种更通达、更普遍的伦理力量和价值。

在儿童故事里面，怎么样思考这样的问题，怎么样写出真正具有普遍性的善，而不是以牺牲某些在传统观念当中代表恶的力量为代价的那种有限的善，这可能是一个很有意义的话题。

（本文系作者 2019 年 6 月 12 日在鲁东大学首届"贝壳儿童文学
周"上所做的学术报告，根据讲课提纲和录音整理）

原创图画书对童年教育的价值

■ 一、童年的教育无比重要

首先我分享两个故事。

第一个故事：1988 年，在巴黎有一个诺贝尔奖获得者的大聚会，75 位诺贝尔奖获得者齐聚一堂。聚会上一个记者问道："请问在你们的科学生涯当中学到最有价值的东西，是在哪所学校或在哪个实验室获得的？""在幼儿园。"一位白发苍苍的科学家说。"你在幼儿园学到了什么？"记者接着问这位老者。"我在幼儿园学到了把自己的东西分一半给小伙伴，不是自己的东西不要拿，东西要放整齐，吃饭前要洗手，做错事要表示歉意，要仔细观察大自然。从根本上我学到的东西就是这些。"

这位科学家想要表达的是，童年作为人生的起步，它的起点在哪里，方向在哪里，它对未来的影响是巨大的。而这种看似微小——无论是一些生活中的伦理和习惯，还是孩子们观察大自然的意识和能力——它对未来的影响是难以预料的。这也是我们经常说的"三岁看到老"。

第二个故事：20世纪70年代末80年代初进入儿童文学界的人，对教育性是比较排斥的。我们的前辈，比如说陈伯吹先生、鲁兵先生等，他们都是秉承着教育的理念。陈伯吹先生、鲁兵先生的基本观念都是以儿童文学来教育儿童为主，他们也强调儿童文学的艺术性，但是在特定的时代，教育性有时候会被绝对化。出于对某种绝对化教育观的反抗，以及对被教育性扭曲的面目可憎的儿童文学的警惕，我们这一代入行之初都是警惕绝对的教育性的，甚至都是摒弃教育性的。从这个意义上说，我们当时都很不成熟。但是，慢慢地我们发现，教育性是儿童文学的文化天性之一。所以1998年我在写作《法国儿童文学导论》一书时表达了这样的观点："其实伤害儿童文学的不是教育性，而是无视儿童文学艺术性的那种暴力主义的教训性、训诫性。"所以，今天我们谈论这个话题，说实在的我有隐隐的激动，因为这是一个时尚的年代，我们在这样一个很端庄的场合里面，认真谈一谈原创图画书的教育性问题，我认为这是这个时代所必需的，对我来说也是重新思考学习的机会。我们不应该因为青年时代的偏执，由于历史造就的影响，对传统文学教育性观念的某种本能的反感，而去忽视甚至摒弃这个话题。我认为，今天探讨这个话题非常有意义。

■ 二、图像是童年通向世界的第一语言

我们知道相当多的成人，包括我，其实在传统的阅读语境和文化

环境中都是"文字至上论者"，甚至是"文字中心主义者"。在传统的阅读当中，比如说，一位妈妈在书店给孩子挑书的时候，一看都是画，就说："没几个字，不买！"我们不缺乏对于文字的信赖，对于文字含金量的信赖。而关于图像对于儿童成长和儿童审美发展、儿童认知发展、儿童教育的价值的认识，我们过去是缺乏的。对图画书的重视，是近年来出现的"神话"，是这个时代孩子们的福分。

得承认我们本来对图像的认知是缺乏的。我家里有一个4岁半的小朋友，妈妈和我是同行，所以家里童书比较多，妈妈也知道怎么陪伴孩子阅读。为了准备这场讲座，我跟她讨论孩子早期阅读图画书的话题。第五届丰子恺儿童图画书奖大奖获奖作品《盘中餐》是一本知识类图画书，我家孩子从2岁多读到现在4岁多。到目前孩子已经读近两百遍了，里面所有的文字都记住了。在读这本书的时候有个特别有意思的现象是我们之前都没有注意过的。妈妈说："我在朗读的时候，我的手会在画页上移动把文字指出来，孩子就会把我的手拨开要看图。孩子看的时候，他会把文字遮住，可能跟不认识字有关系，会注意画面所有角落的信息。"这个细节体现了成人与孩子的差异，这是一种在不经意中处理图文关系的方式和态度的差异。

在某种意义上，幼小的孩子在成长过程中，图像对他认识世界、感知世界，对他的审美发展、培养审美的敏锐的影响，是文字所不能替代的。如果说成人多数是"文字中心论者"，孩子从成长之初，一定是一个"图像至上论者"。从这个意义上来说，图画书对于孩子的影响是所有其他作品不能替代的。我说的是不能替代，而不是"唯它是取"。在审美的领域里面我们一定不要相信单一价值论，孩子的成长需要多种营养品，所以我们讲图画书中图像的重要性时，也不要排它。

■ 三、在讨论教育时不要过于功利

我认为享受图画书，享受一切美好的图画书，是童年成长、童年生命天然的需要。与童年的天然需要相比，所谓的教育价值可能是第二位的。

有一个专门面向贫困地区失学女童的慈善工程"春蕾计划"。我认为这是一个具有中国语境、中国特色的项目。我最近看到一个新闻，山东的一个父亲杀死自己的女儿，这个女孩是 16 岁的初中生。这个父亲有个观点：女孩不应该读书。这个女孩跟她弟弟回去拿东西，父亲赶回来，与其发生争执。根据弟弟的叙述，发生争吵以后父亲把女孩杀死了，还恶狠狠地问女孩："你服不服？"女孩说："服。"后来人们打开门的时候女孩已经倒在血泊里失去了生命。这个惨案中有句话给我印象很深，就是"女孩读什么书"。

"春蕾计划"有一句广告词，大意是"资助一个女童就是帮助一个未来的母亲"。关于这个广告词我在课堂上跟同学们讨论过，大部分的同学都说很感动。但是我认为这个广告词是有问题的，它的问题在哪里呢？就是它把女孩当作了一个目的论下的工具。我今天帮助你，是因为你以后要当母亲，所以，我才帮你！

但是我要说的是，对于女童来说，对于这片蓝天下、这个世界上每一个孩子来说，享受童书、图画书阅读的快乐，接受文明教育的滋养，这是她的权利，这是她成长、生命发展过程中的应有之意。我们给孩子提供成人社会的帮助和养育，不是因为未来她要接我们的家产，也不是因为未来她要成为某一个事业的接班人，就是因为她是一个活生生的生命，这个生命拥有这个世界上属于这个生命的所有的权利。

谢谢大家。

（本文系作者 2019 年 7 月 6 日在深圳宝安图书馆"原创图画书对童年教育的价值"论坛上的发言，根据录音整理）

今天儿童文学的艺术起点在哪里

　　首先我要祝贺湖南师范大学中国当代写作研究中心成立，预祝汤素兰教授带领同事们在这个有意思的平台上，在这个新的研究场域里面通过努力取得新的成就。

　　我接着吴俊老师的话，讲当代文学的特征区分度的问题。我作为儿童文学研究者站在这里，我的专业本能的焦虑是什么？也许就是我们的特征在哪里。我是 1977 年考进大学读本科，毕业以后在中学里头当过一段时间的语文老师，之后走进儿童文学的研究领域。进入这个领域之初，我就被告知：儿童文学是独特的，儿童心理是独特的，儿童文学是有教育的方向性的。在 20 世纪 80 年代中后期我开始从事儿童文学教学工作的时候就想，还有没有对儿童文学的新的解释可能？儿童文学、童年美学解释体系的起点在哪里？起初，我从稚拙、天真、荒诞、幻想、游戏性等角度来切入，来解释儿童文学的艺术与美学，但是我总觉得不带劲，似乎还有一些属于童年精神与童年美学深处的东西没有触碰到。

有一天我脑海里突然跳出一个词，是在童年文化领域体验久了以后跳出的一个词，我觉得童年和儿童文学是有"神性"的。所谓神性，顾名思义是神的一种特性，神性有什么样的特点？首先，相对于成人的俗世社会，从儿童哲学的意义来讲，童年及其美学是具有彼岸性的，这个彼岸性可能跟成人社会、俗世社会的现实及体验有一些距离，所以其次，它也可能具有一种现实规则、成人逻辑所无法解释的神秘性。最后，作为对成人逻辑和现实世界的一种背离，或者是一种解放，我认为童年及其美学，也可能具有某种超越性。

我理解的神性用儿童文学来引证好像有一些道理。我举一首童诗为例。这首诗的作者詹冰先生在 10 多年前去世了，如果现在他还健在的话应该将近 100 岁了。这首诗叫作《游戏》，写一个小姐姐上了小学一年级，非常喜欢课堂，非常喜欢学校，回到家里面跟她 5 岁的弟弟一起做课堂上课的游戏。家里还有一个不会走路的妹妹。诗是这样写的：

　　　"小弟弟，

　　　我们来游戏，

　　　姐姐当老师，你当学生。"

　　　"姐姐，那么，小妹妹呢？"

　　　"小妹妹，

　　　她什么也不会做，

　　　我看——

让她当校长算了。"

　　这是孩子式的天真的游戏、反应、互动，这种反应、互动中对现实社会、成人世界的某种有趣的理解、神秘的解释，我想只可能属于童稚时光、童年岁月。

　　我们再来说说另外一首诗。1970 年国际安徒生奖获得者是意大利著名童话家、作家贾尼·罗大里，他有一首诗，叫作《需要什么》。你看他是怎么解释世界的：

　　　　做一张桌子，

　　　　需要木头；

　　　　想要木头，

　　　　需要大树；

　　　　想要大树，

　　　　需要种子；

　　　　想要种子，

　　　　需要果实；

　　　　想要果实，

　　　　需要花朵；

　　　　做一张桌子，

　　　　需要一朵花。

　　这首诗使用了连锁的诗行形式和类似"顶真"的修辞手法，"桌子""木头""大树""种子"一个个普通的意象渐次推进，最后忽然缀起一个充满诗意的联结，令人不由得眼前一亮。生活的现实的逻辑升华为一种诗意的逻辑，这是否也是儿童文学、童年美学之神性的体现？

回到中国当代儿童文学的历史来看。当代儿童文学发展过程中经历过的最重要的问题是什么？第一要解决匮乏的问题。1955年9月16日《人民日报》发表了社论《大量创作、出版、发行少年儿童读物》，呼吁全社会来重视儿童文学的创作和写作。中国作家协会也发文要求会员每年为孩子写一篇作品。所以有一个故事，说贺敬之先生有一天在案头冥思苦想，夫人柯岩问他被什么事情难住了，他说要写童诗，写不出来。夫人说"这不容易啊，我来试试"。据说很快就写了一首《"小兵"的故事》，成为当代儿童诗的经典作品。

另外一个问题，20世纪50年代的儿童文学姿态是什么？我以为是俯视，对儿童是俯视的。那个时候的儿童文学，在总体上与我刚才所说的儿童文学的神性构成了对世界——切入世界、观察世界、思考世界、解释世界——的另外一种美学体系，是完全不同、完全不沾边的。进入新时期，除了拨乱反正这些必有的历史内容以外，新时期以后儿童文学最重要的姿态是什么？当然是对艺术的探索，是文学性的回归。匮乏的问题仍然存在，1978年，当时的人们把儿童文学现状概括为几个"2"：全国仅有2个少儿出版社，20个左右有影响的儿童文学作家，200位左右的童书编辑，每年出书约200种。但是儿童文学年轻的一代作家起来了，年轻的作家想的是什么？想的是我们要改写儿童文学艺术上的贫瘠、贫乏、单调的面貌。

20世纪80年代也正好是我进入这个领域的时候。那个时候市场化的时代还没有到来，这为一代儿童文学作家小众化的探索、自说自话的实践提供了历史的机遇和现实的空间。那个时代很宽容，许多老一辈作家、批评家也很包容。而我们知道，进入 20 世纪 90 年代，特别是进入 21 世纪、市场经济时代以来，儿童文学创作、出版，创造了在传统纸媒出版下滑时代的出版神话。我举几个例子。秦文君的《男生贾里》1992 年上海的少年儿童出版社首印时印刷了多少册？2000 册。到今天这部作品累计发行数百万册。曹文轩的《草房子》累计发行 1000 多万册。21 世纪童书出版的神话是非常令人震撼的。有一套系列畅销书，后来每一本新作的首印数是 200 万册。出版社的朋友告诉我，要同时安排几家印刷厂印，要占领市场，尽可能让盗版书少一点机会。所以，说这个年代童书出版是一个神话，也许是不过分的。

2005—2015 年，这 10 年被人们定义为中国儿童文学和童书出版的"黄金十年"。这个时候出现了什么现象？全国 570 余家出版社，据说现在有 500 多家都加入了童书出版的行列，都要分一杯童书出版的羹，所以童书成了纸媒的狂欢，出版发行的数字娱乐。其中带来的直接后果之一是，今天童书出版的门槛非常低。七八年前我在北京的一个会议上说，今天的童书出版的门槛太低了。今天我要说，童书出版有没有门槛？可能已经没有什么门槛了。在这样的背景下，我觉得"黄金十年"给我们留下了许多需要冷静思考的话题。

比如说有些儿童文学作家开始变得非常有脾气了，对创作，对儿童文学，对童书给孩子阅读这件事情缺乏了应有的敬畏之心。个别作者听不进修改意见，在写作、出版这件事情上变得草率和傲慢。

所以我认为，儿童文学出版表面的兴盛，不能掩盖这个时代儿童文学、童书创作的很多问题。我个人认为对童书、对儿童文学的写作来讲，在"兴盛"的同时，也可能已经成为一种失魂落魄的写作。比如说儿童文学在这个"浑浊"的年代，一些作家在精神上，包括人文观、童年观、艺术观方面，可能是不够清洁的，所以写给孩子的东西，貌似是好作品，如果我们仔细读的话，就会发现有问题。一些在小读者当中十分流行的作品，一些获得了各种奖项的作品，都可能存在着这样的问题。

例如，我们今天怎么写童年？今天的儿童文学重视孩子，重视孩子的自由，重视孩子主体性的建构，这是儿童文学进步的表现。但是一些作家写孩子的时候，把人性当中可能属于糟粕的东西都拿来当作这个时代孩子的主体性和童年本位因素来表现，简单地把孩子的"恶"当作一个正面的因素来描绘。我认为，儿童文学不是不能写童年的恶，但是作为对孩子有影响力的书写，怎么写童年的恶，作家应该有立场。我在《当代儿童文学中的童年精神》一文中讲，在当下童年本位的艺术旗帜之下，我们也看到了大量借童年本位的名义行"伪"童年本位之实的作品。这类作品的传播乃至畅销，不但在某种程度上误导了当前儿童文学的市场风气，也损害着当代儿童文学的审美精神，阻碍着当代儿童文学的艺术发展。更进一步，它还在不知不觉中对当代儿童读者施加着不易察觉的消极精神影响。这一"伪"童年本位性的主要表现，就是把儿童文学的童年主体意识等同于童年唯我意识，将儿童文学的儿童中心等同于儿童自我中心。

所以我认为，对于儿童文学这一以儿童为接受对象的特殊文类来说，仅仅认识到儿童拥有自己独特、独立的认识能力和实践能力，具有自身的主体性，还远远不够，它还有责任通过对这一认识和实践能力的最佳状态的思考、想象和书写，向它的儿童读者展示他们作为主体的自我发展与实现可能。这意味着，当代儿童文学所关注和致力于表现的儿童主体，一方面是对于现实生活中的儿童主体姿态的一种反映和表达，另一方面，也是对于未来生活中的儿童主体理想的一种想象和表现。因此，在儿童的游戏中，儿童文学还要写出这游戏内在的审美精神；在儿童的行动中，儿童文学还要写出这行动潜在的生命态度；在儿童的权利中，儿童文学也还要写出这权利真正的文化价值。而要做到这些，儿童文学对于儿童主体的思考和表现就必须超越狭隘的儿童自我中心和童年唯我意识。透过它，儿童所看见的不是任何孤立、自私、狭隘的主体，而是那站在开阔的生活、历史和文化大背景上的、不断走向丰富和深刻的主体。

所以在我看来，今天这个沸腾的时代，童书创作又是如此的激越和活跃，探讨儿童文学，我们应该认真思考这样一个大问题：怎样给孩子一种真正干净的、智慧的、高尚的文字，给他们提供真正美好的阅读？

匆忙的脚步，表面的兴盛，让人觉得童书出版即将迎来第二个"黄金十年"。对于这个时代的儿童文学的写作，需要重视的问题还很多，比如什么是真正的儿童文学美学？这个美学涵盖了人文的维度、童年的维度和艺术的维度。我们只有打扫好这些文学观念的平台，真正确立好今天儿童文学的艺术起点，儿童文学的下一个十年才会有更好的发展，我们才可能真正守护好童年与儿童文学的艺术神性。

谢谢大家。

（本文系作者2019年6月29日在湖南师范大学文学院、《文艺报》社、中国现代文学馆主办的湖南师范大学中国当代写作研究中心成立暨"走向辉煌——中华人民共和国文学七十年"研讨会上的发言，根据录音整理）

· 榜评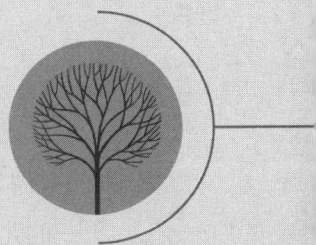

一个孩子能做的

——《中国新闻出版广电报》2018年3—4月畅销书榜评

对于一则儿童故事来说，一个重要的现代标志就在于，它始终致力于打开而非限制我们关于一个孩子能做什么的理解和想象。曹文轩的儿童小说《萤王》和王一梅的童话《浆果王》，讲述守护与追寻的永恒文学命题。《萤王》中，一个孩子用超乎寻常的力量坚持心里近乎神圣的守护，尽管不为人理解，但他的坚持和守护本身让我们看到了面对世界和生活的一个可能的姿态，一种可贵的精神。《浆果王》里，冷血人渴望着浆果王的救赎，少年桑土肩负起寻找和发现的梦想。但当近在眼前的梦想与更多渴求的目光对碰，少年的选择和行动代表了比欲念和梦想更博大的另一种精神。

在童话《南村传奇》里，汤素兰用现代的方式重述古老的民间童话题材，而这种现代性的基本表征，即体现在童话里的儿童形象和童年观念上。从天庭异界到人间风物，从神仙精怪到动物通灵，我们熟悉的中国传统童话的许多意象、母题在南村这片幻想的界域里与读者再度会面。但读完它，我们会发现，在这些面目亲切的故事里，始终盘旋着某种与我们熟知的民间童话不太一样的气息。关于舍身石的传说中，三个孩子从天庭归来，获得不老之身，最后却选择关闭天梯，以拯救南村的孩子。关于丁婆婆的故事里，一个孩子无意间犯下的错误，永远被容许有一个忏悔的机会。透过这样的讲述，汤素兰让孩子的选择与作为从这些童话里更鲜明地站立起来，也让古老的故事因此获得了新鲜的面容。

无数儿童故事都在向我们证明，永远不要低估童年思考和行动的能力。《柠檬图书馆》里，失去妈妈的卡吕普索凭借一己之力谨慎、缓慢而坚定地搭建着自己的世界。当父亲的灰色秘密终于向她敞开，她的世界几乎是在骤然坍塌的瞬间，便已获得了自我重建的能量。这个角色和她身上的光亮让我们看到了童年存在的醒目身影。一个孩子本是被呵护的对象，但当这种呵护不得不以各种方式缺席的时候，他（她）也不至于手足无措地跌倒在原地。童年有它自己的风度，也有它自己的力度。王苗的《落花深处》中的三个女孩，在童年还远不能主宰自己命运的文化时代里，努力地书写着自己存在的痕迹。子鱼的《谁把时间弄停了》里，一对普通家庭的小姐妹在最日常不过的生活经验中尝试思考和讨论着以下问题：时间是什么？"我"的存在意味着什么？怎样证明小时候的"我"曾经存在？过去与现在、未来之间是什么关系？人生是一场梦吗？这个"梦"是虚空的，还是有它自己的意义？很多时候，孩子对于周边的世界和生活的理解力、掌控力，远远超出大人们的想象。

这也是我们可以试着和孩子们一起来交流、探讨相对论（《讲给孩子的相对论》）、本草学（《本草纲目：少儿彩绘版》）等听起来似乎太过深奥的知识和话题的原因。几个世纪以来，人们心目中童年的精神边界不断接受着新的拓宽和重绘，以至于我们今天已经开始接受这种拓宽和重绘本身的没有边界。你永远不清楚在童年的身体里还藏着多么令人惊讶的秘密，也永远不该轻视一个孩子的可能性。我们要做的和能做的，是创造一切条件帮助童年去实现这种可能性。

因为童年的可能性，就是我们每个人的可能性。

（原载 2018 年 5 月 11 日《中国新闻出版广电报》）

让"金雨滴"落下

——《中国新闻出版广电报》2018年5月畅销书榜评

　　细想起来多么奇妙。儿童文学，在它对童年生活的无数天真趣味的关注和描绘里，常常会对那些看来渐被往日时光所淡忘的对象，充满了深情的迷恋。比如，老物件，老故事，还有那些在生命的长路上历经沧桑的老人们。

　　老人与孩子的相遇，几乎成为儿童文学的一个重要母题。王勇英的儿童小说《花布底片老相机》，在广西隆林少数民族生活和文化的背景上，叙说一位老人与一个孩子的聚首。人们眼里"疯老头儿"般的摄影师老相机和前来寻找爷爷的男孩底片，在充满误会和不情愿的相聚中，走向对彼此生活的理解，充满温情。黑鹤撰文、九儿绘图的图画书《鄂温克的驼鹿》，用淳朴厚重的文字与图画，共同讲述一个老猎人与一头小驼鹿的意外聚首。世俗人眼中猎人与猎物的关系，一朝转变为老人与孩子的关系，别样的故事和情感均因此而生。小犴在老人的照顾下日渐长大，老人在与小犴的相伴中日益老去。分别到来的时刻，弥漫在故事里的是难言的感伤，还有复杂的情思。一个行将离去的生命对另一个刚刚到来的生命怀着如此深挚的关切，透过它，我们清楚地看到，生命的本能远不限于自保的功利冲动。在我们投向一个幼小者的目光和眷念里，有一种超越个人功利和当下得失的关切与深情，这是使我们人之为人的一种存在。

从这个意义上说，童年从来不是一个由孩提向成年的简单过渡阶段。在童年的意象之上，堆积着古老的人的历史。这就像陈诗哥的《星星小时候》开场的感觉："很久以前，有个小小的男孩，他饿了，他在煮粥，咕噜咕噜煲了上万年。"这一个"小男孩"，从历史的起点走来，千万年光阴，何尝不是为了填饱他身心的各种"饥饿"而煮起一锅粥？这个关于"小时候"的想象，诗意浩大，回味绵长。它让我们看向童年古老的过去，同时也望向它的无边的未来。《我的克莱曼汀号》里，年轻的男孩与年轻的"克莱曼汀"号货轮栉风沐雨，一路成长。时间在相伴的成长中缓慢推移。最后，货轮沉没，船长老去，但他们共同成长的这段岁月，构成了我们永恒的、生生不息的生命世界的必要片段。一个时代过去了，年轻的生命仍在成长，青春的故事仍在延续，这是令人在广袤无垠的宇宙中，心生不畏惧的勇气和信心的源头之一。

我想，这也是为什么一位优秀的诗人会选择用一生的时间来为儿童写诗。《金波60年儿童诗选》里的作品，成为许多代人童年阅读记忆里不灭的灯盏。60年笔墨的跟随和陪伴里，我们看到的，是同一份温暖阔大的关切与深情。

儿童故事因此而永远放不下对过往的乡愁。张之路的《金雨滴》由一辆终于被时代遗落的凤凰牌自行车引出少年时代的一段往事，我们从中看到了那不能忘却的生命的过去与现在、未来的深刻联系。常怡的《故宫里的大怪兽》，在儿童幻想故事的框架里继续对久远的中国神话与传说资源进行借用和发掘。这些故事激起的阅读热情提醒着我们，那些看似早被遗忘了的古老的想象中解释和隐喻的文化基因，分明还在我们的身体里不安分地活跃着。这些故事记下了落在我们身上的"金雨滴"，用这样的方式，它们自己也成为这珍贵雨滴的一部分。

让"金雨滴"落下，该是我们教给童年的一种信仰，也是我们向童年做出的一个承诺。

（原载 2018 年 6 月 15 日《中国新闻出版广电报》）

听时光的故事

——《中国新闻出版广电报》2018年7月畅销书榜评

一切关于童年的叙说和讲述，本质上，都是关于时光的叙述。

这或许是因为，童年原本就是一个从时间里走出来的概念。它是我们每个人都曾经历、又必然要去反复回忆、抚摩的过去。对于现实中的孩子们来说，他们当下的生活，又不可避免地包含和通往一个无限宽广的未来。这么一来，面朝童年的书写至少包含了以下三种关切：过去如何存在，现在如何展开，以及过去和现在的方向里，我们还可能拥有什么样的未来。

旧时童年的生活，一直以来都是儿童文学写作最关注的题材之一。李秋沅的《水花园》和郝周的《黑仔星》，说的是"我"的过去，也是"我们"的过去。那是艰难的战争时代，一个孩子的生活与我们想象中童年应有的模样，出入如此之大。时局的逼迫下，他们不得不以幼小的身躯，承托与成人一般的生活要求与负担。但与此同时，我们也看到，孩子永远都是孩子。再艰难的局势下，再悲痛的血泪中，小大人的身影背后，一个孩子仍然有他天真和欢乐的权利，仍然有他作为一个孩子的权利。只是，他们还让读者看到，天真和欢乐并不只有一种样貌。深谙世事艰难、人情冷暖之后的天真，和倍知生存苦难、生活痛楚之后的欢乐，极大地丰富着我们对于"童年"这个名词及其文化意义的理解。

从过去到现在，一个孩子对于时间的经验内容可能完全不同，感觉却可能惊人地相近。薛卫民的儿童小说《单枪王》、谢倩霓的《彼此的时光》、赵菱的《大水》和冯与蓝的《挂龙灯的男孩》，在当代生活的背景上书写童年的成长经历。从华彩的都市到活泼的乡村，从喧哗的游戏到恬淡的诗意，透过生活棱镜的不同面向，我们看到了一个孩子的丰富侧影。在丰饶的乡野间尽情发挥剩余精力的皮豆儿们，在洪水肆虐的河岸边勉力求生的兰儿们，在青春的阵痛中努力探寻身世之谜的女孩王若曦，在不能左右的生活之流里执着地想要把握住那一点真切光芒的男孩陆弘真。这些孩子，他们经历的欢乐与伤痛、迷茫与成长，千百年来，或许并无二致。还有赵丽宏的《黑木头》里，童童一家与一只小狗的曲折结交；郑开慧的《小鬼精灵系列·调皮狗》里，邱秋一家与动物园的虎崽之间的奇妙缘分。生命之间的彼此守望，既是童年写作的恒久母题，也是我们生活的永恒旋律。

对童年而言，一切对过去和现在的观看与思考之间，永远联结着一根未来的丝弦。很自然地，我们也在努力用一种未来的眼光，来理解、呈现过去和当下发生的一切。《好多好多的交通工具》用那样的宏大、精致、细密，来做一本面向幼儿的认知图画书。对于全世界的许多孩子来说，这本书所呈现的交通工具的相关知识，既包含了对现实的总结，也提供了关于未来的思考。王原等编著的《听化石的故事》，用生动的图文为孩子讲述藏在古老化石里的生命的历史痕迹，这些往往沉默在博物馆深处的古老的历史讯息，其实也是关联我们未来的深刻印记。孙家裕编著的《福建寻宝记》，采用鲜活的动漫故事形式，使得那些看似与我们日常生活并无关联的人文地理知识，在孩子眼中变得生动、可爱、亲切起来，也让与这些知识相联的遥远时光，变得与我们相近、相连、相亲起来。

听时光的故事，对童年来说，也是建造自己的故事。

（原载 2018 年 8 月 24 日《中国新闻出版广电报》）

洞见生活的灿烂光华

——《中国新闻出版广电报》2018年10月畅销书榜评

　　我一直相信，童年时代，就其本性而言，有一种特殊的精神力。这种精神力使一个孩子的生活似乎能够以某种方式穿越现实的种种约束、困厄，始终洞见生活的灿烂光华。甚至可以说，在童年时，这样的"看见"更像是"创造"。随着年龄的增长，这种特殊的精神力大多会自然消退。我们若有幸在成年生命的旅程中仍然保留着它——那是人生中莫大的福分。

　　儿童文学要发现、书写、塑造这种精神力，而不是有意或无意地限制了它，约束了它。这是我为什么看重郑春华在儿童小说《米斗的大计划》中对于一种困顿童年的精神状态的呈现和表达。爸爸去世了，这对一个一年级的孩子来说，是多么大的生活打击。面对这样的打击，叙述者的态度却不是悲苦的，怜悯的。悲苦和怜悯都是从上往下看孩子的。相反，小说中，我们看到这个孩子自己怎样运用他的精神力，重新为自己确立与爸爸的联系。"我呀我呀／我是一颗小露珠／

我趴在小小的树叶上 / 遥望那又红又大的日出",卷首的这首儿童诗的单纯和欢乐,与小说中孩子自我救赎的巨大努力互为映衬,带我们从单纯和欢乐中读出情感的重量,又从悲伤和沉重里读出飞翔的力量。在《面包男孩2:你爱苦瓜我爱糖》里,小面包的冒险和成长,虽是发生在童话的语境中,但也分享着同一份飞扬的生命精神。

或许是受到这种精神力的影响,在这些年的历史题材儿童小说中,我们越来越多地看到了厚重的历史帷幕拉开之后,由于童年目光的注视带给历史生活那种独特的质地和光华。哪怕生活充满了艰辛和磨难,但是多么幸运,我们还有孩子。儿童小说《野蜂飞舞》里,黄橙子们的生命尽管笼罩在战争的阴影下,照样不管不顾地疯长。他们的咋咋呼呼,他们的嬉游戏闹,让历史变得热闹起来,鲜活起来,飞扬起来。这热闹、鲜活和飞扬的姿态,是对生命最有力的赞美,也是对战争最有力的反斥和控诉。同样涉及战争及重大历史事件背景的《正阳门下》,我们从中看到了政治、战争的宏大帷幕之下,童年一如既往蹦蹦跳跳、晃晃荡荡的身影。一方面,历史的车轮滚滚碾过一切,个人身处其中,感到那样渺小;但另一方面,在一个孩子快快活活地驯鸽子、遛鸟、骑骆驼的身影里,我们分明又看到了那个从未被历史碾碎的人的形象。这样的阅读让我们再度意识到,一切历史首先是人的生活史,它也首先应该是每一个孩子甚至是每一个人活泼泼的存在史。读儿童小说《耗子大爷起晚了》,这种童年对于日常生活的独特的感受力、体验力、记忆力,在充满了真切生活滋味的语言中,缓缓悠悠,却又漫卷风云般地向我们涌来。

在这样的阅读中,我们清楚地感受到,生活本身就是一件多么灿烂的事情。这种灿烂是生命的本能和权利,也是生命的向往和追寻。

透过孩子的视角、孩子的身体，这种生命的充盈感得到了无比有力的传达。也因为这样，让孩子的眼睛看得到这样的灿烂，让他们的心灵感受到这样的灿烂，也是我们应当给予童年的一种权利。所以，我也热爱像《手绘云图》这样的童书传递出的面向童年的某种悠远之思。它通过带孩子领略我们头顶的天空之美，我们脚下的大地之美，让我们得以去张望一个世界的灿烂。它的广袤的展开和讲述，虽与生活的柴米油盐不发生直接关联，却是我们走向生活之光华灿烂的必经之路。

（原载 2018 年 11 月 23 日《中国新闻出版广电报》）

像生活一样亲切

——《中国新闻出版广电报》2019 年 1—2 月畅销书榜评

一切真实的生活都有一种魔力。它使我们能够无所阻隔地越过时空的巨大跨度，去领略每一时代人们日常生活的独特滋味，哪怕我们对于那时候的许多生活内容，其实并不完全知晓或熟悉。

比如刘海栖的长篇儿童小说《有鸽子的夏天》，描述的是半个多世纪前孩子们的日常生活。在这个以速度和变化著称的信息时代，超过半个世纪的历史，反映了巨大的生活变迁。但我们看到，历史的一切变迁和差异，都不曾阻碍读者如此自然地蹚进那段生活的水流，感同身受地体味那时孩子们的烦恼和欢乐、游戏与成长。读到酣畅处，你会产生一种错觉，仿佛生活从来如此，仿佛时间从不曾真正流逝。

这也是彭学军的《等大雁飞过》里的那些童年回忆散文带给我们的感觉。今天的孩子们为了空中飞过的一群大雁而兴奋莫名的场景，与几十年前的孩子们为了空中飞过的一架飞机而激动雀跃的场景，看上去如此不同，却又如此相似。光阴流转，岁月更迭，一代代孩子对生活的好奇和热情、向往和渴念，从不曾改变。

所以，读儿童小说《我的湾是大海》，读一个少年对一艘三桅大帆船的渴望，那些并不生活在海边的孩子，还有那些从不曾见过大海的孩子，同样会感到亲切。许多读者或许从未经历过钓海蜂子、挖蛤蜊、抓跳跳鱼的海边生活。那又有什么关系呢？一片大海，哪怕只存在于文字提供的想象里，仍然构成了一个完整、鲜活、生动的世界。生活在海边的人们，与生活在内陆、草原、沙漠、热带雨林的人们一样，都拥有一个这样的世界，都在努力构建这样一个世界。

大概也是意识到了日常生活的这份感染力，这些年来，包括科普读物在内的儿童知识类读物的创作和出版，越来越摆脱过去相对缺乏温度的介绍说教姿势，而走向了一种浓郁的生活氛围和亲切的生活气息中。《哇！故宫的二十四节气》连书名都透着日常生活和语言的跃动感。中国传统的二十四节气，借着故宫里一处处具体空间的依托，有了可感可触的独特滋味。而故宫里那些往常听来大多只是景点的地名，则借着春夏秋冬二十四节气的流转，有了鲜美可爱的独特气韵。这两者又共同结合在充满人情味的生活的举动和内容中。柳德宝的《我们周围的昆虫》，从"蚕宝宝为什么爱吃桑叶、会吐丝，米蛀虫为什么可以不喝水，苍蝇为什么难打，跳蚤为什么难捉"这些亲切到我们习以为常的生活现实出发，带读者逐渐走向厚重的知识史，后者也因此成为我们亲切的生活史的一部分。苗德岁撰文、庞坤绘图的《自然史（少儿彩绘版）》所做出的努力，同样是为了把那些原本从生活中而来、后渐从生活里抽离出来的自然科学知识，不仅带进孩子的书桌，而且重新带进他们生活的地界。

这一切让我想起朱大可的《中国神话故事集》的开篇："我们知

道孩子是从妈妈肚子里出生的，那蓝天和大地是怎样出生的呢？"宏大庄严、开天辟地的创世之问，同时落在切近寻常、生动体贴的生活类比中，虽是古老的神话，却令人油然而生亲切的家园感。

让知识和故事像生活一样亲切，让阅读像回家一样妥帖，或许也是童书的一种境界，一种追求。

（原载 2019 年 3 月 1 日《中国新闻出版广电报》）

所有以梦为马的年代

——《中国新闻出版广电报》2019年4月畅销书榜评

　　"青春是天际的焰火，是光的稻穗。"在儿童小说新作《焰火》的题记里，李东华借主角艾米之口，道出了对青春的某种领悟。沉入艾米的青春记忆里，不知为何，我想起的是海子诗歌里被高高举起的另一道火焰："和所有以梦为马的诗人一样，我借此火得度一生的茫茫黑夜。"对艾米来说，这一段搅动灵魂的青春岁月，何尝不是漫漫人生长夜里那道永远的光焰？

　　《焰火》是向内式的书写。小说入笔处，哈娜在艾米的记忆里出场，带着某种纳博科夫式的华丽、迷人，以及谶言般如影随形的不安。哈娜既是梦想，又是镜像。这个完美得几乎不真实的女孩，用梦一般的方式经过艾米的生命，留下永难弥补的创痛与遗憾，也留下灵魂里重新锻铸的印记。以梦为马的少年时代，我们的精神或许都曾经过某个危险的地带，青春可能坠落，但也可能从这里扬蹄而起，从此开始新的征程。小说有意让成年艾米的声音断续闯入叙事，与青春的视角构成碰撞、互释，我们由此更清楚地看见了这段逝去时光的内涵。"有些什么，也许像昨夜星辰，已离我远去；也许像窗外吹过的风，永远不会离去。"这如诗般的美与感伤，正像是写给青春的题记。

同样与梦有关，秦文君的儿童小说《云三彩》里的少年之梦，更多了些外向的气息。像无数当代中国的山村孩子一样，三彩从乡村来到城市，她既被新的环境和生活所塑造，也以自己的力量反塑着环境和生活。在留守童年题材的当代儿童小说中，《云三彩》透出的那份童年天性的乐观、自信、生机勃勃，格外令人惊喜和难忘。从"李三彩"到"云三彩"，不论身处何地，一个孩子的生活和梦想，是可以一样地舒展和绽放的；一个孩子看待生活和梦想的方式，也可以是一样光亮和灿烂的。

谢华撰文、黄丽绘图的图画书《外婆家的马》，跟孩提时代无处不在的白日梦有关。一个小孩，敲开外婆家的门，身后还跟着一大群马。于是，除了让孩子走进来，这想象出来的马群，也得有个妥当的安置。它们跟这个孩子一样，要吃饭、喝水、休息、游戏，有时还要过生日，这可够故事里的外婆忙活的。想象和现实在图文间巧妙交织，我们读到童年的天马行空，同时也读到成人的温柔包容，读到孩子的古灵精怪，同时也读到外婆的幽默智慧。日常生活中，面对童年的白日梦游，成人该如何做出恰当的应答？《外婆家的马》呈现的生活场景，引人回味和思索。但我想说的是，这本图画书显然不只关乎儿童和成人之间的一场精神角逐，因为当外婆忙忙碌碌地承受完各种各样的"考验"，屋子里终于安静下来时，我们忽然与她一道发现："没有了马的屋子怎么变得这么空荡荡啊？"这一刻，我们知道了，这个马儿们何去何从的白日梦，最终不是关于怎么看待和解决童年的问题，而是关于爱，关于陪伴，关于生命之间的温暖守护。正是因为有了这些做梦的孩子，我们的生活才变得如此热闹、生动、滋味十足。

所有以梦为马的年代，都值得我们真诚以待。

（原载 2019 年 5 月 10 日《中国新闻出版广电报》）

做你自己的英雄

——《中国新闻出版广电报》2019 年 6 月畅销书榜评

　　所有的故事都是关于英雄的。只是从古至今，我们对英雄的界定和理解不尽相同。

　　传说中那些如诸神般撼天动地、济世救人的英雄，今天仍能把我们带入难言的激越和澎湃。比如国际安徒生奖获得者、澳大利亚作家帕特里夏·赖特森在其童话《威伦历险记》中塑造的主角威伦。这位精灵之王、御冰勇士，一次次带领不同族类的人们克服险情，渡过危机。尽管诸神时代早已成为太遥远的过往，这样的英雄，却将永远活在文学的世界里。

　　与此同时，那些行走在凡俗世界的人们，于日常生活的衣食温饱中，还想努力跳出"一己"之樊篱，破开"为我"的欲念，挂念和追寻着心中的一点远光，同样令人心生敬意。如小河丁丁在《葱王》里写的卖葱老汉，在贫寒卑微的生活里执着践行着"葱有三德"的处世信仰。或如《像雪莲一样绽放》里的外公和援藏的老师们，心里怀着一份遥远的关切和暖意。这样的"英雄"，不是用来作为精神上的仰视和供奉，却是带你反观自己的光芒——在超越本我的意义上，每个人都有可能成为他（她）自己的英雄。

少年时代，最是向往英雄的时代。刘海栖的儿童小说《小兵雄赳赳》，打开的就是一类与"英雄"有关的少年叙事。那是一个时代里少年们的"英雄梦"。可贵的是，作家所写的虽是那个年代的少年"英雄"情结，他看向这段生活的思想和精神的立点，却在当代童年和文学理解的高处。用儿童文学的体式写军旅生活，极是难做文章。儿童文学要致力于维护孩子们的"童年"，而军旅生活则必然要催促少年们尽快"成人"，前者需重视、尊重每个孩子的独特性，后者则必然要求少年服从和融入集体纪律，两者之间似乎存在天然的精神阻隔。《小兵雄赳赳》从作家本人的真切经验出发，不但让我们看到了儿童文学艺术冲破这一阻隔的可能，而且它以其极为生动、鲜活的童年口语体叙述方式，写出了少年军旅生活的别样风采和滋味。它既是军旅的，但毫无疑问，也是童年的。少年的稚气、青涩、无止歇的闹腾和创造的能量，一经与军旅生活的边角相碰撞、交融，我们忽然从一个新的视角，重新认识了"少年"和"军旅"的文学可能。小说最后一章名为"五里路不算路"，粗粝简朴而意味深长。"五里路不算路"，这一句对军旅生活和精神的朴素表达，又何尝不是对一种少年生活和精神的生动隐喻？《小兵雄赳赳》代表了原创儿童文学在这一特殊题材的艺术表现之路上向前迈进的一大步。

读张晓玲的儿童小说《隐形巨人》，我们或许不容易联想到"英雄"这样的字眼。然而，一个孩子，在没有人看见和注意的巨大罪恶感之下，沉默地移步、前行，这样的形象和意象，又多少透出些不同寻常的气息。她需要多么大的精神力，才能一个人承受住这巨大而内在的压迫，一个人学着理解它，克服它，最后，带着经受磨砺后新的身体和灵魂，继续默默向前。

仔细想来，我们每个人或多或少，都曾与这样的"隐形巨人"打过交道。也许终其一生，从没有别的人知道、问起这个巨人的存在，但这一场面朝自我的角逐、对话和救赎，永远地重塑了我们自己的生活。这就像我们每个人身上或多或少，都住着一个隐形的英雄。它是薛涛在《砂粒与星尘》里写到的那两个看似不切实际地逐梦而去的少年，以及那个同样为了自己的信仰而坚守着的父亲。不管日常生活如何卑微凡俗，努力去结识你心里的英雄，看见他，认领他。你的生活或许不一定会因此发生多么巨大的改变，但你的人生一定会就此走向不一样的风景。

（原载 2019 年 7 月 12 日《中国新闻出版广电报》）

心中的博物馆

——《中国新闻出版广电报》2019 年 8 月畅销书榜评

一个人，终其一生，能够占有的时间和空间都是有限的。我们越是意识到这一点，越是为人类致力于拓展这种时间和空间可能的想象力而感到惊奇。每当我走进一座博物馆，这种惊奇往往会强烈地笼罩而来。在那里，巨大的空间和漫长的时间凝聚成物理上有限的域界，每一寸时空因此而变得浓缩无比。你的脚走过短短几步，却犹如走过了地球上的几个世纪。

书籍是另一种意义上的博物馆。经由它，我们与那些暂时或永远不可能亲身抵达的时间和空间，建立起了奇妙的联系。《世界博物馆奇妙之旅》，尝试用给儿童讲故事的方式讲述厚重的文物历史志。在这样的讲述里，我们所感受到的与历史时空之间的联系，是不是也会变得不太一样？

一本书，可以是承载全部人类历史的"博物馆"，也可以是每个人自己的"博物馆"。在这座"博物馆"里，你不但学着观看世界，也学着观看自己。你会知道，这世上不但有很多个"他"和"它"，也有很多个"我"。也许，只有通过书籍这样的"博物馆"，我们才能充分认识、领略生活和生命的无限可能。"博物"之意，正在于此。比如图画书《鲍勃是个艺术家》，处理的是许多儿童故事中一再出现的自我认同的话题。图画书里，细腿伶仃、被人嘲笑的鲍勃，用他艺术家的天分和才华，证明了自己的尊严。生活常常会有各式各样的挫折和嘲讽，不要怕，勇敢地走向前去，你会迎来属于自己的斑斓色彩。

但是反过来，并非只有斑斓的色彩才是生活的真谛。汤米·温格尔用他偏爱的黑色调，为读者讲了一只"爱色彩的蝙蝠"的故事。生活在黑暗里的黑色蝙蝠鲁鲁，对白天的明亮光线和色彩产生强烈的向往。它用五彩的颜色涂抹身体，飞进了明亮的阳光里，换来的却是不明真相的子弹。受伤的鲁鲁被塔塔博士救下，康复之后，它开始想念一只蝙蝠的生活。我以为，只有把《爱色彩的蝙蝠》和《鲍勃是个艺术家》这样的作品放在一起读，才能充分读出其中的意义。它当然不是否定不切实际的梦想，而是告诉你，不论梦想还是生活，都有着开阔的可能。怎样更清楚地认识自己的梦想，更适切地安排自己的生活，也是重要的人生课题。

有些记忆，明明写在别人的书上，却像是你自己的经验一样。像桂文亚在《班长下台》的后记里写到的，一段少年时代的生活影像，会在时空相隔的许多小读者心里激起振荡和回音。但我们从中读到的其实远不只是记忆，还有一个孩子在无人理解的某种孤独里，勉力抵抗着现实生活的巨大压迫，仍然没有丢掉对书籍、对人生的热爱和信仰。在这样的个人生活史里，有一种单纯、坚韧和宽厚的力量，深深地打动着我们。《那时月光》里记录的少年时光，虽是多年前的孩提生活，却仍给我们感同身受的愉悦和共鸣。

　　许多年后，回头检视你自己人生的"博物馆"，会不会有一些时间——是值得永远珍藏和驻足的？读《募捐时间》，重新体认时间的另一种温度和意义，在"募捐时间"的生活语法被打开的刹那，我们感受到了那份存在的宽敞和明亮，坚实和温暖。宇宙浩渺，时间和空间无穷无尽，但在这样的时刻，浩渺中有了归属，无尽里有了意义。

　　　　　　　　　　（原载 2019 年 9 月 20 日《中国新闻出版广电报》）

在童年里寻找遗失的灵魂

——《中国新闻出版广电报》2019 年 11 月畅销书榜评

童年的时钟走得特别慢。那时候，从晨起到黄昏，好像有数不清的事情可做，虽然都是些小事情。童年时，就连一朵花都开得格外慢，谢得格外慢，以至于长大后回想起小时候的许多事，我们常会有一种慢镜头式的幻觉。

我们知道，这当然只是一种属于心理的时间与感受。但当我读到陆梅的童年回忆散文《再见，婆婆纳》，这种熟悉而迷幻的感觉，再度升腾起来。一个孩子的时间感，显然跟大人是有些不一样的。那些在成年后的时刻表上最应该略过不提的细枝末节，在孩子的世界里恰恰被放大成了最重要的生活。爷爷的床底下明明无甚容纳的窄小空间，无甚稀奇的日常物什，在"我"的充满好奇的窥看和探寻里，竟然带上了某种丰盛的神秘。木槿树上停留的一只天牛，就那样虎虎地趴着，一个孩子把它抓了，又放了——多么缺乏主题思想的片刻，却又是多么地充满了引人迷醉的滋味。一朵晚饭花，从晚上只开到清早，那一点薄薄的花蜜和花汁，落到孩子的眼里嘴里，成了一个殷红甜蜜的小世界。还有山野乡间的奔来跑去和嘻嘻哈哈，角落里头的追来打去和窃窃私语。时钟的嘀嗒忽然变得那样缓慢……

我常常想，童年的时间，首先一定不是用来生产其他价值的时间，而是用来被记住的时间。有了记忆，就有回忆，有了回忆，你的灵魂好像才生动地活在你的身体里，或者说，至少有了它曾经居住在那里的证明。

读2018年诺贝尔文学奖得主奥尔加·托卡尔丘克撰文和乔安娜·孔塞霍插画的图画书《遗失的灵魂》，在想象中看见那些"行色匆匆的、汗流浃背的、疲惫不堪的人流，以及他们姗姗来迟、不翼而飞的灵魂"，同时也在这个遗失了灵魂的人群中，暗暗寻找自己的身影。故事里，主人公的手表和行李箱，原是匆促行程中必要的计时和储物的器具，但都只是器具。最终，遗失灵魂的主人公在等待中拥抱了赶上前来的灵魂。手表和行李箱被埋进泥土，像身体等待灵魂一样，等待自己真正的归属。于是，从手表和行李箱里，开出了缤纷的花朵，结出了硕大的南瓜。每个成年人都能从中读出寓言的况味。你的生活究竟是在手表和行李箱的匆促奔忙里，还是温柔地开着花朵，结着南瓜？

我在想，用一本图画书来传递这样一种深入现代人灵魂的寓意，意味着什么？它当然意味着，图画书本身是一种有着巨大承载力的创作形式，它是给孩子看的，也是给成人读的。但我想，它或许还意味着，在与童年有关的文学写作和阅读里，藏着某个与回家有关的秘密。像《毛毛，回家喽！》里，看着小女孩在父亲的陪伴下，缓缓走过一个个陌生的地点，慢慢把它们变成回家的亲切路途，我们的心里也感到了温暖的安宁。像《万物的钥匙》里，以童年的天真和想象，倾听、打量和解读万物的秘密与神奇，令我们以一种新的方式重返自然。像《幼狮》里，读到少年们跟小狮一样，在生活的拐弯处努力寻找家的方向，我们也会在叹息中感到振作。也像《月亮小时候是个女孩》里，孩子纯真的想象，把我们带到了生命和生活充满好奇和新鲜的初始。那时候，世界在我们眼里还没有成为工场或竞技场，而是生动的空间，可爱的家园。

　　每个人在孩提时代，都拥有一个可爱的灵魂。许多年后，重拾童年的记忆和感觉，我们会忍不住想念那个被生活的匆忙遗失在后的灵魂，然后等待它，寻找它，最终拥抱它。

（原载 2019 年 12 月 20 日《中国新闻出版广电报》）

· 答问

对话方卫平：如何评价新世纪中国儿童文学？

——2018年9月10日答《中华读书报》记者陈香问

少儿出版"黄金十年"旺盛的市场需求，催生了儿童文学纷繁复杂的创作和出版现象。21世纪以来，对儿童文学评价标准的重塑，尺度的重建，对类型、通俗、幻想、图画书、启蒙益智读物等新儿童文学写作形态如何评价，其中的哪些文本可纳入经典写作范畴，等等讨论，各方话语始终烽烟四起、鏖战频频。

应该说，目前的中国儿童文学与一个新的中国儿童文学场迎头相遇——这里不仅意指作家的创作环节，也意指出版人的出版、发行人的发行和消费者的消费所构成的复杂文化场域；批评者和理论者需要披荆斩棘，在混沌多面的创作出版现实中，为儿童文学生态重塑价值体系；同时，中国的儿童文学理论建设和文学批评，需要贴近和关切文学现实，需要与童书多元的出版面貌相结合，更需要建立在开阔的社会文化的视野基点上。所以，对21世纪中国儿童文学的理论建设和批评建设注定是一个复杂的挑战，然而，这既是挑战，也是理论者的机遇。

那么，究竟应该如何评价21世纪中国儿童文学？我们欣喜地看到，学者方卫平、赵霞新近出版的《儿童文学的中国想象——新世纪儿童文学艺术发展论》一书，以一种宏阔的姿态，书写了21世纪中国儿童文学这一场波澜壮阔的演进历程，更对21世纪中国儿童文学发展的文学文化语境、艺术美学突破、尺度与理论建设等众所关注和热议的话题，给予了深度的创新性的表达。

显然，进入21世纪的中国儿童文学，正在展现它完全不同以往的气息和面貌，而这种气息和面貌，将深刻影响中国儿童文学的未来。

中华读书报：进入21世纪以来的中国儿童文学，呈现出了一种多元共生、蓬勃却庞杂的发展现状及走向，试图为这一阶段的儿童文学做出全面的评价包括理论上的深度总结，成为对儿童文学评论家和理论工作者的一大挑战。那么，在您看来，如何全面客观地评价21世纪以来原创儿童文学的总体艺术面貌？

方卫平：21世纪以来中国儿童文学的发展，首先是20世纪80年代初至90年代那场意义深远的儿童文学艺术探索和创新潮流的延续。但这一延续的广度、深度和新变的程度，或许不断越出了人们的预期和想象。从总体上看，21世纪儿童文学代表了当代儿童文学史演进至今最为开放、多元、深入的艺术探索和发展阶段。例如，除了传统文学类书籍的增长与进步，近年来我在为《中国新闻出版广电报》撰写畅销书榜评时也发现，知识类读物正呈现量与质的双重井喷——是的，我用的是"井喷"这个词；除了贴近儿童大众的写作受到普遍重视，先锋性的艺术探索也仍然保持着一定的势头。从数量到质量，从文体到类型，从题材面的拓展到读者面的覆盖，均有一些新的、富有意义的开拓和发展。

当然，一切发展都可能是两面的。对21世纪以来的儿童文学而言，一方面是儿童文学写作与出版事业的不断拓展，以及随之而来的当代儿童文学美学引人注目的建构进程；另一方面则是在日渐庞大的出版规模之下，商业因素对童书产业的全面渗透，以及由此导致的童年写作和出版的商业化、模式化，甚至是粗鄙化的现象。这一切提醒我们，在21世纪儿童文学蓬勃发展的态势下，关于儿童文学文类与艺术发展的传统命题，正在新的文化语境下分化出一些新的艺术问题。

中华读书报：这样的一种艺术面貌，是在怎样的新文化语境下产生的？与以往的儿童文学价值坐标相比，它展现出了怎样的不同以往的气息，带来了怎样的全新艺术话题和理论话题？

方卫平：我认为21世纪儿童文学的发展与它所处的新文化语境密不可分。变迁中的当代童年文化、商业消费文化和新媒介文化，有力地推动、影响了21世纪儿童文学的艺术发展。

儿童观与童年文化的变革，直接影响、塑造了21世纪儿童文学的童年观念和面貌。近20年来，在一切儿童文化领域，儿童的主体性及其文化都得到了进一步肯定和张扬，与此相应，原创儿童文学对于儿童自己的生活、世界、精神等也给予了更丰富的关注和更深入的思考。在新变与传统的双重作用下，儿童文学界逐渐形成了一种既坚持传统的儿童保护原则、又愿意充分尊重童年自由的童年观念，并试图在这两者之间建立恰到好处的平衡。在我看来，这一观念和趋向的形成，典型地体现了21世纪中国儿童文学发展的新趋向。

相较于童年文化，商业消费文化和新文化看似更多地属于外部因素，却由外而内深刻地参与了 21 世纪儿童文学艺术面貌的塑造。21世纪儿童文学发展至为重要的一个现象，是随着国内儿童图书消费量的急剧攀升，儿童文学类童书在整个中国图书出版版图中的地位不断提升。尽管早在 20 世纪 90 年代，人们就开始意识到了市场经济下儿童文学出版所暗藏的巨大消费潜力，但进入 21 世纪以来的 10 余年间，针对这一消费潜力的出版发掘与利润争夺，几乎成为席卷中国出版界的一个醒目现象。不但一批老牌的少儿出版社加大了对各类儿童文学出版项目的策划、宣传与施行，另有一批原本并不专门涉足少儿图书的出版机构，也纷纷设立专门的少儿出版分支，加入这一文化担责和利润分羹的队列中。经济上的巨大驱动力不但极大地推动了原创儿童文学的创作和出版，也内在地重塑着当代儿童文学的美学风貌。

来自童年文化与商业消费文化的语境，与当代儿童身处的新媒介文化语境相互激荡，其影响不断渗入儿童文学的艺术肌体内部，进而给 21 世纪儿童文学的艺术发展带来许多新的问题和思考。我以为这些问题和思考主要包括：如何认识新媒介时代儿童观念与童年文化的新内涵、新面貌？儿童文学应当如何把握这一童年观的新方向，更进一步，如何导引这一童年观的新趋向？如何理解商业经济、消费经济与儿童文学艺术逻辑发展之间的复杂关联？如何使儿童文学在商业和消费逻辑不可避免的裹挟下，仍然能够实现其更高的艺术作为？在中外儿童文学的深入交流和碰撞中，如何理解、追寻原创儿童文学的世界性与本土性？

中华读书报：在此一全新的文化语境下，如何看待 21 世纪儿童文学的艺术突破和存在的创作问题?

方卫平：21 世纪儿童文学取得的艺术突破是多方面的，其中最引人注目的一点，或许是一种更具儿童本位性的童年生活趣味得到普遍的认可、张扬和建构。就像我们刚才说的，这种趣味的上升直接受益于商业文化、新媒介文化以及与此相关的儿童观念发展的推动，但从文化、观念到儿童文学的文本艺术，还要经历一个充满曲折的文学探索和创作的过程。这一过程今天还在继续。21 世纪以来的原创儿童文学，既越来越看重儿童生活自身的独特趣味和美感，以及与这趣味和美感相关联的童年的生命，同时也越来越意识到，童年生活的这种趣味远不像我们想象的那样简单、浅表。童言稚行只是儿童生活最表层的趣味，更进一步，在儿童不同于成人的观察、思考、想象、行动之下，是什么使得童年成为我们人生中无可替代的重要阶段，使得我们不再能够用轻慢的方式看待、对待儿童，使得我们愿意以肃然起敬的态度对待"童年"这个词语?

这些问题，既反映了 21 世纪儿童文学取得的重要美学突破，也揭示了它亟待深思的重要创作问题。我甚至认为，21 世纪儿童文学写作的一切题材、类型，都面临着更深刻的"趣味"之问。对于商业和畅销类型的童书而言，在为儿童文学带来前所未有的娱乐趣味的同时，如何发现、建构这一趣味的重量与厚度? 对于先锋和边缘性质的写作而言，如何在试探、寻索儿童文学的题材与文本边界的努力中，保持与真切、鲜活、生动的童年审美感觉和趣味之间的血肉联系，而不致陷入与真正的童年趣味相背离的"文艺腔"中。总而言之，如何在儿童生活的普遍书写中，认识、寻求一种独特、纯正、高级的童年文学趣味。"独特"指其无可取代，"纯正"指其童年艺术和精神的气象，

"高级"则是指它与一般文学艺术同等的审美高度。我以为，这种趣味的提升，将把21世纪儿童文学的艺术实践推向一个新的阶段。

中华读书报：市场热捧的儿童文学作品，与评论界认可的艺术形态儿童文学作品，存在着一定程度的错位和断裂。如何看待这种断裂？评价儿童文学的根本标准应该为何？

方卫平：这种"错位和断裂"，既是一种不可避免的存在，也有它积极的价值和意义。市场选择和专业判断，在看待儿童文学的标准上既有重合，也有分歧，两者的共同存在，提醒我们始终关注儿童文学艺术的多样性，关注儿童文学标准的复杂性。我想，从积极的方面看，真正专业的评价，其独特价值在于对文学品质和艺术的认知、把握和揭示；市场选择的独特价值则在于对大众趣味的肯定和凸显。在中外儿童文学史上，不乏专业评论以其判断力、公信力参与纠正和调整市场风向的例子，也不乏市场以其强大的选择能力反过来冲破保守评论、进而推动儿童文学艺术新变的例子。但这一有效互动的前提是，在评论与市场之间保持着良好的沟通和交流的关系：一方面，市场愿意信任评论，或者说，评论让市场感到足以信任；另一方面，评论界也愿意认真对待市场发生的一切，认真思考其背后的意义或风险。

在这个问题上，儿童文学有别于一般文学的地方在于，对前者来说，只有市场追捧而无专业认可的作品，很可能难称佳作，但是，也不存在只有评论肯定而完全没有市场回应的所谓佳作。儿童文学的价值，始终要落实在最具体的儿童阅读的实践中。我认为，儿童文学真正的文学性，往往也是一种在儿童读者中具有普及的接受力和吸引力的文学性。这种文学性，常常容易被市场的假象遮蔽，此时，评论的任务就在于拨开迷雾，正本清源。在最理想的状况下，市场和评论之间不是构成两套标准，更不是一场一方试图取代另一方的战争，而应是一场始终不中断的关于真正的儿童文学艺术性的追问与探寻。

这种碰撞的价值支点，就是你说的"评价儿童文学的根本标准"。这个标准既非依据评论的权威，也非依据市场的业绩，而是可以清楚地被看见和谈论的儿童文学的文本艺术。它的儿童观念的现代与进步，它的童年趣味的真切与丰厚，以及它将这种观念和趣味付诸文学演绎而造成的富于独特魅力的语言艺术，大概构成了可用来评判一部儿童文学作品的基本标准。

中华读书报：梳理21世纪以来原创儿童文学的创作轨迹，可以看到，儿童小说、图画书、童话成为焦点创作文体。结合相关的代表作品和更为广泛的文化场域，您认为，是什么成就了这三类文体的创作突破？

方卫平：一直以来，儿童小说和童话都是儿童文学的两大主要文体。借21世纪儿童文学的文化和艺术平台，它们获得了各自艺术上的长足发展，也在情理之中。至于图画书，确可视作21世纪儿童文学的新收获。我指的不是一般的插图读物，而是具有典型的现代形态的图画书。若从关注的广度看，图画书大可称为21世纪最引人注目的儿童文学文体。从家长、教师、阅读推广人到作家、编辑、出版社，再到学术评论界，对图画书文体的热情都是与日俱增。就在这些年间，全国各地以推广、销售图画书为主要目的的各类绘本馆大量设立。另一个显而易见的现象是，近年来，越来越多知名的一线儿童文学作家被卷入图画书的文字创作。我用"卷入"这个词，不但是为了突出这一潮流之强势，还因为有些长期专注于传统文体写作的作家是在缺乏对图画书艺术完全了解的前提下，受到这一阅读、出版风潮的裹挟，匆忙进入这个新的创作领域的。我想，近年内，国内所有一线儿童文学作家可能都会有图画书作品出版或即将出版。21世纪的儿童图画书热，它的创作潮流正在来临，而要使这一创作潮流催生最丰硕的艺术，包括对文字和插画作者在内的图画书艺术启蒙，仍然不容忽视。

中华读书报：与之同时，21世纪以来，处于较为边缘状态的儿童文学其他文体，是应更为理性地看待其边缘位置，还是可以期待它们的创作突进？

方卫平：边缘或中心，或许也是一组相对的概念。比如儿童诗，在专业领域激起的普遍关注和话题探讨可能相对较少，但在大众阅读领域，尤其是在小学语文教学实践中，很长一段时间以来都是热点。再如儿童散文，与一般散文一样，它的性质、特点决定了它不可能成为儿童文学的核心文体，但这种传统的边缘位置实际上并不影响它自身正常的艺术发展。

我的看法是，在文化的事情上，很多时候，"边缘"之为边缘，不见得是件坏事。对于一些传统边缘文体的发展而言，最重要的不是他人的关注重视，而是提升自我的艺术品质。或许，没有了各种外来因素的诱惑与催逼，它倒可以在一个相对安宁、自足的创作空间里，缓慢而有效地推进自身的艺术探索。2017年下半年以来，我应出版社之邀编了两个儿童诗读本，对于这些年来当代儿童诗取得的艺术进步，深有感触。我想，我们对于所谓的"边缘"文体的期待，与我们对于其他位居主流文体的期待应该一样，首先不是量的多少，而是质的高低。

中华读书报：近年来，您做了大量的国外一流儿童文学的引进和评介工作，如国际安徒生奖获奖作家的作品梳理和译介。那么，放眼世界范围，中国原创儿童文学是否有其鲜明的艺术特色？如何客观评价中国原创儿童文学界儿童文学范围内的创作水准？

方卫平：原创儿童文学的名称即意味着一张鸿篇巨制、错综复杂的创作图谱，其中风格类型之多，样式面貌之杂，难以一言概要之。但有一点，不论原创儿童文学的艺术如何演绎，这些写作，始终是生长在中国童年的大地上。这一现实不可避免地统摄着原创儿童文学的写作。不过，要真正理解、写出、写好中国的童年，仅仅站在一个视点是不够的。这就是为什么我们需要去阅读、认识、欣赏、探究世界上一切优秀的儿童文学作品。理解世界，就是更好地认识和理解自己。

若就总体而言，21世纪原创儿童文学不论在量上还是在质上，都比过去更具备与世界儿童文学对话的气象。近年国外儿童文学获奖作品大量引进，撇开对奖项的盲从或迷信，客观地看，我们的一些优秀作品，并不输给一些国外获奖之作。但是，在艺术发展和实现的更高层面，我们的目光绝不会放在那些终于被比下去的作品之上，而会望向世界范围内最经典、最高级的那些儿童文学作品。在这样的视点上，我们才会更多地看见原创儿童文学向前演进的差距和方向何在。这个差距，不代表国内作品与国外作品的差距，更不是中国与世界的差距，而是一种为靠近更诱人的艺术世界而做的永无止歇的努力。中国儿童文学早已是世界儿童文学的一部分，但它还要用自己的方式，像世界上一切优秀的儿童文学作品所做的那样，为儿童文学这个名字添加新的艺术荣耀。所以，在世界儿童文学的背景上谈论原创儿童文学，不是出于任何竞争的虚荣，而是原创儿童文学寻求更高自我实现的必经之路。

中华读书报：要实现 21 世纪原创儿童文学进一步的艺术突破和提升，您提出了三个亟须突破的重要命题：童年、文化内涵和现实书写。怎样的观察与思考，使您得出了以上的判断？

方卫平：21 世纪以来的原创儿童文学实现了艺术上的不少提升，但有些问题是隐伏在下，长久未能得到解决的。儿童文学的艺术越是发展，这些问题带给其艺术进步的阻碍就越突出。我认为这里有两个非常关键的问题：一是儿童观的问题，二是文化观的问题。

在儿童文学的写作中，我们用什么样的姿态对待童年，用什么样的方式理解童年，最终，通过文本，我们交给孩子的又是什么？我以为，这些问题在原创儿童文学的写作中值得一问再问。很多时候，在文学和文化的强大影响下，作家对于自己作品中存在的儿童观的问题，可能是缺乏自觉和敏感的。我曾以曹文轩、黄蓓佳、彭学军三位优秀作家的三部获奖儿童文学作品为例，细致分析了其中的儿童观问题，涉及的话题包括：我们对于童年的想象究竟在多大程度上足够贴近童年？面对幼小和弱势的童年，什么样的尊重才谈得上是真正的尊重？如何在童年生活的表现中真实而充分地体现童年自己的力量？之所以选择这三部作品，绝不是因为它们不够优秀，而恰恰是因为它们是当代原创儿童文学艺术成就最典型的代表之一。童年观的问题在原创儿童文学中其实非常普遍，但又不易觉察。提升人们对这个问题的关注和敏感，对于原创儿童文学接下去的艺术进步，我相信是具有根本性的促进意义的。

文化观的问题，其实也是我一直强调的，不论创作还是研究，做儿童文学，不要眼里只看见儿童和儿童文学。那样的话，我们理解中的儿童和儿童文学，一定会有不可避免的狭隘之处。不要以为，把文学的焦点对准儿童，写一个关于儿童的故事，这就是进入儿童文学的门槛了。真正有"野心"的儿童文学作家，眼里心里一定不会只有儿童，在儿童身上，他会看见丰富得多的内容：关于人性，关于我们的生活和世界，关于一切文化的价值，关于存在的意义……所以，写童年，首先是写出独属于它的动人情味；其次，在这种情味里，还有没有耐人琢磨、寻思的丰富和厚重？当然，两者其实不是你先我后的关系，而是同时发生、进行的。一旦作家意识到童年背后那张巨大的文化帘幕，他笔下的童年情味，也一定不可避免地会变得丰富起来，厚重起来。

我相信，童年观和文化观的推进，也将把关于 21 世纪儿童文学对于中国童年现实的思考和书写带向新的境界。

中华读书报：从事儿童文学和理论建设数十年，作为中国儿童文学第四代学者中的代表人物之一，您见证并推动了中国儿童文学的发展，我相信，您心中应该也包含着对儿童文学饱满而复杂的感情。儿童文学的创作和理论建树，应该说，新时期以来取得了长足的进展，展现了一种饱满的气象，然而，它始终未能进入中国的主流学术视野，目前为止，还没有一份可以纳入学术评价体系的儿童文学理论刊物，即是一例。这是一种"学术的偏见"吗？您如何看待此一现象？

方卫平：作为一名儿童文学研究者，当然非常期待看到一份有重量、有影响的当代儿童文学理论刊物的诞生，期待它获得主流学术评价体系的认可。不过也要看到，尽管儿童文学作为边缘学科的身份不言自明，这些年来，国内学术界对于儿童文学的创作与研究还是给予了相当的关注，相关的理论和研究文章也常见诸各类重要的报刊和学术刊物。或许，对于 21 世纪儿童文学学科的发展，除了自身学术体制的建设，同样重要的是如何以自身的理论探索赢得更大范围内公众与批评界的高度认可，如何凭借理论研究从当下儿童文学的现实中发现洞穿其现状的重要学术问题，提出关乎其未来的前沿学术话题。不论对于个体还是一个文学的种类，真正的焦虑从不来自外部的"偏见"，而是自身之内，不断朝着新的进步和突破前行的渴望。

（原载 2018 年 10 月 10 日《中华读书报》）

关于小学生的阅读和写作

——2018年10月31日答《钱江晚报》记者王湛问

王湛：在金华市站前小学，您为什么选择用讲图画书的方式，来讲写作？您希望小朋友能从中学习到什么？

方卫平：今天除了文字作品，我之所以也选择了图画书作为一部分例子，来与同学们探讨写作问题，第一，是因为写作与文学、艺术都有相通之处，例如图画书《变焦》《脚印要到哪里去》《需要什么》所蕴含的想象力、趣味性和诗意等，我认为都与小学生的写作具有相关性和启发意义。第二，当然也与我希望达到的探讨和交流效果有关。看到今天现场大约500位同学欢天喜地的样子，我想，我们的目标是达到了。当然，我也想说，对于我分析的文字作品，例如《全部都写"1"》《错在哪里》等，孩子们的理解和反应也让我感到惊喜，作品中的幽默、心酸和深意，显然也给了他们很大的触动。孩子们对我提出的问题纷纷举手，并给出了精彩的回答，就是很好的证明。

王湛：昨天在现场，您点评了两篇作文，那么，通过这两篇作文，您能看出现在的小学生作文中，有哪些比较好的方面，又存在哪些普遍问题？

方卫平：现场点评的《读〈论语〉有感》《夜空中最亮的星》两篇作文，作者分别是四年级、五年级的同学。可以看出作者热爱阅读、勤于思考，从总体上看也具有在这个年龄十分可贵的文字表达能力，字里行间也自然地流露着这个年龄的天真与稚嫩。他们在写作技术方面的不足是难免的。只要引导得法，让孩子们保持写作的兴趣，假以时日，他们一定会越写越好。

王湛：从第一届新少年作文大赛开始，您担任了六届评委，您对学生的作文，或是他们从中透露出来的情感、观点等有何感受？

方卫平：从多年来的参赛作文看，给我印象最深，也最感到欣慰的一点是，许多孩子的写作大大突破了传统应试作文模式的束缚，写自己的生活和情感，写自己的阅读和思考。去年我应邀为《浙江少年文学新星丛书》第四辑写了一篇总序。在那篇文字中我说，对于少年朋友的写作，我"更看重的是一个孩子如何在向身边的阔大世界和广袤生活打开感官的过程中，学着用文字捕获自己的生活印迹，搭建自己的精神屋宇。屋宇虽不甚大，印迹也尚浅稚，却让我们看到了一种单纯生活、认真忙碌的年少个体身上的丰沛心力与蓬勃意气。这是他们的文字常令我怦然心动的最重要的原因"。

王湛：您印象中有没有写得让您惊艳的小学生作文，他们是怎么写的？

方卫平：当然有啊，还不少呢。记得有一次一家出版社约我为一位一年级小同学的题为《妈妈回来了》的作文写评语。后来，这篇只有 106 个字，行文也颇为平实的小学生作文居然获得了一项全国性作文比赛的一等奖。这篇作文基本上不符合人们对于此类"获奖作文"的正常想象和期待。它的可贵之处在于，它是一个一年级的孩子对于"妈妈"，对于"母爱"的一次真挚而又质朴的情感表达。文字虽然简短，但真切地表达了"妈妈回来了"这一生活片段带给小作者的温暖和喜悦，以及曾经有过的伤感和思念。所以我认为，对于小学生写作来说，写好真情实感十分重要。这件事情当时《浙江日报》《钱江晚报》《新民晚报》等都有过关注和讨论。

王湛：都说写好作文只能通过阅读，您有推荐给孩子们看的图书吗？为什么推荐这几本书？

方卫平：这些年我在向小读者和公众推荐、介绍儿童文学佳作方面也做了一些工作，例如我个人选评出版了《方卫平精选儿童文学读本》《方卫平精选少年文学读本》《中国儿童文学分级读本》等，也主编了《国际安徒生奖大奖书系》《中国儿童文学名家读本》等丛书。今天我也向《钱江晚报》的读者朋友推荐几本儿童文学佳作：儿童小说《草房子》《我是白痴》《我亲爱的甜橙树》和《弗朗兹故事》系列；童话《柳林风声》《女巫》《永远讲不完的故事》，儿童诗集《我成了个隐身人》。在我看来，这些作品在一些方面代表了儿童文学的智慧和高度。

王湛：说说您和儿童文学的缘分。什么时候因为什么原因走上了这条道路？这过程中有什么好玩的和有趣的事儿可以跟大家分享？

方卫平：我的童年时代在"文革"时期度过，《闪闪的红星》《向阳院的故事》《渔岛怒潮》《新来的小石柱》等那个时期的儿童文学作品我几乎都购买、阅读过。高中毕业那一年赶上了高考恢复，上了中文系，迷上了文艺学、美学和中外文学艺术。本科毕业后转向了儿童文学。记得当年常常有人问我，你一个小伙子，怎么会去研究儿童文学？我回答说，这有什么奇怪的，我同时也喜欢刘勰、康德、柴可夫斯基、鲁迅啊。

（主要内容原载 2018 年 11 月 3 日《钱江晚报》中《对话方卫平》一文）

方卫平：以儿童文学的力量
塑造更好的童年

——2018年11月7日答《文艺报》记者行超问

记者：最近，中国少年儿童新闻出版总社出版了您的新著《中国儿童文学四十年》。这本书的制作非常精美，而且采用中英双语对照的方式呈现文字内容。这是否有意于让外国读者和研究者了解中国儿童文学发展的历史和当下？

方卫平：这本书的写作缘起是这样的：2014年11月上海国际童书展（CCBF）期间，当时中国少年儿童出版社总编辑张晓楠女士与编辑朋友专门找到我，约我撰写一部介绍中国当代儿童文学发展历程和面貌的小书，由该社组织专业人士译成英文，约请国外专家做英文审校，并以中文、英文双语形式出版。这本书篇幅无须太大，但希望能有助于国内外关心中国儿童文学的读者朋友和专业人士了解其在当代发展的艺术特点和历史轮廓。

今年3月份博洛尼亚国际童书展期间，这本书首次露面，受到一些国外同行的关注和欢迎。我回国后还先后收到了英国、美国等国的学者、翻译家和高校师生的邮件，希望得到这本书，同时也表达了了解中国儿童文学的愿望。记得大约五六年前，德国慕尼黑国际青少年图书馆曾约我撰写一篇介绍中国儿童文学现状的文章，我写了一篇《中国儿童文学三十年》。此文后来由该馆专家译成英文，发表在该馆主办的学术性丛刊《图书城堡》上。据我了解，这类讲述、介绍中国儿童文学的文字，对于推进中外儿童文学交流，应该是十分必要的。

记者：为什么选择这 40 年作为观察中国儿童文学的范围和角度？

方卫平：考虑到这本书的预设读者和英文翻译工作量、中英文双语出版等因素，出版社希望《中国儿童文学四十年》一书的规模控制在 5 万字左右。在这样的篇幅里，如何截取中国儿童文学的历史长度，我的选择有：自古至今，"五四"以来，1949 年以来，改革开放以来，21 世纪以来。之所以最后选择了改革开放 40 年这一叙述时段，一是因为这一时段，中国儿童文学发展波澜壮阔，所涉及的童年与意识形态、儿童文学的艺术美学、童书与市场传播等方面的历史内容、理论话题足够丰富、有趣、富有深意；二是因为，我本人 1977 年考入大学念中文系，刚好见证了近 40 年中国文学特别是中国儿童文学的当代发展。讲述这样一段历史，我不仅相对熟悉，而且字里行间，可能还会带入一些亲历者的见闻和情感。其三，也是因为我想在给定的篇幅里，尽可能既简洁又舒展地讲好一个关于中国儿童文学的故事。用小说创作打比方，这本书也许大体相当于一个中篇小说。

记者：在书中，您将近 40 年中国儿童文学分为 4 个阶段："新时期"的开启、探索艺术的正道、市场化时代和 21 世纪。这些划分的具体依据和时间点是什么？

方卫平：讲述一段历史，将它分成若干时段，这不仅常常是历史叙述者的癖好和惯用的叙事"图式"，更是由历史运动本身的巨大外观和内在逻辑性所决定的。我把近40年中国儿童文学分为四个阶段，原因也是如此。大体说来，1977年至1979年，是所谓"新时期"的开启，即"拨乱反正"背景下的清算和出发阶段；1979年至20世纪80年代末，是艺术探索和文学实验最为活跃的时期；20世纪90年代市场化开始到来，纯文学的艺术豪情和文学实验的生存空间逐渐受到打击、挤压；进入21世纪，新媒体蓬勃发展，中国儿童文学却在传统出版业出现颓势的情况下"逆势上扬"，甚至创造了童书出版的"黄金十年"——这里通常是指2005—2015年。乐观主义的预言家们早已预言，中国童书出版的下一个"黄金十年"已经接踵而来。

记者：与一般的文学史和理论书籍不同，《中国儿童文学四十年》这本书深入浅出，用生动呈现具体历史事件、深入分析作家作品等方式，大大提高了可读性。这种写作风格与您此前的学术著作是不是有所不同？

方卫平：是的。风格不敢说，但为读者考虑，这本小书在写作上的确动了一些脑筋，包括体例、史料、语言、趣味性的使用和体现等。很多年前我出过一本《中国儿童文学理论批评史》，传统的文学史写作方式我很熟悉。但是，对这样一本书的读者来说，如果只有大的历史轮廓和框架，或者，只有树木，不见森林，恐怕都不是合适的写作方式。事实上，许多年来，历史著作，包括文学史著作的写法早已纷繁多样，比如我上大学时就逐渐读到的勃兰兑斯的《十九世纪文学主流》，比如 20 年前让我读得如痴如醉的黄仁宇的《万历十五年》，比如近年我读到的卜正民主编的六卷本《哈佛中国史》，等等。好的历史著作，不仅会带给我们深入历史的震撼感，常常还会有阅读历史的赏心悦目感。所以，尽管这部小书的篇幅有限，我在写作中，也仍然试图把历史打量的基本视野与文学生活的某些细部肌理，历史思量的某种深度与历史呈现的某些趣味性，总体文学过程与个别作家作品的历史境遇、标本特质，以及代际、潮流与个体、历史瞬间等，都力图有所覆盖和兼顾。当然，由于个人学力有限，有些想法可能仅仅是一种想法。

记者：在书中，您将 21 世纪的中国儿童文学发展聚焦于"如何塑造更好的童年"，是否可以说，在您看来这是当下中国儿童文学创作中最重要的问题？

方卫平："如何塑造更好的童年"本身是一个大话题，我认为这应该是当前中国儿童文学创作的核心旨归。一切有价值的儿童文学书写，最终都是为了以儿童文学特有的力量，影响童年、影响现实，通过塑造更好的童年，将孩子、也将我们带向更好的未来。在这个核心旨归之下，我们才能来展开有关中国儿童文学发展的一系列子问题和子命题的思考。比如，儿童文学如何深入理解和贴近书写当代童年的复杂现实？站在"如何塑造更好的童年"的视点上，我们的目光就不会仅仅停留在对童年生活的现状摹写之上，而是要穿透这些童年现实的表象，看见关于这一现实之可能的"更好"想象。我在《中国式童年的艺术表现及其超越》一文中曾对"现实"与"真实"两个范畴做过辨析。面对中国大地上展开着的日益复杂的当代童年生活，我们既要看到它的各种鲜活、生动的"现实"，也要看到这些"现实"背后童年应有的"真实"和应然的真相；而且既要关注童年生活的各种现实状况，也要思考、辨明这一"现实"的价值方向。揭示"现实"状况背后的"真实"价值与方向，正是文学相对于生活的独特价值的体现。

再比如，儿童文学如何承继、表现传统文化的问题。从"更好的童年"的立场出发，我们对于传统文化这个话题的理解，便不会仅仅局限于文化继承和传播的意图目的，而是必然要从现代童年及其文化未来的视角，对作为儿童文学创作资源的传统文化及其文学呈现，做更深入的梳理和思考。

记者：我注意到，您在书中没有专门集中呈现中国儿童文学的理论批评的进程和成就。在您看来，这方面是否依旧是中国儿童文学的短板？

方卫平：之所以没有专章谈论理论批评的话题，主要还是篇幅的原因。正像我刚才说的那样，这本书在规划之初，是想以新时期以来中国儿童文学的发展为脉络，做成一本提纲挈领、简明扼要又相对可读的读物，便于国内外读者从宏观角度了解、把握这段历史的基本状貌，又能接触到一些有意思的历史细节。如果用大部头来做，里面的许多话题都可延伸出体量庞大的分析论说。所以，重要的理论批评进程、现象等，我没有专章叙述，而是尽量把它们融入儿童文学历史的叙说。比如，20 世纪 80 年代关于儿童文学艺术问题的那些批评探索和论争，就包含在关于整个艺术探索思潮的历史叙说中。还有 21 世纪以来关于商业化时代儿童文学创作中遇到的问题，也放在童书市场化的语境中带出和评述。

事实上，近 40 年来，中国儿童文学理论批评的进步是十分明显的。我认为，理论和批评始终是推动、陪伴中国儿童文学艺术逐渐走向当代化的一种力量。整个 20 世纪 80 年代，儿童文学的艺术新变，往往是在理论批评的锐敏下被觉察、谈论，进而与文学创作的实践互为振荡，直至促成新时期儿童文学艺术探索与革新的浩荡潮流。在 21 世纪关于商业化童书的探讨中，我们既看到了理论批评对于文学现实应有的回应，也看到了它带给这一现实的批判精神与反思精神。透过不同声音的论辩，我们对于市场化时代儿童文学的艺术问题、艺术命运与艺术走向，无疑有了更为深切的思考。

我特别想说的是，近 40 年来，理论批评在中国儿童文学发展与艺术建构的进程中扮演着不可或缺的角色，也在不断提醒我们，今天的理论批评应当对文学的现实承担起什么样的职责，应当对它的未来怀有什么样的抱负。理论批评应该对当下文学的现实时刻保持清醒的认识、深切的洞察以及有远见的前瞻；理论和批评要致力于发现当下文学现实中富于价值的内容，也要致力于揭示这一现实的缺失之处。这是理论批评保持其活力的基本途径，也是理论批评证明其价值的基本方式。

记者：您认为，近 40 年中国儿童文学发展最令人印象深刻的是什么？它目前面临的最重要的问题是什么？

方卫平：近 40 年中国儿童文学的发展，让我们日益看到了儿童文学可能具有的重要而深远的影响力。这一影响体现在社会生活的各个层面：教育、文化、经济、政治……在这个过程中，原创儿童文学向人们展示了它的不断超越我们预期的艺术吸收力、表达力和创造力。文体层面，原创图画书的兴起与迅速发展，与儿童诗、童话、儿童小说等传统文体的艺术拓展相映生辉。题材层面，儿童文学的创作经历了从传统乡土向现代城市的拓展之后，在着力表现当代主流童年生活的同时，从未中断其投向边缘童年的目光与关切。儿童形象层面，类型与个性逐渐丰富。童年精神层面，探询和思考持续深入。表现手法和艺术样貌层面，通俗性的写作得到空前张扬，先锋性的探索也拥有自己的实验空间。对外交流方面，通过认识世界打开视野的同时，原创作家、作品"走出去"和"输出去"的努力，也不断收获新成果。总体说来，纵向比较，近40年无疑是中国儿童文学发展至今最有成就的一个阶段。

对于中国儿童文学未来的发展而言，我以为有两个问题值得引起重视：一是童年观；二是文学观。童年观的问题，也就是如何看待和理解童年的问题，这在当代儿童文学创作中还是一个有待进一步启蒙的话题。一些基础、重要的童年观问题，在当代作家的笔下尚未得到充分的重视和关注，由此带来的对于儿童文学审美趣味、面貌的影响，内在而深刻。我与一些作家私下交流，谈起儿童文学作品中不经意间透露的童年观问题，他们也大为触动。在当代儿童文学创作的语境中，许多问题看上去虽是小的细节问题，折射出的却是长久以来我们的童年观念当中亟须清理、摆正的内容。或者说，正是因为儿童文学艺术发展到了今天空前开放、丰富的阶段，我们更有必要关注这些童年观念、思想、精神方面的"细枝末节"。我也相信，对一切优秀的文学来说，童年观以及与此相关的细节的高度，是最终确立其艺术高度的重要标杆。

文学观方面，我一直强调的是，儿童文学既遵循与最普遍的文学作品一样的艺术规律，又有属于它自己的独一无二的文学特质。儿童文学的艺术样式首先是多种多样的，也应当鼓励、许可各种各样的文学实验和探索。但在此基础上，对于体现儿童文学无可替代的艺术价值的"文学性"特点，我们的认识还有待进一步提升。我认为，儿童文学是要在看似无从回避的题材、语言、内容等的限度之内，写出童年语言的文学高度、童年情感的文学厚度以及童年精神的文学深度。以语言为例，我认为，当前的儿童文学创作就有两种趋向需要谨慎对待：一是文艺腔；二是翻译腔。前者是把儿童文学的语言在形式上复杂化，却缺乏与之匹配的真切、真诚、有份量的情感内涵。后者是在域外儿童文学的影响下不知不觉形成的一种语用倾向，其语言的用词、句式、结构等，其实远离汉语表达的自然、生动状态。两者实际上都使原创儿童文学的语言偏离一流儿童文学的语言状态。

记者：您对未来中国儿童文学的发展有什么样的期待？

方卫平：这些年中国儿童文学的蓬勃发展，极大地激励、拓展着我们对于原创儿童文学艺术可能与未来的想象。在当代社会生活新变不断的现实下，这样开放、多元的艺术探索再延续 10 年、20 年，中国儿童文学的总体面貌会发生什么样的变化？这是一个挑战想象力的问题。但我相信，中国儿童文学更高远的艺术未来，不仅是在充满自信和豪情的不断迈进中，更是在带着问题和反思不断向前的执着探索中。

（原载 2018 年 11 月 14 日《文艺报》）

关于改革开放 40 年来的
儿童文学发展

——2018 年 11 月 13 日答《中国新闻出版广电报》记者汤广花问

问：改革开放 40 年来，中国作家创作了一批有影响的童书。让您印象深刻的有哪些？这些作品有何特点？是否还记得某些作品当年受欢迎的盛况？

答：我 1977 年考入大学读中文系，可以说见证了近 40 年中国文学，尤其是中国儿童文学的发展历程。在我看来，从 20 世纪 70 年代后期到 80 年代末期，中国儿童文学发展的历史关键词是文学"实验"与"创新"。那个时期活跃的是短篇小说和童话，儿童文学刊物的发行量比较大；有出息的作家们关心的往往不是作品的发行量，而是自己能够为那个时代的儿童文学艺术发展贡献一些什么。

当时还不太有现在意义上的"畅销书"，一部作品能够广为人知，常常是借助改编为影视作品后的二次传播，例如诸志祥的《黑猫警长》、郑渊洁的《舒克和贝塔》、郑春华的《大头儿子和小头爸爸》、张之路的《霹雳贝贝》等童话、小说作品，都因为改编成动画片、儿童科幻电影而得到了更大范围的传播。叶永烈的《小灵通漫游未来》，也因为改编成两个版本的连环画而扩大了影响。事实上，例如秦文君的《男生贾里》《女生贾梅》、沈石溪的《狼王梦》、曹文轩的《草房子》等首版于20世纪90年代初至90年代后期的作品，它们真正成为超级畅销书，都是进入21世纪以后的事情。

21世纪以来，我们目睹了中国儿童文学和整个童书出版在新的媒介、文化和市场传播环境下，突飞猛进的发展态势。越来越多的作家、作品加入了儿童文学的"畅销书俱乐部"。这些作品能够受到小读者和市场的欢迎，或是因为它们在儿童文学的思想艺术方面达到了相当高度，或是因为它们在作品风格趣味上适应了儿童读者的"大众口味"，或是因为两者得到了很好的结合，例如《草房子》《男生贾里》和沈石溪的动物小说、杨红樱的校园小说，等等。

问：改革开放40年来，对童书发展而言，有哪些关键的时间节点？

答：我认为关键的时间节点有：1978年，这一年的10月，国家出版局、教育部、文化部（今文化和旅游部）等八部委在江西庐山召开了有200多人参加的"全国少年儿童读物出版工作座谈会"，这次会议是新时期儿童文学出现历史转折的契机和标志；1981年，上海的少年儿童出版社创办了《儿童文学选刊》，这份刊物对于20世纪80年代中国儿童文学的艺术探索和发展，起到了重要的推动作用；1992年，中共十四大确立了建立社会主义市场经济体制，儿童文学进入了一个新的发展阶段；2016年，曹文轩获得国际安徒生奖，标志着中国儿童文学以一种新的方式进入了世界的视野。

问：从内容上看，40年来，小读者们偏爱的童书有没有变化？作家们的关注点有没有什么创新？

答：40年前，儿童读者面临的是儿童文学的"书荒"局面，有什么看什么，很难谈得上有什么偏爱和选择的自由。40年来，随着儿童文学创作和译介的不断发展，儿童读者的眼界、趣味、阅读能力等都有了拓展和丰富。而且，今天的小读者不仅阅读童书，还会受到多种媒介尤其是电子媒介的影响，他们的阅读兴趣和思维方式，已经更多地受到了新的传播媒介和传播方式的影响。

对于作家们来说，三四十年前，艺术探索与创新就是他们的创作本能和天性，但是在今天，许多作家会较多地考虑读者的兴趣和爱好，希望在作品的题材、风格、呈现方式上，更贴近这个时代的小读者。

问：您认为，优秀童书的评价标准是什么？40年来，这些童书在小读者的阅读生活中发挥了哪些作用？

答：我在最近回答另外媒体的同一个问题时曾说，具体来说，儿童文学的艺术是多样的，儿童文学的评判标准也是复杂的。同时我也认为，儿童文学标准最重要的立足点，"既非依据评论的权威，也非依据市场的业绩，而是可以清楚地被看见和谈论的儿童文学的文本艺术。它的儿童观念的现代与进步，它的童年趣味的真切与丰厚，以及它将这种观念和趣味付诸文学演绎而造成的富于独特魅力的语言艺术，大概构成了可用来评判一部儿童文学作品的基本标准"。[1]

真正优秀的儿童文学作品，不仅能够满足小读者的阅读需求，给

---

[1] 陈香.对话方卫平：如何评价新世纪中国儿童文学[N].中华读书报，2016-10-10.

予他们成长与审美的陪伴，而且，也为我们塑造更好的童年和未来，提供无可替代的文学资源和可能。

问：随着时代的发展，未来的童书创作有哪些类型或题材有可能成为全新的亮点？

答：除了图画书创作、出版、推广将持续升温外，我认为，知识类童书，包括科普、历史、传记类等童书的创作和出版将成为新的热点。儿童读者对优秀的知识类童书具有巨大的需求。从发达国家的童书出版看，这类出版物在整体童书出版的占比相当大，优秀作品也很多。而这目前总体上还是我国童书出版的短板之一。我相信，未来这一创作和出版类型，会有很大的发展空间。

（本次答问主要内容见 2018 年 11 月 16 日《中国新闻出版广电报》中汤广花《40 年光阴流转陪伴一代代人成长》一文）

关于近年来原创图画书的发展

——2019年5月29日答《中国新闻出版广电报》记者汤广花问

问：谈论原创图画书的发展，您最看重的因素是什么？

答：许多年来，谈论原创图画书的发展，我最关注的是它是否具有一种典型的"图画书元素"。几年前，我在与《文学报》的记者朋友讨论相关话题时就认为，典型的"图画书元素"对于原创图画书的发展来说，更具基础性。这里的"图画书元素"，是指一本图画书最具文体标志性和区分性的艺术要素与特质。应该承认，现代图画书的艺术本身是多种多样的，但作为一种在当代儿童文学版图上受到特殊重视的文体，图画书在其不长的发展时期里形成了它最典型、最独特的艺术，即文字与图画之间的创造性合作造成的独特表意可能与表达效果，这使它超越过去的配图童书，成为一种在艺术上具有独特魅力的儿童文学文体。

问：近年来，原创图画书在这方面有什么变化吗？

答：近年来，原创图画书在这方面的自觉和进步是比较明显的。一是文字作者在写作故事时，已经越来越多地意识到了图画书故事的图像叙事潜能，例如白冰撰文的《一颗子弹的飞行》张之路撰文的《太阳和阴凉儿》、张玉清撰文的《小老鼠的家》等。二是图画作家的图像叙事能力逐渐加强，老一辈如朱成梁、周翔等，比较年轻的如黄丽、李卓颖、黑眯等。三是图画书编辑的图画书意识也逐渐明晰。从总体上看，我以为，原创图画书在做足"图画书元素"功夫这方面，正走在一条正确的路上。

问：您能举一点近年来的具体作品的例子吗？

答：近一年来给我留下深刻印象的原创图画书作品不少，例如谢华、黄丽合作的《外婆家的马》中，想象和现实在图文间巧妙交织，我们从中读到童年的天马行空，同时也读到成人的温柔包容，读到孩子的古灵精怪，同时也读到外婆的幽默智慧。日常生活中，面对童年的白日梦游，成人该如何做出恰当的应答？《外婆家的马》呈现的生活场景，引人回味和思索。郭振媛、朱成梁合作的《别让太阳掉下来》，戴芸、李卓颖合作的《溜达鸡》，黑鹤、九儿合作的《鄂温克的驼鹿》等，也都是难得的好作品。

（本次答问的主要内容见 2019 年 5 月 31 日《中国新闻出版广电报》中汤广花《绘本：绘出精彩世界》一文）

关于儿童文学创作、出版与阅读现状

——**2019 年 6 月 20 日答《齐鲁晚报》记者师文静问**

记者：在过去的"黄金十年"中，得益于需求的提升和市场化运作，童书出版繁荣带动了创作繁荣，给儿童文学出版带来了更加丰富多样的作品。怎么看待这种繁荣？

方卫平：进入 21 世纪以来，中国童书已走过十几年繁盛期。首先，在整个传统出版业相对萎缩的情况下，童书出版逆势上扬，增长率明显，超过整体图书出版增长情况，可以说，童书创造了这个时代的出版奇迹。其次，童书不仅出版空前繁荣，这些年，儿童文学创作也在整体推进。2016 年曹文轩获得国际安徒生奖，一定程度上标志着中国儿童文学达到的高度。

此外，儿童文学阅读推广、儿童文学深入大众生活等方面也都有明显的提升。校园和家庭非常重视儿童文学阅读，诸多童书研讨会不断在召开，图画书推广机构在许多城市纷纷设立，整个社会的阅读氛围不断得到提升。

记者：在繁荣的表象下，业内应该对儿童文学有何冷思考？

方卫平：作为儿童文学研究者，我这些年也对它有批评，有忧心。例如，如此多的奖项，如此多的排行榜，如此风风火火的研讨会，在推动、制造这个时代童书出版的神话之时，可能也在毁灭这个神话。在热闹的表象下，我们更需要冷思考。中国儿童文学还是存在太多需要继续改进、努力提升的地方。

我们的儿童文学作品数量庞大，但优质作品相对较少。在日渐庞大的出版规模之下，童书出版的门槛很低，商业化因素对童书产业的全面渗透，以及由此导致了童年写作和出版的商业化、模式化，甚至是粗鄙化的现象。这一切提醒我们，在21世纪儿童文学蓬勃发展的态势下，关于儿童文学文类生存与艺术发展的传统命题，正在新的文化语境下分化出一些新的艺术问题。

从总体上来看，当下原创儿童文学作品，在人文观、童年观、艺术观，或者说在儿童文学的人文素养、童年素养和艺术素养方面，还需要做新的努力和提升。仔细分析起来，许多被媒体好评，甚至获奖的作品，仍存在不同程度的观念上的、艺术上的软肋，或者缺损。

记者：原创童书如何在追求艺术性的同时，还能吸引孩子的目光？

方卫平："追求艺术性"与"吸引孩子的目光"，两者其实并不矛盾。在优秀的童书中，"书香"的体现并非我们一般理解中的文学"精英主义"，而总是与引人入胜的故事、清浅生动的语言、回味悠长的意义结合在一起。因此，今天的原创童书要做的，不是到"艺术性"之外去寻找对童年的"吸引力"，而是去努力实践儿童文学和童年精神的应有风貌，那样的文学，一定也是对孩子来说真正富于"吸引力"

的优秀的儿童文学。

记者：您如何看待山东的儿童文学创作？

方卫平：当代山东儿童文学有着深厚的历史传统和底蕴。早在20世纪50年代，萧平先生就以儿童小说《海滨的孩子》一举成名，成为那个年代中国儿童文学最具代表性的作家之一。20世纪60年代邱勋先生的《微山湖上》、20世纪70年代李心田先生的《闪闪的红星》等，都是当时广有影响，甚至是家喻户晓的儿童文学作品。

而当下山东儿童文学作家则以张炜先生、刘海栖先生等为代表。张炜先生是当代文学大家，近年来在儿童文学创作上成果不断，而且斩获几乎所有重要童书奖项。他是当下成人文学作家写作儿童文学最成功的代表性作家之一，《寻找鱼王》《少年与海》《海边童话》《半岛哈里哈气》等都很有影响。刘海栖先生作为山东儿童文学界的领军人物，在作家培养、童书出版等方面做了大量工作，他自己近年来的儿童小说新作《有鸽子的夏天》《小兵雄赳赳》等也都是具有突破性的佳作，在读者和儿童文学界广受好评。山东省的有关方面十分重视对中青年儿童文学作家作品的扶持和培养，中青年儿童文学作家群体如刘玉栋、张晓楠、郝月梅、王秀梅、鲁冰、米吉卡、郭凯冰、莫问天心、雨兰、李岫青、张吉宙、鞠慧、杨绍军、刘耀辉、霞子、杨华、刘北、英娃、于潇湉、高方方、王天宁、季海东等，构成了全国儿童文学创作的一个重要方阵。他们在儿童小说、童话、儿童诗、儿童科学文艺等创作上都取得了引人注目的成果。此外，山东省在儿童文学研究、童书出版方面也具有代表性。从创作势头看，山东无疑正在成为中国儿童文学创作的一个大省。

记者：您怎么看亲子阅读？陪伴孩子的成长过程中，为何亲子阅读不可或缺？

方卫平：儿童文学是一个美好的门类，它既是给孩子看的，也是给大人看的，与儿童文学为伴，是生命给予童年和我们的珍贵礼物。

儿童文学对成人的意义有两方面，一方面孩子的成长，需要成人陪伴，陪伴孩子走过儿童文学世界，与其说是大人的责任，不如说是上天给予每个人的生命的礼物。孩子需要大人陪伴，需要亲子阅读。但孩子终究会长大，当他能独立阅读的时候，陪伴孩子的缘分也就终止了。所以，家长们不要在孩子需要他们陪伴的时候，忽视了陪伴阅读的责任、陪伴的美好。这是给孩子的美好的阅读时光，也是给我们自己的一段美好时光。另一方面，优秀的儿童文学作品，按照宗璞先生的说法，它也是给成年人的礼物。

（原载 2019 年 7 月 4 日《齐鲁晚报》）

让美好的童诗播惠童年，映照未来

——关于《童诗三百首》与《文艺报》记者行超的对话

记者：近年来，您在儿童文学的语文教育应用领域做了不少工作。这次为什么选择做儿童诗选本？

方卫平：谢谢您的关注。2000 年年底，应语文教育家、学者王尚文先生邀请，我用了整整一年时间，参加了《新语文读本》（小学卷）的编写、统稿等工作。曾有专业人士认为，《新语文读本》是"五四"以来与《开明国语读本》并列的两种最好的语文读本之一。坦率地说，参与这套读本的编著工作，对我的人文观、语文观，包括儿童文学观等都有很大的影响。从那时起，我对于儿童文学的阅读和教学应用，一直也有所关注和留心。这些年来，我个人选评的几种儿童文学读本，包括明天出版社的《最佳儿童文学读本》（新版更名为《给孩子的阅读课》）等，受到一些读者和出版界的看重和欢迎。在这些读本中，其实就选入了不少我个人喜爱的中外儿童诗作品。我在课堂上、讲座中谈论儿童文学，也经常举到儿童诗、儿童诗课堂教学的例子。

所以，当我接受福建少年儿童出版社的邀约，用了近一年的时间倾情投入来选评这套中国童诗精选读本《童诗三百首》时，其实，关于这个读本的念头在我心里早已准备了多年。我希望从我个人的童诗阅读经验和艺术标准出发，为孩子们选评一套质量优秀、可读性强的童诗读本。我愿意把我珍爱的这种阅读童诗的快乐，与读者朋友们一道分享，因为我是如此享受它们带给我的快意，我也相信，领略这份快意，懂得这份快意，本身也是生命的某种珍贵的馈赠。

让我感到欣慰的是，《童诗三百首》出版后，在"百班千人"等阅读活动中得到了孩子们和许多父母、老师的喜爱，也获得了一些同行的关注。一些朋友对这些诗作呈现出的儿童诗艺术面貌和水平表示赞许。四川诗人邱易东说："方卫平教授选评的《童诗三百首》改变了我对中国儿童诗的成见。选编者的学术精神和工匠态度，把大量富有儿童诗品格、题材新颖、有诗意、有孩童的生活画面与情趣的作品遴选出来，汇成这一片星空，将会改变儿童诗创作的生态环境，推动儿童诗创作回归诗意，获得升华。"台湾诗人林焕彰在出版社的微信公众号上留言认为，这套童诗选本是"大制作，震撼性的"。台湾诗人山鹰也留言说，"《童诗三百首》终于出版了，希望她会像《唐诗三百首》一样，永远流传下去，世世代代滋润我们童年的天空，让童年如蝴蝶般翩翩飞舞"。

记者：那么，我们应该怎样认识童诗的艺术性及其价值？

方卫平：在我看来，儿童诗这一样式，在儿童文学的体裁门类中占有特殊的位置。儿童诗是诗，但它的面貌与我们一般理解中的诗歌，表面看来又有很大区别。比如，一般诗歌的表意往往是复杂、模糊甚至游移的，儿童诗歌则大多是单纯、明晰、清澈见底的；一般诗歌的语言往往在寻求表达方式的"陌生化"方面用力甚猛，儿童诗则大多是用简单、日常的儿童式语言，等等。但儿童诗又明明白白地是诗。这个"诗"的性质和应有的水平，并不因为前面加上了"儿童"这个缀语，就有所降格或妥协。那么，儿童诗的"诗"语、"诗"境和"诗"意，究竟是一种什么样的诗歌艺术存在？它是用什么方式，使得简单、日常、清明、童稚的生活、情感、思想和语言素材，建成一座独特的诗歌艺术的殿堂？这其中，可以琢磨的方面很多。简言之，当诗歌艺术被重新放到人的生命之初、语言之初的境况下，它的存在及其呈现方式，对我们来说意味着什么，又带来了什么？

就此而言，儿童诗除了是写给儿童欣赏、阅读的诗歌，还可能以其独特的艺术面貌和表现方式成为现代诗歌艺术的一个重要分支。当下是一个日常生活日益远离诗歌的时代。儿童诗的存在，对于我们重新理解诗歌的日常艺术，理解诗歌之于每一个人的意义，有着重要的、特殊的价值。这也是我在选评这套《童诗三百首》的时候，试图表达和怀有的一点想法与野心。

记者：在语文教育中，童诗的阅读与写作具有什么特殊意义？

方卫平：阅读和写作儿童诗是一个孩子最早与诗打交道的一种途径和方式。与一般诗歌，包括中国古典诗歌相比，儿童诗的特点和优势就在于它是直接以儿童的生活体验、感受等为内容，以儿童熟悉、亲近的日常语言为媒介，所以对孩子来说，易读、易懂、易诵。《童诗三百首》出版后，开展过"百班千人"等阅读教学的实践活动，老师和父母们反映，不少孩子在活动前后的独立阅读或共读中，就已经不知不觉背诵下了不少自己中意的作品。这种背诵，严格说来不是"背"，而是自然记忆。这就是阅读儿童诗的乐趣之一。

对于一个童诗的读者来说，一首诗歌是否能够激起切身的阅读快感，应该成为自己走进童诗的第一理由。这也是我希望这套《童诗三百首》能够带给读者的第一份快乐。这些小小的诗歌中洋溢着如晨光般纯净新鲜的语言感觉和生活滋味，仿佛把我们带到了造物之初，那个时时处处不乏惊奇感的世界。一朵花、一棵草、一只虫子、一束阳光，怎样形成一个丰足的世界，怎样值得我们认真以待。一朵云、一滴雨、一片叶子、一声鸟鸣，怎样从身外落到我们心里，怎样静默、长久而温暖地住在那里。与一首好的童诗相遇，有如远行中遇见一泓清泉，我们倦怠的身心在孩子般的新奇和愉悦里舒展开来；我们也仿佛乘着童年的翅膀，轻轻地飞翔起来。

至于儿童诗的写作，我个人认为，它既应该成为小学语文写作教学的重要内容，也可以作为提高儿童写作兴趣、培养儿童写作能力的重要途径。儿童诗篇幅大多较为短小，适于在课堂教学有限的时间内学习，也适于阅读和写作教学的同步展开。在小学阶段，儿童诗的写作是孩子最能够靠近实践的一种诗歌写作尝试。它可以培养童年时代对诗歌、对文学的兴趣，也可以为孩提时代的文学想象和创造提供一个绝佳的语言舞台。这些年，我听过多堂小学语文的童诗教学课。记得其中一次在金华开展的童诗教学观摩活动中，孩子们在老师的带领下朗读、欣赏了一首儿童诗后，学着诗中的"粘连"修辞手法，仿写诗行。孩子的领悟力和创造力让我们大为惊喜，一些课堂即兴的诗句创作，比原作也毫无逊色。

正因如此，我也想说，儿童诗的阅读和写作教学对语文教师提出了很高的要求。老师要教孩子阅读和写作儿童诗，首先要充分理解、领会儿童诗独特的艺术面貌、内涵、价值、美学等。做到了这一点，教师就能为孩子挑选出好的童诗，来开展阅读教学，也能在童诗的欣赏和写作教学中，更精到地分析作品，更好地指导孩子的阅读和写作。在今天的小学童诗教学课堂里，由于长久以来的教育主义观念影响，把讲授儿童诗仅仅视作狭隘的教育诗的做法，可能还十分普遍。我觉得，在语文教育中推广儿童诗的阅读和写作教学，不但是供孩子们走进文学阅读和创作世界的一道门槛，也为教师的纯正文学观念和欣赏能力的培育提供了有益的契机。

记者：近年来，不少出版社都推出了面向儿童的诗歌选本，比如北岛的《给孩子的诗》、叶嘉莹的《给孩子的古诗词》等，与这些选本相比，《童诗三百首》有什么特别之处？

方卫平：北岛先生、叶嘉莹女士编选的选本，都是希望把阔大、美好的诗与词的世界向孩子们打开。与之相比，《童诗三百首》所选主要是一般意义上的儿童诗，也就是写作之初就包含了明确的儿童读者意识的诗。应该看到，孩子可以读的诗是各种各样的，绝不仅限于现代意义上的儿童诗。一些优秀的诗歌作品，尽管不是专为孩子写的，但其语言、意象、内涵等都宜于儿童阅读接受，就可以成为优秀的儿童诗歌读物，中外诗歌史上都不乏这样的作品。不过，我编《童诗三百首》，主要还是想做一个自己心目中理想的儿童诗选本。"三百首"的体量，每册百首，用来容纳我的阅读视野中最受钟爱的那部分汉语儿童诗作品。这是我多年阅读中积累下来的一些篇目。大部分作品是在长期阅读中网罗到的佳作，也有的作品是偶然的机会忽地遇上，像有缘分似的，特别难忘。

我把这 300 首童诗编为 27 个阅读单元，每个单元前后分别加了导语和赏读文字。这部分内容也费了很大的心思。这既是为诗歌而写的单元导语，我希望这些文字也能带上些诗的气质，而不是添上平庸的盖头，反而有损作品的诗意。赏读部分，希望能把这些诗歌最打动我的地方，比较准确、充分地传递出来，同时也兼及关于儿童诗的艺术、精神的一些思考。

儿童诗看上去清浅，其实很不容易写。亲身写作儿童诗的作家，格外能体味其中的甘苦。古人云，"熟读唐诗三百首，不会作诗也会吟"。我在《童诗三百首》的赏读文字部分，也格外加强了关于儿童诗艺术的细致分析。我期望，读完这 300 首童诗的点评赏析，能够帮助有心的读者走进儿童诗的艺术之门，帮助读者在理解、欣赏、判断一首儿童诗上，收获新的感悟。

记者：在浩如烟海的童诗中，选出 300 首并不容易。您的编选标准是什么？

方卫平：我一直认为，儿童诗有它自己独特的美学。仅仅用一般诗歌写作的观念、方法去"套"儿童诗的写作，可能是有问题的。所以，我对于许多年来儿童诗创作在语言等形式感觉方面单纯模仿成人诗的写法，一直持比较审慎的态度。儿童诗的语言、意象、意境等的编织，当然可以是多样化的，但总体上，它应该充分体现面向儿童读者的考虑，即其语言、意象、意境、表意等，体现的都是与童年生命、生活相符合、相适切的独特审美情态，而不是用一些看似华丽的"伪"

诗歌词汇来堆砌雕琢。

所以，我选儿童诗，童年生活感觉的生动性、趣味性，应该永远放在第一位。比如，一首儿童诗，首先能够看出属于孩子的真实的日常生活内容和感觉。由于童年生活的时间和空间客观上都还有限，一个孩子的日常生活构成，乍看往往并不多么复杂。从"妈妈爱我""爷爷疼我"的家庭交往，到"高朋友，矮朋友""男孩子和女孩子"的社会交往，再到"迷路的星星""花儿一岁了"的环境交往，一个小孩子看见和经历的，往往也是一个小小的世界。这个"小"是它的客观体量，却也是它独特的趣味所在。小孩子对睡觉这个普通的生活行为发生好奇，由此表达"我真想／一直睁大眼睛／看自己怎样睡觉"的愿望，是可爱的；把大树站在地上一动不动理解为"他们站在那里比影子玩"，是有趣的；看到"床下面是那么大"，感到"不藏点什么真可惜"，是好玩的。我们会发现，只要走进一个孩子的世界，就到处都是童年的精神和趣味。

但与此同时，好的儿童诗一定不是简单地录写孩子眼中的世界，而是透过童年的视角，发现、呈现这个世界的独特诗意。比如薛卫民的童诗《云朵和小孩》，由"云朵在天上玩耍／小孩在地上玩耍"的想象，联想到"小孩玩累了，回家／云朵玩累了，去哪"，这是天真和童稚的想象，但里头蕴含的那一点孩童的关切，那种个人生命向着阔大世界的自然移情，正是存在的诗意。

因为"小"的缘故，很多儿童诗常常体现出一种轻扬的趣味，这是儿童诗的一种基本美学趣味。但我还想强调，"小"并不仅仅意味着"轻"。在儿童诗的小世界里，在童年生活的小感觉里，轻扬的趣味下还蕴藏着深厚的精神。而且，这是用儿童诗的独特方式表达出来的"深厚"。

记者：我看到，书中还特地选取了"孩子们的诗歌"，与经典童诗相并立。如此安排出于怎样的考虑？这些作品与成年人写的童诗有什么不同？

方卫平：谢谢你的敏锐，我在《童诗三百首》的序文中也谈到过这个问题。对生活中哪怕最微不足道的对象都充满惊奇的感叹、观看的兴致以及温暖的同情，这本来就是我们生命里珍贵的天赋，这种天赋在孩子们身上无疑表现得最为自然和深刻。我相信"每个孩子都是天生的诗人"，儿童诗把每个孩子固有的这种天赋和天性重新推到我们眼前，重新召唤我们的共鸣与认领。这也是为什么在这套诗集中，我还有意收入了几组孩子们自己写的诗。这么做，不但是想让读者领略儿童之诗的妙趣，也是想让更多的孩子们参与到童诗的美妙写作中来。我想象，阅读这些诗歌的孩子也许会想，诗歌原来是这样的，我的生活中也有许多诗嘛。这就对了。我相信,诗的世界对孩子们来说，原本都是亲切的、日常的。他们是生活在这里的原住民。这些由真实的童年口中吟出的自然之诗让我们看到，一个孩子的心中可能的确住着一个诗的精灵。发现这个精灵、守护这个精灵，让它尽可能长久地陪伴孩子们长大，一定是一件了不起的事情。

孩子们的诗与成人作者的童诗，首先都是诗。相对而言，孩子们的诗在童诗的写作技巧、修辞手法等方面也许并不十分讲究，但是他们在诗作中所表达的对于生活、对于世界、对于自身的好奇、理解、想象等，常常是无比自然、天真，甚至是深邃的。例如6岁殷木子轩《对的，错的》中"爸爸做错了是对的 / 我做错了是错的"对于成人与孩子关系的揭示和质疑，7岁蔡澈《通湖路的榕树》中"孤独地站着 / 看车来车往"的那棵老榕树，8岁何肖飞《我是小牛》中"我是一头 / 被人牵着走的小牛"所传达的现实童年的无奈，8岁吴导的《泥土》中"我袒露一切 / 也埋葬一切"的思想力道，实在都是有着属于童年、又超越童年的深刻力量的。

记者：可否简单介绍一下当下童诗的创作和发展现状？

方卫平：近些年来，童诗相较于过去的活跃和热闹，也是有目共睹的。例如童诗创作在学校文学教育背景下的方兴未艾，许多孩子在老师的带领下从爱诗、读诗到仿写、创写，创作出了许多脍炙人口的童诗佳作；近年来各种童诗选本、童诗集成了继图画书之后的新的童书出版热点，"爆款"频出，有的出版社把童诗出版作为战略板块来经营；各种童诗微信公众号、童诗阅读推广活动层出不穷；童诗也越来越多地进入了文学"官方"、主流媒体的视野，例如中国诗歌学会不仅在自己的微信公众号上专辟了《中外好童诗》栏目，还专门组织撰写《童诗教程》，组织召开童诗研讨会。这些景象是过去很难想象的。

童诗创作者主要来自两个方面，一方面是传统意义上的童诗诗人，从前辈诗人任溶溶、圣野、金波、樊发稼、张秋生、李少白、刘崇善到高洪波、薛卫民、王宜振、邱易东、高凯、王立春、张晓楠、童子等中青年诗人，他们构成了童诗创作的主要力量；另一方面则是来自中小学校园的孩子们、老师们，他们是今天童诗创作的富有生气的方面军。据我了解，目前童诗的发表园地、出版机会的丰富可能是前所未有的，童诗的艺术拓展和丰富可能也是前所未有的。诗人薛卫民说，"诗既是少数人的事，诗又恩惠着所有的人"。今天，童诗似乎已不再属于"小众"，我相信在未来，美好的童诗必将会更好地播惠童年，映照未来。

（原载 2019 年 7 月 10 日《文艺报》）

做理想儿童诗选本需要独特审美

——2019年7月15日答《中国出版传媒商报》记者郑杨问

问：您是从什么时候开始想选评《童诗三百首》这样一套书的？

答：2017年秋天，当时福建少年儿童出版社（以下简称"福建少儿社"）副社长杨佃青与编辑熊慧琴等一行专程来金华找我，商量由我为小读者选评一套《童诗三百首》的选题事宜。他们特别谈到，福建少儿社将把童诗出版作为该社的战略板块来经营，而《童诗三百首》是这一战略板块的奠基性的出版项目。

就我自己来说，这些年我对编选儿童文学读本一直持谨慎态度，因为品质、授权、避免跟风等方面的原因，我先后婉谢了数十家出版社的相关邀约，但这一次是福建少儿社的诚意和规划打动了我。

事实上，早在20世纪80年代，我就十分关注儿童诗这一文体，并参与了《中国儿童文学大系·儿童诗卷》的编选工作。2000年年底，应著名语文教育家、学者王尚文先生邀请，我作为主编之一，在王先生和钱理群先生指导下，参加了《新语文读本（小学卷）》的编写、统稿等工作。它与我个人选评的《最佳儿童文学读本》(新版更名为《给孩子的阅读课》)、《中国儿童文学分级读本》等，都选入了不少中外儿童诗作品。从这个意义上也可以说，《童诗三百首》的选评在我的心里酝酿已久。

问：在编选这套童诗选本时，跟作家是否有交流？有什么特别难忘的地方？

答：《童诗三百首》的选评持续了将近一年时间，其间我与数十位儿童诗人，包括大诗人、小诗人及其老师、父母、推荐者等通过电话，加上与责任编辑的频繁通话，累计应该超过了三百通。电话内容除了与作品使用授权有关外，主要讨论的是作品本身的一些问题。最令我难忘的是，当我就一些作品（多为入选作品）的标题、用词、句子、段落等与诗人们讨论并提出修改建议时，他们所表现出来的包容、睿智、从善如流的态度，很是令我感动。我还记得与薛卫民、王立春、李姗姗、慈琪等作家、诗人交流时的坦诚与温暖。有时电话一打就是一个多小时，有的中青年诗人还是意犹未尽。所以，《童诗三百首》的选评过程，其实也是我与许多童诗作家朋友们讨论童诗技艺、切磋童诗美学的过程。

问：这套书编选时感觉比较困难的地方在哪里？是如何克服的？

答：其实从选文的专业角度来看，我需要做到的是，以独特的审美眼光和认真的工匠精神，一丝不苟，不稍懈怠，以最认真的态度为孩子们选好诗作，并精心导赏。您可能不会想到，对我来说，困难的倒是入选作品的使用授权的落实问题。所以，我要特别感谢《童诗三百首》的责任编辑熊慧琴和福建少儿社的编辑团队，他们以极大的责任感，通过艰苦的努力，取得了100多位大小诗人、作者的授权。同时，我也要特别感谢作家朋友们的信任和支持。

问：这套书目前有何好评？市场反响如何？

答：据出版社方面介绍，《童诗三百首》出版三个月来，目前印量逾10万册，先后入选"百班千人"第十八期共读书目，《中华读书报》"六一"推荐好书，2019年福建省、广东省"暑假读一本好书"推荐书目等10余种权威推荐榜单，得到了孩子们和许多父母、老师的喜爱，也获得了一些同行的关注。责任编辑熊慧琴告诉我，一些朋友对这些诗作呈现出的儿童诗艺术面貌和赏读文字表示赞许。诗人薛卫民认为：《童诗三百首》"在纷纭的童诗选本中，有自己的定位、有自己的追求，它延续了'三百首'这个中国诗歌的古代基因。方卫平教授所做的这个大工程，非常难得、非常可敬。儿童文学其他体裁的论著多多，但对儿童诗，我感觉很多理论工作者'望而生畏'，因为对诗的选取、解读，的的确确需要更为独特的文学功力甚至天赋。方卫平教授一直致力于儿童诗的研究，非常难得"！对于我十分用心写成的赏读文字，前辈诗人金波先生认为："特别是卫平先生的点评，是这套书的一大亮点。"一位读者说："非常喜欢方老师的选篇和每一辑之后撰写的'赏读时刻'，不只是评析，而是与这些诗歌的灵魂会晤，是快意的碰撞。"对于我来说，这些来自同行和大小读者的欢喜和肯定，是无比珍贵的。

（本次答问内容见2019年7月19日《中国出版传媒商报》
《〈童诗三百首〉：做理想儿童诗选本需要独特审美》一文）

语文教材与原作改写

——2019 年 10 月 30 日答《南方周末》实习记者杜嘉禧问

　　记者：语文教材选文常常出现对原文进行改动的情况，且这种情况在低年级课本中更为常见。教材编写者认为改动是必要的，以符合儿童的认知特点和语言发展规律。您如何看待这一问题，语文课文对原文的改动是否必要呢，尤其是一些经典文章，为什么要对其进行修改？例如小学四年级上册课文《麻雀》是俄国作家屠格涅夫的作品，讲述老麻雀应对猎狗以保护小麻雀的故事。课文写到"我急忙唤回我的猎狗，带着它走开了"这一句，戛然而止。而在原文中还有一段，"是啊，请不要见笑。我崇敬那只小小的、英勇的鸟儿，我崇敬它那爱的冲动。爱，我想，比死和死的恐惧更加强大。只有依靠它，依靠这种爱，生命才能维持下去，发展下去"。"部编本"《麻雀》选文将这段话完全删去。您认为这种删减是否有必要呢？

　　方卫平：关于语文教材选文常常出现对原文进行改动的情况，我不是一个绝对的"持不同意见者"。我以为，在某些情况下，对原文做一些慎重的改动，有时候可能是需要的。目前的问题是，一、教材编撰者对原作的改编权常常被放大，甚至被滥用了。二、是不是存在着一种教科书编写的"标准化模式"，一种绝对自信、强固的"语言纯洁伦理"？这一模式和伦理只求语文教材语言的规整与统一，成为相对安全但是机械、单调的所谓"教材体"语式。这种"教材体"语文，常常把文学语言个性化、毛茸茸的鲜活语感删减、驱除殆尽。三、比较随意地修改原文，也是对原作者不够尊重的表现。我以为这些可能就是"教材体"语文被质疑和诟病的主要原因。

这篇《麻雀》是俄国作家屠格涅夫的散文诗名篇之一，浓缩了晚年屠格涅夫的人生体验和思想感情。我认为《麻雀》结尾处这一小段兼具抒情性、议论性的文字，是作者写作此文时的重要感悟和寄托，也是作品整体叙事抒情的有机组成部分，其中如"爱，我想，比死和死的恐惧更加强大"这样的文字，更是具有一种深刻、厚重的思想和情感力量。因此，我以为，这样的删减，还是令人遗憾的。

记者：在语文教材中多选取的是经典原著或者从旧教材中选出的文章，但没有具体作者。杭州越读馆语文教学负责人郭初阳认为，现在有很多好的小说散文，但没有入选教材，仍沿用旧的、没有出处的文章是不合适的。而教材编写团队认为从老教材中沿用的文章，虽然没有作者，但也是经过了教学检验的经典。您怎么看这个问题？作为儿童文学研究的专家，您认为教材里应该更多选用什么样的课文是适合儿童阅读学习的？

方卫平：传统教材中经过长期教学实践检验，在今天仍然发光的文字，当然可以保留。我认为，语文教材的编撰，应该综合考虑传统保存、儿童心理认知特点和语言习得与发展规律、语言文学的审美特征、母语演变的现实要求等因素。在具体选文方面，不同体裁、不同内容、不同风格、不同时代的作品都应该得到合理的呈现。我注意到，新的统编小学语文教材增加了儿童文学作品的选文，这是非常好的。尤其是新的选文在人文观、儿童情趣、中外作家的广泛性、代表性方面有了一定的提升和拓展。例如，二年级下册鲁冰的《蜘蛛开店》、德国作家于尔克·舒比格的《当世界年纪还小的时候》，三年级上册流火的《那一定会很好》、王一梅的《胡萝卜先生的长胡子》等，在选文眼光、品质方面都是可圈可点的。

记者：此外，您自己对于小学语文教材或者语文教育应该实现什么有自己的想法和建议吗，可以简单聊聊？

方卫平：语文教学的全面提升，是一个系统的工作。例如，语文及其教学观念的重建，语文教材的编撰与更新，教师语文素养的全面丰富与提升，课外语文生活与体系的建设，等等。近20多年来，语文教育一直广受社会的关注，争鸣与探讨不断，这是一件好事。这不仅说明了语文事业的重要，也意味着这一事业终将在人们的共同努力中不断奔向一个对的方向。

（本次访谈主要内容见 2019 年 10 月 31 日《南方周末》的《统编小学语文教材中的争议与回应》一文）

如何看待当下的儿童文学市场及其问题

——2019年12月23日答《文汇报》记者汪荔诚问

问：您认为当下的儿童文学市场的发展情况如何？

答：近年儿童文学市场的突出表现是，随着国内儿童图书销售量的急剧攀升，儿童文学作品在整个出版市场的地位不断提升。开卷公司、当当网等提供的统计数据都显示，童书出版，尤其是儿童文学作品的出版，是整个图书市场中引人注目的亮点。"开卷"的持续数据表明，10多年来童书销售的年增长幅度，均高于整体图书市场的增幅；当当网近年发布的5年童书大数据也显示，当当图书的品类结构中，儿童文学占比最高达30%，其中中国儿童文学占比17%，连续4年销售码洋同比增长40%。我在2018年出版的《中国儿童文学四十年》一书中，也曾用"一些堪称现象级的出版个案"来证实这一出版趋向。

近十余年来，针对儿童消费潜力的出版发掘与利润争夺，几乎成为席卷中国出版界的一个醒目现象，不但专业的少儿出版社加大了各类儿童文学出版项目的策划、宣传与施行，而且一批非童书专业出版机构，也纷纷设立少儿出版分支，加入到了这一市场争夺和利润分羹的队列中。这些现象，使得人们对于原创儿童文学的关注和青睐日益凸显。几年前，童书出版就被认为进入了"黄金十年"，如今，有些性急的人已经提出童书出版"黄金十五年"的概念了。

我认为儿童文学出版市场在兴盛热闹的同时，也制造或存在着一些问题和隐忧。如出版门槛的降低、某些作家创作态度的草率和怠慢，在人文观、童年观、艺术观等方面，也产生了许多亟待思考、清理的问题。

问：沈石溪的动物小说《狼王梦》和《老鹿王哈克》等作品中融入了人类的情感，展现欲望和权力。《金蟒蛇的抉择》涉及性的描写。有教育者指出，这类文学作品容易激起未成年儿童对于这方面的好奇，不适合独立阅读。对此，您怎么看？您认为沈石溪的作品是否是合格的童书？

答：儿童文学包括动物小说能不能表现"欲望""权力""性"等在许多人看来踩到儿童文学艺术边界的题材，我们可能需要先问几个问题：第一，一部具体的儿童文学作品究竟是怎么表现"欲望""权力"和"性"的，是用的文学还是非文学的方式？第二，如果确是文学的表现，那么是给哪个年龄段的孩子看的？第三，在表现一些特殊、敏感或另类的题材、主题时，儿童文学的伦理和美学边界应该如何把握？明确了这些问题，许多儿童文学题材伦理层面的争论就会得到很大程度上的澄清。

对沈石溪作品贴一个简单的是否"合格"的标签，是不合适的，因为他的动物小说的主题、类型和风格十分丰富多样。他有十分优秀的作品，在我看来也是当代原创动物小说的一流作品，当然也有一些比较复杂、值得讨论的作品。近年围绕他的一些作品，专业领域和公众有争议，尤其是那些涉及动物本能、"丛林法则"描写的作品。我认为，对沈石溪作品进行坦诚、认真的讨论、研究是必要、有益的。其实沈石溪的动物小说翻译到国外，关于其中动物的人化问题，也有讨论，有批评的，也有为它辩护的。前面说的争论，一方面是针对沈石溪个人创作的，另一方面也代表了当代儿童文学公众阅读启蒙过程的一个进阶。它表明，大家开始更谨慎、细致地对待童书和童书阅读的事情。

问：一本合格的、值得推荐的童书作品，在您看来，需要哪些必备的要素？

答：近20年来，为孩子们推荐、导赏好作品是我的主要工作之一。我个人选评、出版过《方卫平精选儿童文学读本》《方卫平精选少年文学读本》《中国儿童文学分级读本》《童诗三百首》等选本。我在一套读本的"前言"中曾经说过："我相信，优秀的儿童文学作品构成了人类审美历史和文化的一个独特而巨大的'文本'，这个文本以其独特的文化积淀、人生蕴涵、艺术魅力，成为人类共同拥有的精神财富。"这套读本中的作品"触及了关于童年、人生、人性、社会、命运等最基本的人类价值和命题，因而具有相当的思想深度和情感力度；我也希望借助这些作品来展现儿童文学的纯真和质朴，幻想和幽默，玄思和深邃，丰富和大气"。这些话大体上反映了我个人对儿童文学的一些认知。就单个作品来说，每一篇（部）作品都是一个独特的艺术生命体，不可能无所不包。简单来说，好作品应该是"有趣""有益"的。

后记

本书收入的是我 2015 年至 2020 年间发表的部分儿童文学研究论文、评论、序跋、答问、讲座或发言实录稿等。在此期间发表的另外一些文章已分别收入《童年美学：观察与思考》（海燕出版社 2016 年 12 月版）、《什么是好的童年书写》（甘肃少年儿童出版社 2019 年 11 月版）两本集子，本书不再重复收入。

整理这部书稿时，正值新冠肺炎疫情肆虐全球。国内经过强有力的防控，付出了巨大的牺牲，终于情势向好，而我客居的英国及欧美诸国，正陷入疫情扩散、抗疫情势极其艰难的境地。这个冬天开始的人类与病毒的抗争经历，一定会成为我们每个人永远刻骨铭心的记忆。

收入本书的图画书《等爸爸回家》序一文，是一个月前应长江少年儿童出版社之约为该社编辑朋友们创作的抗疫图画书所写的短序，也记录了特殊时期我们共同经历的一个小小的生活片段。

感谢《文艺报》《中华读书报》《中国新闻出版广电报》《人民日

报·海外版》《光明日报》《中国出版》《当代作家评论》等报刊和有关出版社编辑朋友的约稿、编稿，使收入本书的许多文字有了写作并发表的机缘。

感谢长江少年儿童出版社接纳、出版本书，感谢责任编辑蓝欣女士、汤纯女士十分专业的编辑工作和宝贵付出。

方卫平

2020 年 4 月 6 日于康河之畔

图书在版编目（CIP）数据

儿童文学的难度 / 方卫平著 . —武汉：长江少年
儿童出版社，2021.7
（长江儿童文学研究论丛）
ISBN 978-7-5721-1127-3

Ⅰ . ①儿…　Ⅱ . ①方…　Ⅲ . ①儿童文学－文学研究
Ⅳ . ① I058

中国版本图书馆 CIP 数据核字（2021）第 035290 号

儿童文学的难度

ERTONGWENXUEDENANDU

出 品 人：何　龙
策　　划：姚　磊　胡同印
责任编辑：蓝　欣　汤　纯
封面设计：陈　奇
版式设计：一壹文化传媒
制作排版：谢　俊
责任校对：莫大伟
督　　印：邱　刚
出版发行：长江少年儿童出版社
业务电话：（027）87679174　（027）87679195
网　　址：http://www.cjcpg.com
电子邮箱：cjcpg_cp@163.com
承 印 厂：湖北恒泰印务有限公司
经　　销：新华书店湖北发行所
印　　张：22.5
印　　次：2021 年 7 月第 1 版　2021 年 7 月第 1 次印刷
规　　格：720 mm×1000 mm　1/16
书　　号：ISBN 978-7-5721-1127-3
定　　价：78.00 元

本书如有印装质量问题　可向承印厂调换